夫人請保持距離

2

風 文創 1233

拾全酒美 ㊔著

風文創 1233

目錄

第二十六章

蕭暻玹回到晉王府，整個人泡在滾燙的藥浴裡，依然能感覺到那股蝕骨的癢。

短短十幾天，他已經泡了三次藥浴了。除了七歲那年突然得了這個怪病，他才泡過這麼多次藥浴，這十幾年來他從不靠近女子，已經很久沒這般過了。

這時，長平在外面敲了敲門。「主子，秦姑娘送了一箱東西給您，我拿進去給您看看？」

蕭暻玹聞言皺眉。「不必，你看看是什麼，再給她送一份回禮。」她送的東西，他是碰也不敢碰。

「是。」長平打開箱子，看見是幾顆水果和兩包藥材頓時傻眼。

烏木打造的箱子，竟然用來裝幾顆果子？他還以為是什麼價值連城的寶貝，簡直暴殄天物。

長平拿起那封信。「主子，秦姑娘送的是幾顆果子和兩包藥材，還有一封信。」

信？蕭暻玹聞言眉頭皺得更緊了。他現在半點也不想碰她碰過的東西，可是，她的信也不知道裡面寫了什麼，不好讓長平讀出來。

蕭暻玹心底忍不住生出了一絲煩躁。「拿進來吧！」

長平將整個箱子搬了進去。

「主子，這是秦姑娘送給您的果子，我看著這果子比貢品還要好，您要不要嚐嚐？」

蕭暻玹淡淡地掃了一眼箱子裡的幾顆果子搖頭。「不必了，你拿下去和長安分了吧！將信給我。」

他不喜歡吃水果。

「是。」長平將箱子放下，將信遞給蕭暻玹。

蕭暻玹指尖剛碰到信封又縮回去了。「你展開，我來看。」

實在不敢碰她親手寫的信。

「是！」長平將信展開呈給蕭暻玹看。他特意低著頭，半個字都沒去看，就怕看見不該看的。

蕭暻玹掃了一眼，便將信中的內容看完了。

信裡沒有什麼情話，只是說了兩包藥材的作用，還說多吃水果能緩解風疹。

她倒是細心，發現自己起風疹了，可是他這不是真正的風疹，也不是毒物引起的，吃什麼藥都沒用，更不要說水果了。連太醫院的太醫都沒辦法，他已經試過。

不過治療鼠疫的藥方？

蕭暻玹對長平道：「可以了，將信收起來吧！你看看那兩包藥哪包是治療鼠疫的，將那包治療鼠疫的藥拿去給長風看看。」

長風已經拿了那包毒藥在兩名西戎探子身上做試驗，看看是什麼毒藥。

「是，那另一包要煎給主子喝嗎？」兩包藥上面都有標注，長平知道另一包是專治風疹的。

「不必，扔了吧！」蕭暻玹斬釘截鐵地拒絕，他怕自己喝了她碰過的藥，得再泡一天藥浴。

「還不將箱子帶下去？」

「是！」長平抱著箱子離開了，他在心裡嘆了口氣。

真是愁死人了！主子這怪病什麼時候能好？總不能成親了還當和尚啊！

長平拿著兩包藥材和兩顆橘子來找長風。

長風正在研究蕭暻玹從西戎探子那裡得來的藥粉。

「驗出來了嗎？這些藥粉是不是能夠讓人得鼠疫？」

「哪有那麼快，至於是否能夠讓人染上鼠疫，得看西戎探子是否會出現鼠疫的症狀才知道。」

長平也知道急不來，他將兩包藥材和兩顆橘子交給他。「這是秦姑娘送給主子的藥材，一包治療鼠疫的，一包治療風疹的，主子讓你研究。」

到底是秦姑娘的一番心意，長平覺得扔了不好，便一起拿過來給長風研究。

長風聞言有些驚訝。「秦姑娘還懂醫術？」

長平搖了搖頭。「不知道算不算懂，秦姑娘興趣廣泛，只要她感興趣想學的，秦首富都會花重金請名師教她，可以說，她什麼都學過，只是都學不久，醫術她師承李神醫，好像只學了三年。」

竟然師承李神醫？暴殄天物啊！醫術只學三年，把脈都不會吧？更不要說記熟各種藥材的藥性和用法了。不過李神醫脾氣古怪，治病救人全看心情，而且他說過不收徒。

「李神醫不是說李氏一族的醫術不外傳，不收徒嗎？」

「這我不知道，估計是李神醫欠了秦首富的人情，為了還人情，所以教秦姑娘醫術吧？反正秦姑娘確實跟李神醫學過三年醫術。」

秦姑娘的情況他都查過了。

長風點頭。「也有可能，所以李神醫只教了三年，還完人情就不教了。」

長平沒有說，秦姑娘什麼都只學一年半載，醫術學了三年，已經很難得了。

長平留下一顆橘子給他。「這也是秦姑娘送的，主子不吃，賞我們了，你忙你的，我去給大家分果子。」

長平離開後，長風拆開治療鼠疫的那包藥材，濃郁的藥香撲鼻而來。

這些藥材的成色和年分，一看就不低，而且那些需要炮製過才能用的藥材，炮製得也太好了吧！這是秦姑娘炮製的藥材嗎？應該不是，這藥材沒有幾十年經驗絕對炮製不出來。

他將藥材一樣一樣的分辨出來，看見這藥材的搭配，忍不住讚道：「李神醫不愧被世人譽為神醫，我怎麼就想不到如此搭配？這樣的話既起到清瘟的效果，又不會過於寒涼，老少咸宜，甚至雙身子的人都可以喝。」

他又迅速打開另外一包治療風疹的藥材。

這包治療風疹的藥材倒是和太醫院院正開的一模一樣。雖然主子用過了，沒有效果。不過這些藥材的品質實在好，長風將藥材重新包好，放到一邊，下次誰得了風疹都可以用。畢竟這個藥方對誰都是一劑見效的，除了主子。

長風將藥材放到一邊，又繼續研究那包藥粉的成分，只是總有一股淡淡的橘子香氣傳入鼻子吸引著他，正好他也渴了，便拿起桌子上的橘子吃。

長平將兩包藥給了長風後，又回到了侍衛住的後罩房，將剩下的水果分給了其他同伴。

長安喜歡吃蘋果，長平分了一個蘋果給他。

長安見這蘋果又大又紅，直接拿起來咬了一口，爽甜多汁，果香撲鼻，絕對是他吃過最好吃的蘋果，比平時吃到的蘋果都要好吃，他忍不住讚道：「今年宮裡賞賜下來的蘋果特別好吃！」

這種又大又紅的蘋果外面根本買不到，都是貢品，因此長安理所當然地以為是宮裡賞賜的。

「這是秦姑娘送的給主子的蘋果。主子讓我給大家分了，不是宮裡賞下來的。」長平丟下這話又去給其他兄弟分果子。

竟然是秦姑娘送的，不愧是首富之家，吃的東西竟然比宮裡都要好。

長安吃完後，便去練武場練武了，他們這些當侍衛的，每天過得都是在刀口舔血的日子，因此只要有空閒，都用來練武。

今天長安覺得自己練武如有神助，他一直領悟不了的招式，練了一次突然就領悟了。他完全沒有想到是因為蘋果的功勞，直到其他侍衛也來練武。

練武場出現了古怪的現象，今天大家都不知道為何，武功久久不突破的人都突破了。那些沒有突破的人也像是不知疲倦一樣，平時練一個時辰便需要休息一下，今天練兩個時辰依然覺得精力充沛，一點兒都不覺得累。

大家都覺得奇怪，湊在一起討論今天有什麼不同，得出一個結論：他們是因為吃了秦姑娘送的果子才會這樣的。

「一定是！那蘋果特別好吃，我吃完整個人感覺神清氣爽。」

「對，那橘子特別香甜，我恨不得將橘子皮都啃掉，當時吃完就覺得通體舒暢，身體好像有使不完的勁一樣。一定是因為吃了那果子，才這樣的。」

「反正我吃完那果子，就像打通了任督二脈一樣。」

長安與其他侍衛你一言、我一語，恨不得每天都有這種果子吃。

邱露剛剛從軍營裡匆匆趕回來，她在軍營附近巡邏的時候，抓到了一個鬼鬼祟祟往河裡丟死老鼠的人，然後她又聽說暻郡王因為抓西戎探子，中了毒，因此她特意過來探望，沒想到正好聽見暻郡王的侍衛的話。

她好奇地道：「你們在說什麼？」

侍衛們聽見她的聲音，立刻站起來恭敬地行禮。「卑職見過邱將軍。」

邱露擺了擺手。「不必多禮，剛才你們在說果子？什麼果子那麼厲害，吃了還能打通任督二脈？」

長安恭敬地回道：「是秦姑娘送給主子的果子，特別好吃，我們吃了今天練武都特別帶勁。」

其他侍衛也紛紛附和。「我吃了秦姑娘的果子後，只覺得整個人通體舒暢，之前練武遇到的瓶頸一直不能突破，今天莫名其妙，輕輕鬆鬆就突破了。」

「我吃了，身體感覺好像有使不完的力氣。」

「我也是，可惜已經吃完了，不然給邱將軍嚐嚐，真的非常好吃。」

邱露是忠勇大將軍邱一山的女兒，從小便跟著邱一山在軍營裡長大，是天元國出了名的女將軍，一位上過戰場殺過敵的女將軍。以前甚至試過和蕭暻玹一起上過戰場，在將士們眼裡她和蕭暻玹有著出生入死的情誼，她也是唯一一個能和蕭暻玹說上話的女子。

蕭暻玹身邊的侍衛們本來都以為未來的女主人會是她，因此蕭暻玹身邊的侍衛都特別敬重她，只是大家沒想到皇上竟然突然給主子賜婚。

邱露聞言心中不以為然，這不是胡扯嗎？吃個水果還能打通任督二脈？那是仙果嗎？秦家巨富，送來的水果估計是一些比較少見又難得的水果，他們沒有嚐過，才會有這種錯覺。

她問道：「郡王在府中嗎？我抓到了西戎探子，我想見暻郡王。」

邱將軍也抓到了西戎探子？長安聞言立刻道：「邱將軍請到那邊的亭子裡稍等片刻，我這就去通傳。」

主子的院子方圓十里之內不允許女子靠近，他是絕對不會將人帶去瞻遠堂的。

邱露點了點頭，往亭子裡走去。

這時，門房匆匆地跑過來，看見長安，立刻道：「長安公子，秦姑娘求見四爺。」

邱露腳步一頓。

秦姑娘？是那個被皇上指婚給暻郡王的商戶女嗎？暻郡王會見她嗎？

邱露搖了搖頭。

不，這怎麼可能，兩人只是因為皇上賜婚才有了關係。她太瞭解暻郡王，他最是討厭女子，怎麼可能會見她？自己也是因為有正事，才能得以見他一面。

這也是因為她這麼多年來非常懂分寸，沒有非常重要的事情，從來不會主動找他，才換來了今天的結果。

長安聞言想也不想地道：「不見。你又不是不知道四爺從來不見女子的，怎麼還通傳？以後都不用通傳，直接打發了吧！」

主子早就發過話，任何女子上門求見一律打發了，不必通傳。當然邱將軍例外，她沒有急事不會找上門，因此她一向不用通傳就可以進晉王府。

雖然不應該，但是邱露聽了，心裡還是忍不住生出一絲喜悅。她在他這裡還是唯一的例外，特別的存在。

他和秦姑娘之所以會有婚約，也只是聖意不可違。曝郡王那麼討厭女子，她覺得他就算娶妻也只會徒有虛名，不會是真正的夫妻。而自己是他的戰友，曾一起出生入死的戰友，是不同的。

門房遲疑道：「是秦首富家的秦姑娘，真的以後都打發了，不用通傳嗎？」

長安猶豫了。

剛剛他沒聽清楚是什麼姑娘，以為是平時找上門的姑娘才會如此說。秦姑娘怎麼能和其他姑娘一樣？她可是未來的女主子。就算不是未來的女主子，就憑那些神奇的果子，他就算被主子罵一頓，也得通傳啊！

於是他改口對門房道：「你等等，我去問問四爺。」丟下這話，匆匆往瞻遠堂走去。

邱露詫異地看了長安的背影一眼。長安為什麼會幫她？

長安很快就來到了淨房外面，他輕輕敲了敲門。「主子，邱副將求見，她說她抓到了一名西戎探子，有事稟告……」

「不見，讓她有事告訴你，西戎探子交給長河。」蕭曝玹正一邊泡藥浴，一邊看秦庭韞的行商日誌，長安的話未說完，他便直接拒絕。他看的這本正好是秦庭韞在西戎國經商的經歷，他發覺裡面的內容非常有用。

「是！」長安應了一聲，遲疑了一下，並沒有馬上離開。

那秦姑娘求見一事還要說嗎？

想到那神奇的蘋果，正所謂吃人嘴短，長安冒著被罰的風險，硬著頭皮道：「主子，秦姑娘也來了，說是有事求見。」

裡面沈默了一下，長安聽見了「嘩啦啦」的水聲，隨後，蕭㬂玹的聲音傳了出來。「讓她在正廳裡稍等。和門房交代一聲，說是父王請她來晉王府有事商議。」

一個女子上門求見外男，其實是不合規矩的，哪怕兩人已經有婚約，傳出去於她名聲也有礙，也不知道她有什麼事。

「是！」長安暗暗慶幸自己多問了一句。

他早該知道秦姑娘在主子心裡是不一樣的，不然主子早就抗旨退親了。

畢竟主子從小到大抗旨不遵的事多了去了。他向來是將聖旨當廢紙，將聖意當廢話對待的，而現在主子竟然連秦姑娘的名聲都考慮進去了。

長安匆匆地走出去，讓長平去接秦汐到瞻遠堂，他去接待邱露。

亭子裡，邱露看見長安的身影，立刻站了起來，往瞻遠堂的方向走去。

長安來到邱露面前有意無意地擋住了她的路，笑道：「邱將軍，主子現在有事不方便見客，您有什麼事可以和我說，我會轉達給主子的。至於西戎探子，主子讓您交給長河審問。」

邱露表情一怔，沒想到他竟然不見她。不過既然他不見自己，想來也不會見那位秦姑娘。她笑了笑。「行，那我們在亭子裡說吧！」

於是兩人便走到了亭子那邊說話。

「西戎探子我是在軍營那條河的上游……」

邱露將發現西戎探子的經過告訴他，只是剛說沒多久，她眼角餘光便看見了長平帶著一名女子從花園的另一頭往瞻遠堂走去。

邱露身體一僵，有點難以置信。所以，長安說的有事不方便見客，是因為要見她嗎？西戎探子一事何其重要，暻郡王怎麼會不見自己，反而見她？

長安察覺邱露看著遠處有些走神，便看了過去，正好看見長平和秦汐有說有笑地走過。

長安在心裡將長平罵了個狗血淋頭。叫他走遠一點，別經過練武場這邊，他是耳朵吃屎了，聽不見嗎？

長安若無其事地解釋道：「原來是王爺有事約了秦姑娘過來，門房搞錯了，見秦姑娘來了，便以為是找主子。」

邱露信了，她實在不相信暻郡王會見一名女子，而秦姑娘是一個商戶女，她不可能會有事找暻郡王商議。

要是她找暻郡王幫什麼忙，那只會讓人看輕她！
邱露不甚在意地繼續和長安說著西戎探子一事。

第二十七章

花園的另一頭，秦汐問長平。「暻郡王用了我給的藥了嗎？」

長平摸了摸後腦勺，笑道：「主子他剛用完太醫開的藥，怕相衝了。」

秦汐明白了，他沒用自己的藥。

長平趕緊轉移話題。「秦姑娘，您送給主子的那些果子，主子賞了我們一個，實在太好吃了，我從來沒吃過這麼好吃的水果，不知道在哪裡買的？」

秦汐挑眉。「那是自家莊子裡出產的，你要是喜歡，一會兒我讓人給你送一些。」

秦汐又明白了，他不僅沒用自己的藥，估計連果子都賞給手下了。很好，以後都不給他吃。

長平聞言忙擺手。「不用、不用。」

他以為外面有得賣才問的，畢竟吃了能增進武功的果子，誰不想多買些來吃？只是不是自己買，而是秦姑娘送的，他怎麼好意思要？

秦汐知道他們練武辛苦，而且練武沒有不受傷的，受傷多了，就會落下病根，多吃海島的水果，對他們有好處，便道：「沒關係，那果子有很多，吃不完也是浪費。」

好東西只給懂得欣賞和珍惜的人吃。

長平驚道：「這麼好的果子竟然吃不完？」

要是他家種有這樣的果子，他可以連果樹根都啃了。

秦汐被他誇張的表情逗笑。「嗯，種得多，而且那些水果不往外賣，都是送人的，所以你們要是想吃都可以派人去秦府取。」

長平笑著應下。

秦姑娘雖然這麼說，可是他們哪裡好意思真的上門取水果。他現在只盼著秦汐趕緊嫁進來，如此，他們是不是就有吃不完的神奇果子？

秦汐知道他不好意思，便打算到時候讓人送過來。

很快，瞻遠堂便到了。

蕭暻玹已經沖乾淨身上的藥味，穿戴一新，在院子裡陪著小白狐玩球。他將一顆竹篾編織的小球丟出去，小白狐翻著白眼不情不願地去叼回來。

沒錯，是不情不願！這個太幼稚了，小白狐是迫於蕭暻玹眼神的淫威之下才去撿球的。

蕭暻玹看著花園裡有說有笑的兩人，皺眉將球丟得遠遠的，懶得動的小白狐立刻對著蕭暻玹抗議地叫了兩聲。

「去撿！」

小白狐只得「哼唧哼唧」的走過去。

於是秦汐進來的時候便看見了一大一小在玩丟球遊戲。

一個丟球丟得心不在焉，一個撿球撿得不情不願。
小白狐看見秦汐來了，眼睛一亮，以光速一般的速度撲到了秦汐的懷裡。
蕭暻玹見狀，想到剛才長平和她有說有笑的走著，又看了一眼在她懷裡蹭了蹭的小白狐。他怎麼不知道，他的屬下，他的寵物和她都如此友好熟悉？
秦汐低頭摸了摸小白狐的腦袋，然後從袖袋裡（實際是從海島內），掏出一顆蘋果給牠。
小白狐高興地叼著蘋果跑了。
蕭暻玹看自家狐狸那貪食模樣很無語。
狐狸還吃果子嗎？難道那隻小東西最近胖了一圈，都是跑去她那裡偷吃的原因？
長平羨慕地看著眨眼間便跑到屋頂上啃蘋果的小白狐。
好想吃！剛才那一籃果子，他只嚐了一顆橘子，蘋果都給其他人了。
想到長安吃了蘋果，武功都突破了，他就後悔自己為何如此大方。
蕭暻玹臉黑了。長平這個饞樣，不知道的還以為他虐待下屬，飯都沒給他們吃飽。
秦汐打量了蕭暻玹一眼，見他渾身發紅，更加確定他沒有吃她給的藥材和水果，她淡淡地福了一福。「民女見過暻郡王。」
蕭暻玹冷聲道：「免禮，不知秦姑娘有何事？」
秦汐道：「我想審問一下西戎探子。」有些事，她想藉西戎探子的口告訴他。

蕭暻玹想也不想地拒絕。「不行！」

他怎麼也想不到，她上門求見，竟然是想審問西戎探子。審問的過程和環境太血腥，她怎麼受得了？

秦庭韞的行商日誌裡，記載的不僅僅是行商的過程和見聞，還有他對妻女的思念，最多的就是對女兒小時候的回憶。

從秦庭韞的行商日誌裡，他知道她其實是非常嬌氣和膽小的，怕疼、怕苦、怕累、怕黑、怕血、怕髒……連飛蛾這種小蟲子都怕。因此審訊如此血腥的過程，他怕她見了晚上作噩夢。

秦汐試圖說服他。「我知道這不合規矩，可是我保證，我能夠問出一點有用的東西。」

蕭暻玹淡淡地道：「不行。」

這與合不合規矩無關，他從來不將規矩當一回事，他只是盡自己的一份責任而已。既然她在父母身邊是被嬌寵著長大，世間什麼血腥和黑暗都沒有見過，那在他這裡，自然也不例外。他娶她是為了報恩，既然是報恩，自然是讓她過上比以前更好的日子，所以他是不會答應的。

秦汐蹙眉問：「為何？」

蕭暻玹道：「不為何，不行就是不行。妳還有事嗎？」

斬釘截鐵，沒得商量，開始趕人。

秦汐一噎，和這種人說話能氣死人吧。去他的不為何，不行就是不行。
秦汐瞪了他一眼，沒好氣地道：「沒事。民女告辭。」
說著福了一福，轉身走人。
蕭暻玹看著她氣鼓鼓的樣子，水汪汪的大眼睛滿是嗔怒，美麗的眸子裡填滿了委屈，他第一次嘴巴比腦子還要快，脫口而出。「跟我來。」
話音剛落，他便驚住了。剛剛的話是他說的？
秦汐立刻轉身，笑盈盈地看著他。「好！」
彎彎的眼眸裡星辰閃爍，蕭暻玹想到了元宵夜裡那千千萬萬耀眼奪目的花燈。
他默默地移開視線，轉身大步往外走。
然後，他忍不住想到秦庭韞在日誌中寫的一段話——明知道是不對的，可是每次汐兒嘟著嘴巴，用那雙住滿了日月星辰的大眼睛瞪自己一眼，然後氣鼓鼓地離開，他就鬼使神差地什麼都會答應下來，甚至恨不得將全世界都捧到她面前。
蕭暻玹腦海裡浮現那雙笑意盈盈，裡面住著日月星河的眼睛，加快了腳步。
秦汐趕緊跟上。
長平驚呆了，他忍不住抬頭看了一眼今天太陽落下的方向。
主子竟然因為秦姑娘生氣就改變了主意？太陽這是要開始從西邊升起，東邊落下嗎？主子莫不是對秦姑娘心動了吧？

秦汐小跑到蕭晹玹身邊。

蕭晹玹皺眉，迅速拉開兩人的距離，不悅地道：「離我遠點！」

他的紅疹還沒褪去，快癢死了！

他就應該不管她，繼續回淨房泡藥浴，而不是帶她去審問什麼西戎探子。

秦汐抿嘴，忍不住對著他的背影翻了個白眼。

離他遠點便遠點，誰稀罕啊！他以為他是幸運男神，靠近他還能轉運不成？

秦汐腳步放慢，決定和他保持十步的距離。

蕭晹玹聽見身後腳步聲越來越小，時有時無，他回頭看了一眼，看見秦汐一邊走、一邊玩著樹枝上凝結的霧凇。這就是一個童心未泯的小丫頭，他不應該一時衝動答應帶她去地牢的。

蕭晹玹看了一眼跟在秦汐身後不遠處的長平。

長平立刻來到他身邊。「主子有何吩咐？」

蕭晹玹低聲道：「你去將人帶到一間乾淨的屋子，再準備一個手爐。」

「是！」長平應了一聲，迅速離開。

地牢陰暗潮濕，而且有著濃濃的血腥味和腐臭味，還有各種沾滿鮮血的刑具更是恐怖，的確不適合秦姑娘去，還是主子想得周到。

秦汐也沒想長平為什麼突然離開，為了和蕭晹玹保持距離，秦汐只能一邊走，一邊玩樹枝上掛著的霧淞打發時間。

蕭暻玹見她還在玩，離得這麼遠，他都依然能看見她十隻手指凍得通紅。

他按下心底的煩躁，不悅地道：「別顧著玩，跟上！」

誰愛玩啊！秦汐氣得好想抓一把雪扔到他的臭臉上。

秦汐迅速跑上前，經過他的時候，她跳起來用力一扯樹枝，然後跑開，細碎的雪花，落了他一身，而秦汐還笑著回頭對他做了個鬼臉。

身上掉滿雪花的蕭暻玹身體一僵，抬眸，冷冽的眼神有如冰刃，徑直向她飛射而去。

秦汐掉頭便跑。

蕭暻玹看著落荒而逃的人兒，滿腔的怒火就這麼神奇的消失了。他拍掉身上的雪花，懶得和她計較，不疾不徐地往相反的方向走。

秦汐是知道晉王府地牢方向的，只是現在的她不應該知道，因此見蕭暻玹走向相反的方向，也只能跟上。

他該不會是故意繞遠一點吧？或者想伺機報復？不，他沒那麼幼稚。

但是她還是保持了一些距離，進可攻，退可守。

蕭暻玹帶她來到一處偏僻的院落，徑直走進了一間屋子。

秦汐跟在他身後，隔著一步距離踏了進去，迎面一陣暖氣撲面而來。

屋裡四個角落都擺放著炭爐，暖洋洋的。

蕭暻玹打量了一眼屋子，還算滿意，他看了長平一眼。

長平立刻笑著將一個手爐遞給秦汐。「秦姑娘，暖暖手。」

「謝謝。」秦汐接了過來，看了一眼桌子上擺放著的茶水點心和水果，又看了一眼被綁在椅子上的兩名西戎探子。

兩人衣著整齊乾淨，頭髮還滴著水，一副剛剛沐浴完的樣子。

她甚至還聞到了空氣中有一股胰子的香氣。

秦汐默了默。

原來長平離開就是為了布置這屋子和收拾好兩名西戎探子，讓她能夠舒舒服服地審問？是怕她不習慣地牢的環境？倒也不必如此，真是辛苦了，回頭她得讓人多送兩籃水果和海鮮給他吃。

蕭暻玹在主位上坐了下來，淡淡地道：「妳有什麼想問的，可以問了。」

長平冷冷地看著兩名西戎探子，警告道：「這位姑娘問你們什麼，便答什麼，別想隱瞞！」

兩名西戎探子臉上沒有什麼表情，只是被迫沐浴更衣後，又面對一個貌若天仙的女子，兩人心裡忍不住發怵。

尤其是那個被秦汐奪過粥桶的西戎探子，心中極為不安。

這次又有什麼新的逼供手段？色誘嗎？士可殺、不可辱，他抵死不從！

秦汐在兩名西戎探子面前的凳子落坐，她指著其中一個西戎探子道：「我只審問他。」

被指到的西戎探子心裡慌亂。為什麼是他？旁邊不是還有一個嗎？

蕭暻玹看了長平一眼。

長平立刻將另一名西戎探子帶走。

這名西戎探子鬆了口氣，他給了自己的夥伴一個自求多福的眼神。

其實這姑娘長得貌若天仙，也不虧。

秦汐坐在那裡看著剩下的西戎探子，沒有說話，只是一臉認真地打量著他。越看，表情越是篤定。

那名西戎探子被她看得莫名其妙，心裡發毛。

眼看著西戎探子眼神開始不穩，秦汐才道：「你有個兒子吧？這裡長了一顆痣。」

秦汐的手指點了點眉心。

西戎探子表情微微一變，但很快他就恢復了面無表情。

他以為沒有人發現，可是蕭暻玹和秦汐都看見了。

「我之前在邊疆見過他，那時候他渾身是傷。」

西戎探子心中一緊。

秦汐繼續道：「正被兩個西戎人追殺。」

西戎探子眼裡閃過不屑。

原來是來策反的，他才不上她的當。他兒子幾年前突然不見了，他查到的消息是被天元國的小戰神抓走，並且殺了。所以他才會答應西戎太子，來到天元國的帝都伺機報復。

西戎探子笑了笑。「是嗎？可惜我沒有兒子。」

他的兒子早就被蕭暻玹殺了！他就是來報仇的，可惜，在報仇前就被人識破了。

秦汐聞言皺起了眉頭。「是嗎？那怎麼辦好呢？我聽見他不停地向四周的人求救，說他爹是……」

秦汐說了一句西戎國那邊的方言。

長平聽得一臉震驚。

秦姑娘說的是西戎國的方言，許多西戎人都未必懂得說的一個地方方言。他一個跟著主子在邊疆待了十幾年的人都沒學會，只能半聽半懂，她是怎麼說得如此順溜的？

蕭暻玹坐在那裡喝著茶水，臉上沒什麼表情。

西戎探子聽了臉色巨變。

阿格！是他的兒子阿格，只有阿格才會知道他和他妻子的本名。

秦汐一臉惋惜。「既然不是你的兒子，那沒事了，本來還想通知你去救他娘兒倆的。」

秦汐站了起來，對著蕭暻玹福了一福。「我沒有什麼要說了，民女告辭。」

蕭暻玹點頭，也跟著站了起來，他對長平道：「將人帶下去。」

「是！」長平立刻上前，將人押下去。

蕭暻玹和秦汐一前一後走出去。

她說的娘兒倆是什麼意思？他的妻子也找到了嗎？他的妻子已經失蹤多年了，自己兒子是因為找到了妻子的下落，所以才會遇險的嗎？

西戎探子慌了。「等等！你們想知道什麼，我說！但是妳得告訴我兒子的事，不要騙我！」

事關他兒子和妻子，那就是他的命，不，比他的命還重要，他賭不起。

秦汐勾唇，回頭笑。「當然。」

秦汐走過去，再次坐了下來。

西戎探子著急道：「妳將妳看見我兒子的事詳詳細細地說出來，我得看看妳說的是不是真的。」

秦汐大方點頭。「這沒問題。我是在一個叫黑沙莊的村子看見他，當時他渾身是鞭痕，而且整個人黑漆漆的，好像在煤炭堆裡滾過一樣，他說他和他娘被人抓進黑沙山……」

一刻鐘過後，西戎探子被長平帶下去。

秦汐福身告辭。「民女告辭。」

蕭暻玹站了起來。「拿上手爐。」然後率先走出了屋子。

秦汐抱著手爐跟著出了屋，兩人隔著幾步的距離，一前一後的走著。

蕭暻玹回頭看了她一眼。「妳怎麼知道他有個兒子？」

秦汐道：「該知道就知道了，就像不行就不行一樣的道理。」

蕭暻玹一噎。

她爹的行商日誌沒騙他，這丫頭有點記仇。

蕭暻玹便沒再問下去。

她怎麼知道的，不重要，重要的是該知道的他都知道了。

兩人走著走著，蕭暻玹為了避開一根伸出來的樹枝，往她那邊靠過去一點。

秦汐退了一步。「請離我遠點，別靠過來！」

不，她不是有一點記仇，而是有一點點記仇。

蕭暻玹看著那張俏臉沒什麼表情，默默地拉開了兩人的距離。

第二十八章

兩人沒再說話，默默前行。

蕭暻玹想的是秦庭韞行商日誌裡關於她的記載。

秦汐想的是上上輩子的事，她知道那個西戎探子的事，是因為上上輩子蕭暻玹在攻打黑沙山時，救了這名西戎探子的妻兒，最後這名西戎探子直接投靠了他。

那時候晉王府的人都在猜測他是否真心投靠，因此秦汐才知道。

還有黑沙山是這次西戎國聯合幾個小國一起攻打天元國的切入點，她還聽說黑沙山那裡有鐵礦，那些在黑沙山裡失蹤的人都是因為發現了這事，要麼被殺，要麼被抓去採礦。裡面還藏了許多火藥，蕭暻玹當年帶兵攻進去，折損了許多士兵，那一戰許多士兵都被炸成傷殘，他和晉王都受了重傷。

這些事她不能直說，但不說她心裡過不了那道坎，所以才想到以這樣的方式來提醒他。

兩人沈默地走在路的兩邊，一左一右，一黑一紅，雖隔著一段距離，看似涇渭分明，卻又有說不出的和諧，讓人一看就知道這兩人是一體的。

邱露從練武場那邊過來，看見的便是這麼一幅畫面。兩人相伴而行，寧靜和諧，美好得就像一幅畫。

她快步上前，打破這一份莫名的美好，抱拳行禮。「末將見過暻郡王。」

蕭暻玹回神，眼神冰冷地掃了她一眼，平淡道：「免禮。」

走近後，那一份歲月靜好的祥和氣氛被打破，邱露看見的是兩人隔著距離，表情淡漠，形同陌路，她心裡莫名就鬆了口氣。

剛剛一定是錯覺，兩人這樣疏離才是對的。

她忍不住悄悄地打量了秦汐一眼，心驀地一緊。

美！真的太美了！本以為遠遠看著美的人，離得近再看必然會醜一些，畢竟遠看靠的是想像，會失真。可離得近再看，卻更美了，美得不像真人一樣。

如果有人問她，這世間最美的女子該是什麼樣子呢？她覺得就是她這般模樣。太美了！美得她一個女子見了都忍不住驚心動魄，心跳加速……

她又看了蕭暻玹一眼，不得不說兩人在容貌上真的很般配。

秦汐察覺到她打量自己，偏頭看了她一眼。

她知道她是天元國唯一的女將軍，曾獨自帶領五千兵馬勇殺敵軍兩萬大軍。

邱露見秦汐看過來，對秦汐笑了笑，大方地道：「姑娘有點面生，不知姑娘是？」

蕭暻玹道：「本郡王的未婚妻。」

邱露一怔，沒想到暻郡王會這麼介紹。

邱露笑了笑。「原來是秦姑娘。我是忠勇將軍府的邱露。」

秦汐福了一福。「民女見過邱將軍。」

蕭暻玹皺眉。他如此介紹，就是讓她不必行禮的意思，她是自己未來的郡王妃，這世上夠格讓她行禮的人不多。

邱露太瞭解蕭暻玹，心中更是震驚於他對她的維護，忙抱拳回了一禮。「秦姑娘不必多禮。百聞不如一見，秦姑娘比外面的人說的還要漂亮，是我馳騁中原數國見過最美的姑娘。」

秦汐笑了笑。「容貌只是皮囊，邱將軍才讓人佩服，巾幗英雄，不讓鬚眉。」

邱露笑了笑。「秦姑娘嘴巴真甜，太會說話了。巾幗英雄我不敢當，那些守家衛國的將士們才是真英雄。我只是喜歡持刀弄棒，不喜走個路都要人扶，還要抱手爐的那種嬌滴滴的做派而已。」

抱著手爐的秦汐感覺被嘲諷了，卻也習以為常。

蕭暻玹皺眉。「手爐是本郡王讓她抱著的，她的手救駕受傷了，不能再凍傷。」

邱露表情一僵地笑道：「郡王誤會了，我沒有其他意思。秦姑娘妳不要誤會，我不是說妳。」

秦汐笑看著她。「放心，我沒誤會。」妳就是說我，我知道。

邱露不敢看秦汐的眼睛，迅速轉移話題道：「暻郡王，您有時間嗎？屬下和您說說西戎探子一事？」

蕭暻玹道：「不必，妳和長安說過就行。」話落他又看向秦汐。「走吧！本郡王送送妳。」說完他大步往府門走去。

長平不在，只能他親自送她出府，真是麻煩。

秦汐趕緊跟上。

邱露有點難以置信地呆在原地。

暻郡王這是為了送人，也不願聽她說正事？他不是一直在查西戎探子的事嗎？

秦汐出了府門，福了一福。「民女告辭，郡王爺不必相送了。」然後她抬腳便想踏上馬車。

「慢著！」蕭暻玹喊住了她。

秦汐詫異地看向他。

蕭暻玹繞著馬車觀察了一圈，連車廂和車底都沒放過，又檢查了一下拉車的馬，都做完了才道：「可以了。」

秦汐有些無語，石榴一直守著馬車，他是否多此一舉？

但秦汐還是道：「謝暻郡王，民女告辭。」

蕭暻玹又對趕車的石榴道：「以後妳家姑娘坐馬車前記得仔細檢查一遍馬車和馬。」

石榴點頭。「是。」

「扶妳家姑娘上馬車吧！」蕭暻玹皺眉。

她這個丫鬟有點笨，不吩咐就不會動嗎？一點眼力見兒都沒有。

「是！」石榴馬上下來扶秦汐上馬車。

秦汐見石榴如此聽話，心情複雜。所以石榴啊，妳是誰的話都聽，不僅僅是只聽我的嗎？

邱露跟在兩人身後走出來，將這一切看在眼裡，心裡五味雜陳。

她知道曝郡王的母妃是因為坐馬車時，馬兒失控，墜崖而沒了的。聽說那時候他也在馬車裡，他被寧側妃緊緊護在懷裡，才保住了性命。也是從那以後，他再沒坐過馬車，出行都是騎馬。

她是第一次見他如此認真地檢查一輛馬車，有點不敢去想這背後代表什麼。

總不會是孩童時期留下的陰影吧？

她瞭解他，只有他將那個人放在心裡，納入他的羽翼範圍，他才會為對方設想得面面俱到。所以哪怕秦姑娘只是聖上指婚給他的，他也將她當成了他的人嗎？

秦汐的馬車已經遠去，蕭曝玹直到馬車消失在視線範圍才轉身回府。

邱露故意抱拳行禮引起他注意。「曝郡王，屬下告辭！」

蕭曝玹淡漠地點了點頭，然後便大步走進了府門。

剛剛從秦汐和西戎探子那裡得到的消息有點多，他需要回書房整理一下。而且他身上的紅疹還沒褪去，癢死了！為了陪著秦汐，他已經忍了好久，實在沒有心情再應付她。

邱露看著他大步離去的背影，又看了一眼停在一旁的自己的馬車，忍不住笑了，只是那笑容有點苦澀。

蕭暻玹目送秦汐離開後，便轉身回自己的書房。

他身上的紅疹很癢，可是他有更重要的事要做。他迅速從書架上拿出一份輿圖，打開便研究起來。

剛剛秦汐和西戎探子的對話，給了他很多訊息。

黑沙莊地處兩國的交界，因為那裡有一座山脈黑沙山而得名。黑沙山地勢複雜險惡，沒有人敢走進去，因為走進去的人都出不來。黑沙莊是西北另一個小國契真國的地盤，契真國乃天元國的附屬國，兩國這幾年一直相安無事。因為黑沙莊緊鄰天元國的黑河縣，許多黑河縣的百姓都喜歡去黑沙莊趕集。

只是這三年，許多黑河縣的百姓前去黑沙莊後就失去了消息。黑河縣的縣令派人去查，只查到他們都進了黑沙山，然後大家便理所當然地覺得，他們進去後迷路了，被困在黑沙山裡出不來。

現在看來，確實是被困在黑沙山裡，只是不是被黑沙山困住，是被人困住了。西戎國為何還有兵力攻打天元國？答案出來了，西戎國定然是聯合了契真國和女丹國等周邊幾個小國的兵力，以黑沙莊為突破口發兵。

因為天元國和契真國多年來一直相安無事，黑河縣那邊只駐紮了一萬兵力，要是西戎國真的聯合了幾個小國一起攻打，後果不堪設想。

還有這黑沙山的問題，若他沒猜錯的話，應該是有鐵礦。之前黑河縣失蹤的百姓估計都被抓去開採鐵礦了，只有這樣，西戎國才有兵器發兵。

蕭暻玹眸光凜冽，他帶上輿圖去找晉王。

一刻鐘過後，兩父子匆匆進宮面聖。

皇上正在御書房津津有味地看著秦庭韞的行商日誌。

「這個秦首富是個人才啊！他怎麼沒有參加科舉？要是參加科舉，為朝廷效力，一定能造福百姓。」

林公公笑道：「秦首富能夠成為一地首富，這些年捐了那麼多銀子，也算是為朝廷效力了。而且他開了那麼多作坊，請了那麼多百姓做工，讓那些人能夠養家餬口，也算是造福百姓。」

皇上點頭。「你說得對！這也算是造福百姓，可商人沒有權力，要是他是官員，朕就派他去最窮的縣，他那經商頭腦定然能帶著百姓發家致富。」

林公公聞言不敢附和了，萬一說錯了，皇上真將人送去最窮的縣，那不是得罪人？秦姑娘要是知道了，不給自己魚吃，那可如何是好？

皇上又想到秦汐救駕有功，賞賜卻還沒給。

他道：「你說，朕封秦庭韞一官半職如何？」金銀財寶，秦家不缺。秦家現在缺的是尊貴的身分和地位。單純賞賜一個御賜牌匾，這賞賜似乎又太低。

林公公便道：「皇上英明，可這沒先例，我朝從沒有人以商人身分入朝為官。」

皇上皺眉。「太祖皇帝定下來的規矩，天元國的文官最低也需要舉人出身。」

林公公問：「那要不封秦姑娘為鄉君？」

皇上搖頭。「汐丫頭是未來的暻郡王妃，身分比鄉君更尊貴。」再說，抬高她爹的身分，就是抬高她的出身，這比封她為鄉君更好。她要是郡王妃，那鄉君稱號就是雞肋。

林公公想了想。「皇上可以封秦首富為鄉紳或里正之類的地方官員，這些一般都是有名望的人就可以做了。」

皇上眼睛一亮。「這個主意不錯！」

鄉紳近似於官而異於官，近似於民又在民之上，而且鄉紳能夠升遷官銜。秦庭韞實在是個人才，他始終覺得他不在朝為官，真的是太浪費了。就以鄉紳為起步，以後一步一步的重用。

皇上打定主意，便讓林公公研墨，他親自擬旨。

林公公想到什麼，不由提醒道：「皇上，這聖旨不交給翰林院草擬嗎？」

「不，交給他們，朕又得聽他們一番長篇大論。」

林公公默了默。

皇上說得好像他親自擬聖旨，就不用聽長篇大論一樣。可是如果皇上交給翰林院草擬這聖旨，皇上只需要聽翰林院的官員一番長篇大論；現在皇上自己擬聖旨，皇上就得聽滿朝文武百官的長篇大論。

不過，算了，皇上喜歡就好吧！

林公公默默地研墨。

皇上剛剛擬好聖旨，正準備讓林公公去頒旨，外面的小太監便來報說晉王和暻郡王有急事求見。

一般晉王說的急事都與軍情有關，皇上想到那兩名西戎探子，立刻道：「宣！」

晉王和蕭暻玹一起走進了御書房，蕭暻玹將審問西戎探子的結果，包括他的推斷和猜測都說了出來。當然，也順勢說了秦汐審問西戎探子的事，如果他們的推測沒有錯，那麼秦汐就立了大功。

晉王道：「父皇，請求父皇立刻讓兒臣和暻玹前往邊疆做好防禦。」

蕭暻玹附和。「請皇祖父允許孫兒前往邊疆。」

皇上皺眉。「不妥，暻玹過完年就要大婚，你們現在前往邊疆不適合，朕會另尋他人。」

蕭暻玹又道：「皇祖父，只要現在出發，孫兒有信心，必定在大婚之前趕回來。」

晉王道：「父皇，朝中良將各司其職，都堅守在各處邊塞，調動起來時間恐怕來不及，再說若調動其他將領，恐怕會打草驚蛇。而兒臣和西戎國交手多年，只有兒臣最瞭解西戎國，最有把握贏。」

「皇祖父，這次若是讓西戎國攻下黑河縣，以後會非常難取回來，最重要的是黑河縣的百姓……」

父子倆一搭一唱，最終皇上被他們說服了，畢竟朝廷雖然有不少良將，但是此時此刻的確不宜調動，他道：「准奏，不過曌玹你必須趕在大婚之前回來。」

晉王點頭。「父皇放心，那時候我們一定已經凱旋歸來。就算戰事還沒結束，兒臣綁也會將他綁回來。事不宜遲，兒臣和曌玹打算今晚便暗中出發。」

皇上看向蕭曌玹。「既然如此，你和佛跳牆一起去秦家將這聖旨頒了，順便和汐丫頭告辭。」

蕭曌玹皺眉。「皇祖父，孫兒沒有時間去告辭。」

晉王聞言立刻道：「父皇，兒臣可以去。」順便蹭一頓飯。

皇上白了他一眼。「你去幹麼？你去和你兒媳婦告辭嗎？」

晉王答。「……兒臣可以去和秦庭韞告辭。」

皇上翻了個白眼。「滾！」

他是想去和火鍋告辭吧？別想吃獨食！

皇上看向蕭暻玹。「暻玹，一會兒去傳旨的時候，記得多和汐丫頭說說話，哄她高興，別板著臉，要笑，還要多讚美她，她的優點你知道吧？貌美就無須朕多言了，你也看得見，她釣魚很厲害的。」

生怕蕭暻玹不知如何讚美，達不到預期效果，皇上特意指明了方向。

林公公嘴角抽了抽，皇上這樣算是讓暻郡王去色誘秦姑娘換魚嗎？

晉王心中大感意外。原來父皇為了一口吃的竟如此無恥？

蕭暻玹聽得直皺眉頭。皇祖父莫不是腦子出了問題？為何他說的話，他有點聽不懂？不過這些話都不重要，他想到什麼，問道：「皇祖父是要給秦家賞賜？」

「當然，汐丫頭救駕有功，朕要重賞她，所以你要好好地對她。她是朕的救命恩人，下半輩子朕是否長命百歲就靠她了。」

蕭暻玹又聽不懂了。什麼叫下半輩子朕是否長命百歲就靠她了？

蕭暻玹猜測估計是司天監那邊說了什麼，皇祖父才會這樣說，他道：「既然秦姑娘救駕有功，皇祖父何不賞賜她一塊如聖上親臨的金牌？」

西戎探子一事上她幫了自己，他便替她求一塊金牌。他離開的這段時間，秦家有什麼事，那塊金牌都能頂一頂。

晉王一驚，他忍不住看了自己的兒子一眼，想不到啊！老四這塊冰塊竟然也知道為自己的媳婦謀福利？而且張口就是如聖上親臨的金牌？他還真敢開口！

如聖上親臨的金牌，雖然不是免死金牌，可是免死金牌只能用一次，這個卻可以經常用，還特別好用，可以狠狠地狐假虎威一把，連他也想要。

老四這臭小子，還沒娶媳婦就忘了爹啊！

第二十九章

皇上聞言愣了一下。

如朕親臨的金牌？嗯，好像也不是不行。

皇上想到上次在晉王府聽見那些世家女子對汐丫頭的輕視，言語間滿滿的不屑，便決定應下。

皇上不由自主地想，要是賜汐丫頭一塊金牌，下次要是誰敢看輕她，她就拿著金牌懟到對方眼前，然後四周的人嘩啦啦地跪了一片，只要想想這感覺就不錯。

「准了！」皇上豪氣萬千地道，然後看向晉王。「老大，沒想到你家老四也知道為自己媳婦討好處。」

晉王笑了笑。「父皇教得好。」

皇上點頭，然後接著道：「嗯，不過，暻玹啊，你下次想給你媳婦謀取好處，別向朕要，你父王就在身邊，你讓他情何以堪？」

晉王咬牙。「……兒臣沒關係的，兒臣窮！」

他的銀子都拿去補貼傷殘的退伍士兵了，別問他要東西，要就是沒有，免得傷感情。

皇上瞪眼。「朕更窮！一塊金牌可是要花一斤金子打造的，你記得補給朕。」

晉王感到冤枉。「又不是兒臣的媳婦，為何要兒臣補？」他說要去傳旨，父皇不是說那只是自己的兒媳婦嗎？既是兒媳現在為何要他出金子？

皇上道：「因為你是朕的兒子！因為是你娶兒媳婦，不是朕娶兒媳婦！這理由夠嗎？你是怎麼當父王的？你的媳婦難道不是朕幫你娶的？朕還賞賜了汐丫頭一座府邸、一間鋪子和良田百畝，這些朕都沒向你要，或者你一起補給朕？」

晉王大驚，父王竟還賞賜了那麼多？

他立刻道：「父王的理由太強大，兒臣深以為然！兒臣一定補一斤黃金給父皇。父皇，您還缺孫媳婦不？要不兒臣給您當孫媳婦吧？」

當兒子的待遇太淒慘，下輩子做父皇的女兒、兒媳、孫媳也不做兒子。

皇上怒道：「滾！」

離開皇宮的時候，晉王對前去頒旨的林公公道：「林公公，回頭我給你一條魚，接下來的話，你聽不見，看不見，如何？」

林公公笑了笑。「奴才老了，耳聾眼瞎。」

晉王為什麼要去秦府，他懂；皇上為什麼不讓他去，他也懂。

不過也就晉王敢在皇上面前陽奉陰違，如此放肆了。其他皇子皇孫不是怕皇上怕得不行，要麼就太過恭敬，放不開。可皇上骨子裡就是一個不拘小節、大剌剌的人，這等小事放肆，才是真親近。皇上也是當了皇上後才威嚴起來。

晉王滿意了。

林公公就是識趣，小時候就幫自己隱瞞他偷父皇的酒喝的事情。

晉王湊到了自己那個毫無情趣的冰塊兒子的身邊。「老四，你是不是不想去傳旨？」

蕭暻玹有點奇怪父王怎麼如此想去秦府頒旨，但他沒問，只冷著臉點頭。「嗯。」

今晚在天亮之前就要出發，離開前他有許多事要交代和準備，哪有時間去告辭？再說他也覺得沒有這個必要，他沒事主動湊到一個女子面前，是嫌身上的紅疹不夠多嗎？皇祖父這是沒事找事。

晉王高興地宣布。「行，你去忙你的，順便將父王的事也忙了。你放心，父王幫你去和汐兒那丫頭辭別。」

就這麼愉快地決定了。軍事交給老四，他很放心。他放心地去吃一餐好的，將身體的舊傷都養好了，再去殺敵，一定所向披靡。

「嗯。」告辭不告辭，蕭暻玹根本不在意。

於是晉王便高高興興地和林公公一起去秦府頒旨了。

秦汐剛回到府裡，後天便是冬至，她爹的生辰在冬至，所以她乘機出城去釣魚，順便將帝王蟹和大龍蝦拿出來。她想到答應長平要給他們送水果，便準備了一籃水果和一桶魚讓石榴送去給長平。

石榴剛離開，便有小太監來報說聖旨到讓他們一家馬上準備接旨。

傅氏有點緊張。「不會是帳本有什麼問題吧？」

他們家雖然沒有逃稅，但是這次分明是有人要害他們家啊！又有通敵叛國的事還未明朗，傅氏心裡很不安。

秦汐安撫道：「不會，只有好的聖旨才會有人提前來報。」

她都送出去那麼多魚了，要是還被抄家，那她乾脆偷偷摸進皇宮，將國庫搬空，然後放海水，將皇宮淹了！

秦庭韞點頭。「汐兒說得對，快讓人去準備。汐兒救駕有功，估計是賞賜來了。」

傅氏一想也是，她趕緊讓人準備香案，打掃乾淨院子。

一家人迅速動起來，秦家人剛剛擺好香案，穿戴一新的來到前院，傳旨的隊伍正好到來。

林公公朗聲道：「聖旨到，秦庭韞、秦汐接旨！」

傳旨是有儀仗的，尤其是這種賞賜的聖旨，因此傳旨的隊伍從宮門出來，便有許多百姓跟著來看熱鬧了。

大家議論紛紛。「又是秦家？這秦家今天可真是熱鬧。」

「可不是，來完一撥又一撥的人，也不知道怎麼回事？」

「前兩次估計不是什麼好事，可這次的聖旨我敢用我荷包裡的銀子來擔保，絕對是好事。」

「有儀仗隊的聖旨，絕對是好事。」

外面的人議論紛紛，院子裡，秦庭韞帶著一家人跪在地上接旨。「皇上萬歲，萬歲，萬萬歲！」

林公公宣讀聖旨。「奉天承運皇帝，詔曰，江淮首富秦庭韞，富貴不忘初心，於家，上孝父母，下愛妻兒，尊兄重弟。於國，慷慨解囊，罄其所有，急國之所急，解民之所困。雛既壯而能飛兮，乃銜食而反哺……心繫天下，胸懷家國，積善成德，德高望重，實乃天下商人和士大夫之表率。朕念其有功於社稷，特封為鄉紳，積善之家牌匾一塊，以示表率！秦庭韞之女，英勇無畏，果敢善良，貞善賢慧……」

又是一連串的溢美之詞。

秦汐都不知道自己竟然有那麼多優點，這個皇上有點浮誇。

唸到最後林公公嘴巴都乾了。「救駕有功，乃天下女子之典範，特賜榮華街府邸一座，富貴街鋪面一間，良田百畝。欽此！」

林公公宣讀完聖旨後，笑道：「秦老爺，秦姑娘接旨！」

秦庭韞接過聖旨，一家人高呼。「謝皇上！皇上萬歲，萬歲，萬萬歲！」

然後林公公又拿出一塊明黃色繡著五爪金龍的錦囊，雙手恭敬地遞給秦汐，低聲道：

「秦姑娘，這是皇上額外特意賞賜給您的。」

如朕親臨的金牌不適合寫到聖旨裡，皇上說那是給汐丫頭留的後手。

秦汐接了過來，觸手是一塊頗有重量的牌子。她心中一動，摸了摸，然後瞪大了那雙住滿星辰的杏眸，眼裡藏著不可思議。「這是……」

林公公笑著點頭，無聲地說了一句。「如朕親臨。」

秦汐眼睛彎彎地笑了，這魚送得值了！

有了這塊金牌，以後誰敢輕易動他們秦家？

秦庭韞心中激動。「汐兒，還不謝恩？」

秦汐結結實實地磕了一個響頭。「民女謝皇上隆恩！」今天決定給皇上加龍蝦。

林公公對秦汐道：「秦姑娘，這個錦囊其實是暻郡王為您求來的。」

秦汐微微怔了一下，但很快就想明白。他大概是感謝自己，算是西戎探子一事的回禮，還算有點良心。

林公公又接著道：「秦姑娘，除了皇上賞賜給您的府邸和鋪子，朝廷這幾天還會有幾間鋪子放出來，皇上說了，讓您先挑著買。咱家過兩天便將地契取來給秦姑娘挑。」

秦汐又福了一福。「民女謝皇上隆恩。」

「草民謝皇上隆恩。」秦庭韞心中越發高興，今天真是喜事連連。

他又對著皇宮的方向拱手行了一禮，然後問道：「不知道可否全部都買下來？」

他好想多買些鋪子給女兒做嫁妝，就是京城的鋪子不好買。現在長壽街基本上已經全部都盤下來了，也已經安排人翻新了，只是他覺得不夠。

林公公忍不住心中感嘆，這秦首富當真疼愛女兒，他笑道：「秦老爺和秦姑娘喜歡，自是可以的。不過那些鋪子良莠不齊，到時候咱家將地契取來，兩位去看過再決定吧！還有御賜的牌匾還沒做好，等工部做好了，咱家再送過來。」

秦庭韞笑道：「有勞林公公了。」

「秦老爺客氣了。」

晉王這才笑道：「汐丫頭，老四還讓本王代他向妳說一聲告辭。現在天氣冷了，四處都在下雪，各地已有災情傳到京城，老四要去巡視各地災情，本來他打算親自來告辭，可本王有事要他去辦，他不能來，正好本王有空便過來，順便給秦老弟賀喜。」

這話秦汐是不相信的，蕭嘌玹才不會想到向她告辭，他恨不得自己不要出現在他面前，更不要說是主動出現在自己面前了，估計是被皇上逼的。

不過秦汐還是笑了笑。「郡王爺有心了，各地有災情，有什麼需要我們秦家幫忙的，王爺儘管出聲。」

晉王聞言笑了。「哈哈……好，本王是不會客氣的！」

然後他又看向秦庭韞。「恭喜秦老弟，秦老弟現在也算是半個官身了，是否應該慶祝一下？」

「必須的。王爺今天留在府中用膳，林公公也是。在下已經備好一桌海鮮了，今天有大蟹和大蝦，可遇不可求的那種。」

今天汐兒弄到了比面盆還大的大蟹和比手臂還粗壯的大龍蝦，本來打算後天冬至吃的。冬至是他的生辰，這是汐兒特意為自己準備的壽禮，正好今天高興，當作提前過生辰。

晉王聞言眼睛一亮。

林公公遺憾地擺了擺手。「謝謝秦老爺，可是咱家還得回宮覆命，沒有這口福了。」

秦庭韞聞其聲而知其意，便道：「既是如此不敢耽擱公公的正事。汐兒準備了一些果子和魚向皇上謝恩，若是林公公不嫌棄，便帶些果子和魚回宮裡吃吧！」

林公公也不客氣，客氣的話那太假了，他直接笑納。「多謝秦老爺，秦姑娘。秦姑娘的魚乃天下第一鮮，咱家便厚著臉皮欣然接受了。」

然後林公公便帶著一大一小兩籃子水果和一大一小兩木桶魚，在晉王羨慕的眼神下回宮了。不過這一份羨慕，在看見飯桌上比面盆還大的大蟹，手臂般粗的皮皮蝦和比手掌還要大的生蠔後，便蕩然無存了。

幸好他今天來了，不然讓老四來，就錯過這海鮮大餐了。

就在晉王大快朵頤的時候，林公公回到了皇宮覆命。

皇上看見一大木桶的魚，還有那隻大龍蝦，雙眼瞪得大大的。

好傢伙！這種大龍蝦，他也沒吃過幾回。那如朕親臨的金牌真是賞對了，不然他定然吃不到這大龍蝦。

「汐ㄚ頭收到那金牌高興嗎？」

林公公笑著回道：「秦姑娘高興得整個人都愣住了。」

皇上聞言便滿意了。汐ㄚ頭高興就好！

「嘌玹沒有去傳旨吧？老大去的？」

「皇上英明。」

皇上冷哼一聲。「朕還不知道他！」

哪裡有好吃的，哪裡有好酒，哪裡便有他！

皇上突然想到一個嚴重的問題。「今天傳旨的時候，多人知道嗎？」

「回皇上，秦家外面圍滿了百姓。」

皇上心中一慌。完了，明天上朝一群皮皮蝦又要噴朕了！

而那群皮皮蝦聽說皇上竟然封秦庭韞為鄉紳，正在奮筆疾書的寫奏摺。

皇上想到明日早朝的事，又問道：「秦家的帳本查得如何了？」

「回皇上，剛剛奴才使人去問過，到現在為止，帳目都沒有問題。而且秦家在江淮府生活時，除了按時繳齊賦稅之外，每年還會捐一筆糧食給江淮府衙門救濟窮苦百姓。」

這事早在皇上要下旨的時候，他就特意派小太監去問了。回宮時，他又去問了一次，他就知道皇上會問，只是他沒想到皇上會這麼遲才想起要問。

這聖旨都頒下去了，現在問還有意義嗎？

不過林公公不得不佩服秦首富，真是至仁至善。

戶部尚書說了，看秦家的帳本才知道，江淮府每年無人凍死餓死，秦家真的是功不可沒。

難怪江淮府的府尹升官升得特別快，有這麼一個財神爺在，何愁沒有功績？

皇上聞言鬆了口氣，雖然他覺得秦庭韞不會逃稅，可是萬一有什麼疏漏呢？那樣的話明日早朝，他會被大殿上那群皮皮蝦噴出來的水淹沒的。

「好了，你讓趙飛剛去晉王府門外等著，老大從秦府回去要是帶了魚，你讓他將魚帶回宮裡。」

林公公替晉王默哀了三秒，他就知道皇上會這樣，所以他才對晉王說自己耳聾眼瞎。

最後，酒足飯飽的晉王帶著一桶魚和一個大籃子回府的時候，那桶魚便被劫走了，只剩下了籃子裡的水果和一包魚乾。

晉王悲憤地決定，下輩子不當兒子、不當孫子，要當皇上的老子！

夜已深，除了富貴人家依然亮著燈火，普通人家早已進入夢鄉。

蕭曝玹和長平、長安這個時候才從軍營裡趕回晉王府。

長安和長平的屋子在前院的倒座房。

蕭暻玹對兩人道：「不用伺候了，你們回自己的屋子收拾一下行李，休息一下，子時出發。」

說完他便大步離開了。

門房等蕭暻玹離開後，才將一籃子水果和一桶魚拿了出來。「長平，這是一位石榴姑娘送過來的。」

籃子和木桶都用錦布蓋著，看不見裡面有什麼東西，可是長平知道這是秦姑娘送給他的水果。

長安看了一眼，好奇道：「這是什麼？石榴姑娘是誰？長平，你有相好的姑娘了？」

長平擔心長安搶自己的水果，含糊道：「什麼相好的姑娘，別胡說八道！」

丟下這話，他便匆匆地提著東西回自己的屋子了。

長安一頭霧水。跑什麼跑啊？他還能搶他心愛的女子送給他的東西不成？

長平回到自己的屋子，掀開布，看見一大籃子各色各樣的水果，還有一桶鮮活的魚蝦蟹，數量很多，頓時心中感動。

秦姑娘真是一個大方的大好人啊！

他迅速拿起一顆蘋果咬了一口。

好吃，實在太好吃！這是他吃過最好吃的蘋果！

他大口大口的吃，覺得自己吃的不是蘋果，而是內力。

吃完一個蘋果，他又拿起一顆草莓嚐了嚐。

好好吃！

長平一個接一個的吃，全然停不下來那種。

秦姑娘真的太好了！怎麼辦？他都覺得主子有點配不上她了……不行，他得為秦姑娘做點什麼，不然秦姑娘要是不嫁給主子或者兩人最終和離，以後他就吃不到這麼好的果子了。

他一個人的力量大概影響不到主子，得找些幫手。於是他揣著水果，找自己的同僚去了。

第三十章

於是在漆黑的寒夜裡，蕭暻玹迎著風雪出城，快要經過秦府的時候，長平出聲。

長平問：「主子，您真的不去和秦姑娘道別嗎？」

蕭暻玹騎著馬，馬速極快，冰冷的雪花打在他臉上，一臉不為所動。

長安附和。「這次多虧了秦姑娘我們才這麼快就撬開了西戎探子的嘴。」

蕭暻玹沒說話，一夾馬腹，馬兒跑得更快了。

這事，他已經給她討了一塊如聖上親臨的金牌作為感謝了。

長風敲邊鼓。「屬下覺得秦姑娘對西戎國那邊知道得挺多的，主子去和她告別，說不定她還能提供一些什麼消息。」

長河續道：「多一點消息，多一些勝算，再說這一戰也不知道什麼時候回來，主子和秦姑娘馬上要大婚了，您突然不辭而別，她會擔心親事不能如期舉辦，到時候被京城的人恥笑吧？」

四人騎著馬整齊劃一地跟在蕭暻玹身後，你一言，我一語，馬上就要路過秦府了。

長平道：「可不是，上次在晉王府都有人敢笑她了，那些話太難聽了，也不知道秦姑娘回府後有沒有偷偷哭鼻子。」

長安道：「一定有，要是我，我都會哭！」
長風道：「我簡直會淚流成河！」
長河道：「我會比孟姜女哭倒長城還要厲害！」
蕭暻玹本來一直把這些人的話當耳邊風，但聽到哭字時捏著馬韁的手一僵。
哭？在秦庭韞的日誌裡，她是挺愛哭的。每次秦庭韞出去行商，她都哭得稀里嘩啦的。
和她告別，她哭；不辭而別，偷偷出發，她哭得更厲害，能哭上幾天，將眼睛都哭腫。
難以想像那雙住滿星辰的眸子，眼淚汪汪的樣子，會是什麼樣子。
長平道：「要是我親近的人不辭而別，我會哭得更厲害，最討厭不辭而別的人了。」
長安道：「沒錯，不辭而別太過分了！」
長風道：「不辭而別以為是為對方好，實則是傷害。」
長河道：「豈只是傷害，簡直是始亂終棄，無恥，下流，賤格！」
蕭暻玹回頭冷冷地瞪了長河一眼。
長河被看得寒毛都豎起來了，硬著頭皮道：「我不是說主子。主子英明神武，俠肝義膽，心如磐石，絕對做不出始亂終棄，無恥下流，賤格之事。」
蕭暻玹沒有理會他，他淡淡地道：「你們在這裡等我。」
說完他一扯馬韁，拐進了秦府側面的小巷。
見狀四人忍不住同時握拳。成功！

長安看向長平索討。「我的蘋果！」

長風道：「我的桃子！」

長河道：「我的橘子！」

長平道：「來來來，給給給！」

蕭暻玹並不打算驚動秦府的人，他只是來和她說一聲他一定會趕在大婚之前回來娶她，因此他騎著馬來到了秦府的後門。

可是他並不知道秦汐住在哪個院子。

他摸了摸懷裡的小狐狸。「秦姑娘住在哪裡？」

小白狐從他懷裡鑽了出來，一下子便躍到了高牆之上，對著蕭暻玹叫了兩聲。

蕭暻玹跟著躍上了高牆，然後一白一黑的兩道影子熟練地避開巡夜的家丁，如入無人之境般來到一個院落。

今夜是玉桃守夜，姑娘睡得早，因此守在外間的玉桃也早早就睡下了，完全不知道外面有人來了。

小白狐趴在窗臺上，對著蕭暻玹揮了揮狐狸爪子。小姊姊就在這屋子裡面！

蕭暻玹發現裡面的燈已經滅了，證明已經睡下了，他本來打算直接離開的。

可是，就在他轉身離開的時候，內力深厚，耳力非比尋常的他發現屋裡沒有人。可是外面的隔間有一道清淺綿長的呼吸聲，證明是守夜的丫鬟都熟睡了。守夜丫鬟都睡下了，主子為何不在屋裡？

蕭暻玹擔心出了什麼事，便直接從窗戶進去。

秦汐正在海島裡面游泳。前兩天她發現海水的靈氣更足，便決定每晚進海島裡游泳一個時辰，讓身體盡快恢復上輩子的實力。而且她發現身體泡在海水裡，燙傷的傷口癒合得更快，所以今晚便游得更久了。

只是游著游著，她突然整個人離開了海島。

於是蕭暻玹剛進屋，便看見趴在地上，動著雙手和雙腳、穿著古代改造版比基尼的秦汐。

兩人一狐對眼，只有尷尬能形容。

這是什麼大型社死現場？

秦汐迅速站了起來，去拿衣服披上。

小白狐舉起兩隻前爪遮住了雙眼。

蕭暻玹迅速轉過身，他想直接跳窗離開，又覺得如此做的話非常孟浪，更加無法解釋，只能等她穿好衣服好好解釋一下。

秦汐套上一件裡衣後，見他背過身，一副紳士的模樣，有點怒了，忍不住諷刺道：「民女竟不知道暻郡王還有夜闖少女閨房的愛好！或者說江湖中那個鼎鼎有名的採花大盜便是暻郡王？」

蕭暻玹耳朵都紅了，比身體過敏時更紅，第一次面對如此尷尬的場景，一時竟說不出話。

秦汐繼續諷刺道：「難道平日一副不近女色的模樣都是假的？」

蕭暻玹這回總算找回了說話的能力了，他清了清嗓子。「是本郡王冒犯了。本郡王要出發前往西北邊疆，特意前來和秦姑娘告別。只是剛剛發現屋裡沒有人，以為妳出事了，才會闖進來，實在抱歉。」

秦汐冷笑，一臉諷刺。「暻郡王這藉口實在可笑，我不是人嗎？」

蕭暻玹張口結舌。

這無法解釋，剛剛他明明沒有聽見人的氣息，才進來的，可事實是他聽錯了。難道她剛才趴在地上練的是龜息功嗎？可是那姿勢實在怪異了一些。

那動作有點像水裡的癩蝦蟆，莫不是蝦蟆功和龜息功結合？

「實在抱歉，妳放心，本郡王定會在大婚之前趕回來。」

秦汐直接翻了個大白眼。

她有什麼不放心的？他的意思是他一定會負責嗎？誰稀罕！

只是蕭暻玹背對著她不敢轉身，沒看見她的表情，見她沒說話，繼續道：「我離京一段時日，妳有事可以去如意茶館找雲岫先生。」

秦汐挑眉，這是直接將他和如意茶館的關係告訴了她？

蕭暻玹又問道：「我這次去的是西北邊疆，妳有沒有什麼想說的，或者有沒有什麼東西想要的？我可以帶回來。」

他知道秦庭韞每次出門，都會給她帶許多東西。

秦汐想到西北的商隊即將遇到的危機，也不好和他計較，便道：「如果你有空的話，便關照一下我們家在西北的商隊吧！」

蕭暻玹點了點頭。「好。那妳有沒有什麼想要的？」

秦汐搖了搖頭。「沒有了，你平安歸來便可。」

蕭暻玹心中一顫，忘了有多少年了，再也沒有人和他說過平安歸來。

他點了點頭，輕聲應下。「好。」然後他便直接跳窗離開了。

秦汐看著消失在夜色中的身影，有點不明白，他怎麼會來向自己辭別？之前她還以為晉王說的是客氣話呢！

想不明白就不想，秦汐搖了搖頭，走過去關窗。

窗臺上，小白狐悄悄地移開了小爪子，看了一眼秦汐，又看了一眼消失在夜色裡的主人，偏了偏頭，一時有些難以抉擇，牠到底是留下來，還是跟著主人去邊疆呢？

主人說這次帶牠回去故鄉，就將牠放生了。

要自由，還是要美食？好難抉擇！

秦汐看見窗臺上小白狐一副糾結的模樣，又好氣、又好笑。「小色狐，桌子上有魚乾。」

小白狐眼睛一亮，立刻跳到桌子上，叼起一條魚乾吃了起來。

牠決定了，小姊姊盛情邀請，牠還是留下來吧！畢竟自由是好，可是哪有有人投餵好？再說，牠現在也挺自由的。

外間玉桃迷迷糊糊地好像聽見了姑娘和誰說話的聲音，她問道：「姑娘，您和誰說話？」

「沒事，是小白狐來了，不用進來伺候，妳繼續睡吧！」

「是。」玉桃聞言便繼續躺著，卻沒敢睡，直到屋裡沒有了聲音才睡下。

秦汐轉動了一下床頭的機關，將藏在牆壁上的一顆夜明珠露了出來，臥室頓時明亮了不少。

她由著小白狐在桌子上吃魚乾，自己去隔壁淨房沐浴了。

淨房裡有溫泉，很方便。

不過，今晚的事也提醒了她，秦府的守衛必須要提升了。

她身邊的丫鬟除了石榴，其他人也都得開始練武，都警醒一些。

蕭暻玹騎著馬回到了大街上。

長平四人第一時間便發現自家主子氣息有些亂，然後發現他的臉又紅了。

這是又起紅疹了吧？難道主子除了告別，還做了一些別的事？進步了啊！主子此刻一定痛並快樂著吧！

長平問：「主子，能頂住嗎？要不要回去泡藥浴，明晚再出發？」

「不必！」蕭暻玹丟下這句便一夾馬腹，飛一般地跑遠了。

冰冷的雪花，刺骨的寒意，打在他滾燙的臉上，也沒能讓他臉上的溫度退下去。腦海裡不自覺地又出現了剛才的畫面。他不僅耳力好，他眼力更好，哪怕在黑夜裡，也看得清清楚楚。他搖了搖頭，想什麼呢?!他迅速將腦海裡曼妙的身形揮走。

長平四人相互看了一眼，總覺得主子有點不對勁，可是他們也不知道哪裡不對勁，只能迅速跟上。

翌日早朝，滿朝文武百官果然彈劾說昨日的聖旨不合規矩。

工部尚書道：「皇上，我朝自太祖皇帝以來，從來沒有讓商人為官的先例。我朝鄉紳無一不是德高望重之輩，非致仕的朝廷命官、宗族元老、當世大儒，世人敬佩、推崇之人不能勝之、任之。故賜封一位富商為鄉紳恐世人不服。」

林御史規勸。「夫以銅為鏡，可以正衣冠，以史為鏡，可以知興替，以人為鏡，可以知得失，『服帛降梁魯』的教訓不可忘，商人的地位萬不可提升啊！」

「皇上，秦庭韞一介商人，其女雖救駕有功，可皇上已經賞賜良田、府邸、商鋪，此已足矣！且秦姑娘乃未來暻郡王妃，救皇上乃孝道、本分，鄉紳乃德高望重之人，而商人多重利，故賜封一位富商為鄉紳大大不妥。畢竟這天下又不是只有他一位富商救濟百姓，難道天下的富商都堪當鄉紳嗎？」

皇上看著這幾隻狂噴水的皮皮蝦，拍了拍龍案上厚厚一疊帳本，一臉認同地點頭。「林愛卿說得對，以人為鏡知得失。這些都是秦首富這些年為朝廷、為百姓所做的事，還有秦首富捐贈的物資和財富，每年施粥的這些小事就不說了，眾位愛卿看看天元國有多少橋、多少路、多少水利是他出銀子修建的？這可是功在當代、利在千秋的功績。」

文武百官頓時鴉雀無聲。

「朕相信眾愛卿家中定有子弟在朝為官，眾愛卿便以秦首富為鏡，看看諸位愛卿在朝為官的子弟為朝廷、為百姓都幹了什麼事、立了什麼功、可否有秦首富那般的功績？要是諸位愛卿誰家有秦首富這般的人，朕也賜封他為鄉紳。沒有如上功勞者，那位置就不要坐了，讓秦首富來坐吧！」皇上拍了拍桌子上高高的帳本。「佛跳牆，發下去給各位大人看看。」

「遵命！」林公公立刻去分發帳本。

半晌，人人手中拿著一本帳本，大殿上一片靜默。

秦庭韞是做工頭的嗎？沒事他幹麼到處修橋鋪路？這都是朝廷命官該做的事情。

「諸位愛卿對於朕的賞賜可還有異議？」

眾人看著手中的帳本皆不敢出聲。

誰還敢再有異議啊？再敢有異議，家裡的孩子還想不想當官了？再敢有異議，他們都得退位讓賢了。畢竟他們誰有秦首富財大氣粗，在天元國半數以上的城池修橋鋪路？

皇上見沒人出聲總算滿意了。

哼，看你們還有什麼話說！就允許你們一個個為家裡的孩子謀官職，朕給自己孫媳婦的爹謀個一官半職都來阻撓。再說一句，誰都別想再替自家孩子謀官職！

朝廷只需要能幹實事，真正一心為民，造福百姓的人，甭管是商戶出身，還是士族出身。

秦汐此刻正帶著秦晟文和幾個丫鬟來到練武場準備跑步。

「什麼？跑步？我不跑！」

秦晟文有點不服，他武功雖不說蓋世，但是也是所向披靡，怎麼就要和丫鬟們一起練跑？再說練跑有什麼用？還不如練一套槍法。

秦汐看向他。「為何不跑？」

秦晟文沒好氣地道：「我將來是要上戰場殺敵的，又不是想當逃兵，為何要練跑？」

秦汐一本正經地點頭。「有道理。」

秦晟文得意道：「有道理吧？那我不跑了，妳們跑吧！我去耍一套槍法。」

「戰場上槍法好很重要，可是萬一你跑得太慢，連大軍都追不上，如何一馬當先的去殺敵？萬一一群士兵裡你成了掉隊的那個，你不怕丟人嗎？丟人就算了，最怕的是將軍以為你故意掉隊，想當逃兵。你該不會以為，你一進軍營就能當騎兵吧？」

「喂喂喂，妳這是什麼話，我怎麼可能連大軍都追不上？我可是跑遍江淮無敵手！」秦晟文不滿地瞪大眼睛。

這丫頭也太看不起人了，氣死他了！

秦汐不屑地打量了他一眼。「就憑你這短胳膊短腿？跑贏我和我的丫鬟再說吧！」

秦汐說完看了自己身邊四個丫鬟一眼，然後她便帶頭繞著練馬術的跑道跑起來了。

秦晟文咬牙。「臭丫頭，就讓妳看看妳二哥我的實力！」

二哥？自己明明比他年長一點點，但秦汐懶得和他計較。

秦晟文一下子就跑遠了，甩了秦汐幾人半圈。他回頭看了秦汐一眼，一臉洋洋得意。

「看見沒，這就是二哥的實力！」

秦汐不慌不忙地帶著丫鬟跑著。「這才剛開始，我可是可以跑很久的，堅持到最後，贏了才算贏。」

「妳這丫頭真嘴硬。行，跑到最後的才算贏，妳可別一圈沒跑完就暈倒。」他一個男子漢大丈夫還跑不過她？

秦汐沒理他，繼續不急不緩的跑，秦晟文跑完了兩圈，她才跑完第一圈。

一圈跑道很長，除了石榴有武藝在身，玉桃、秋菊和白梅在跑了一半後就不行了，只能一邊跑，一邊走地堅持著。

秦汐跑完第二圈的時候，秦晟文已跑了三圈半，但速度慢下來了。

秦汐跑完第三圈，秦晟文跑了四圈半，可是此刻他的速度已經沒有秦汐快了。

不過領先秦汐一圈半的他，半點也不慌，贏定了！

然而當秦汐跑完第四圈的時候，他才跑完第五圈，腳像灌了鉛一樣沈重，大口大口的吸著氣，胸口都疼了。

他看了一眼秦汐，秦汐和石榴依然臉不紅、氣不喘的跑著。

靠！這兩個是人嗎？魔鬼吧！不是靠跑，靠飄的吧？怎麼能夠氣都不喘？

不行，他還有一圈的優勢。

秦晟文咬牙堅持又跑了半圈，秦汐和石榴便臉不紅、氣不喘的從他身邊經過。

秦晟文再咬牙，繼續堅持，可他等跑完第六圈，秦汐也跑完第六圈了。

成績拉平，秦汐還很輕鬆繼續跑，秦晟文卻覺得自己跑不下去了。

再堅持了小半圈，在秦汐跑完第七圈經過他身邊的時候，他徹底放棄。

「不行，我輸了！」他氣喘吁吁地道。

秦汐跑完了十圈才停下來，臉不紅，氣不喘，秦晟文不服輸都不行。

秦汐淡淡地看了他一眼。「戰事急，一日急行軍何止千里，文弟還覺得跑步沒用嗎？」

第三十一章

「富國強兵！國富，百姓的日子才好過，兵強，國家才不容易被別國入侵，百姓才有安穩的日子過。而想要兵強，你覺得最基本的是什麼？」秦汐看著秦晟文問道。

秦晟文答。「以一敵百的高強武功和箭無虛發的箭術，還有騎射之術？」

秦汐搖頭。「最基本的是體力和耐力。」

她在現代的外祖是一名將軍，她從小就在訓練基地裡長大，接受各種訓練，每天不能落下的訓練是各種各樣的花式跑。而在這個車馬很慢，車馬很少的古時候，跑步更是顯得尤其重要。

秦汐拍了拍他的肩膀。「武功、箭術的確需要多練，這是殺敵的必殺技，但是不要忽略了最基礎的跑步，因為雙腳才是最先戰鬥起來的。這就像練武，紮馬步是基礎一樣的道理。」

秦晟文心中一顫。

是啊！雙腳是最先戰鬥起來的，怎麼可以忽視了跑步？十萬大軍裡，騎兵能有一萬，已經算很多了，普通士兵都是靠雙腿去跑的。

戰事發生時，一大半的時間都是在行軍的路上，翻山越嶺，跋山涉水是常有的事。體力不夠，腳力不夠，哪怕你有以一敵百的實力，若在路上就累癱了，迎戰時，能殺多少敵？

秦汐看他這表情也知道他明白了，便沒有再說太多，她從懷裡掏出了一份跑步計劃表和訓練計劃表遞給他。「這是我做的跑步計劃，你先按著做，我看看你完成得如何，再調整計劃。」

「跑步還要計劃？不是每天跑上多少個時辰就行了嗎？」秦晟文嘟囔著，接了過來，打開看了起來，越看越是目瞪口呆。

跑步還有這麼多花樣嗎？負重跑，越野跑，牆上跑，壁上跑，木樁跑，鋼索跑，水上跑……樹上跑？這都是什麼鬼？沒有翅膀，怎麼樹上跑？

還有，這個目標——跑得比馬兒還快，跑癱馬兒，這是認真的嗎？人只有兩條腿，能和四條腿的馬兒比嗎？要是人跑得比馬兒快，將馬跑癱，那還要馬幹啥？

還有這訓練計劃，這是除了去書院的時間，他幾乎都得訓練，每天的空閒時間就是吃飯和睡覺，加起來只有三個時辰？

去書院的路上也是用跑的。這是什麼魔鬼訓練？這是認真的嗎？

他每天天黑才睡，天亮才起床，最少要睡七個時辰。

秦晟文看向秦汐，一臉凝重地問道：「每天睡三個時辰，這是人能做到的嗎？」

「三個時辰是考慮到你身體還沒完全長好的情況定的，以後可以改成兩個時辰，總之訓練的時間不會少。」

秦晟文倒抽了一口氣。

他是嫌少的意思嗎？他的意思是，每天只睡三個時辰會死人的。

「要不讓二伯不用給我找書院，我每天練武就行了，反正我又不考科舉。」看這計劃，他覺得去書院實在是太浪費時間了。

秦汐挑眉。「這個你說服三叔、三嬸就行。」

秦晟文一下就放棄了。

他爹，他娘，就是要他去書院讀書。

他揚了揚手中的跑步計劃表。「我的好妹妹，妳確定妳這是跑步計劃，而不是練出翅膀和四條腿的計劃？這訓練的是鳥兒還是馬？」

這回，秦汐沒有說話，只是挑了幾樣，做給他看。

秦晟文看著在牆頭上跑得比貓還快的秦汐，沈默了。

好吧，練起來，他怎麼可以連汐兒妹妹也不如呢？

然後秦晟文在秦汐的帶領下，累成了狗。

他的身體瘋狂的叫囂著要休息，可是為何汐兒妹妹看著一點兒也不累？

他不甘心被比下去，可是，又實在不想動了。

就在他猶豫著要不要放棄的時候，這時玉桃來到了秦汐身邊福了一福。「姑娘，門房的人來稟說老太爺派了丫鬟來傳話。」

之前秦汐便對門房叮囑過，要是大房的人來了，一定要告訴她。

秦汐停下動作。「將她帶到這裡吧！」

「是！」

秦汐又對秦晟文道：「今天到此為止。」

「好！」秦晟文如蒙大赦，一溜煙地跑了。

很快，大房那邊的金花便被玉桃帶到了秦汐面前。

金花福了一福。「奴婢給汐兒姑娘請安。」

「不必多禮，說重點。」

金花眼底閃過一抹不屑，汐兒姑娘真的太不懂人情世故了，說話一點也不婉轉，也不知道先問候一下長輩。

她便直接道：「老太爺說明天他會帶幾個貴人來給老爺賀壽，貴不可言的那種。老太爺讓二老爺多準備幾樣好的菜，免得失禮於人。」語氣少了尊敬，還隱隱有一種身為官家下人那種與有榮焉的高高在上之感。

秦汐勾唇，滿是譏諷。

貴不可言不就是指太子？這一世提早遇見，她就知道躲不開。

秦汐淡淡地道：「我爹這次的壽宴只是小辦，不宴請外人，更不請斷絕關係的人。石榴，送客。」

金花忍不住道：「奴婢奉勸一句，雖然汐兒姑娘是未來的暻郡王妃，可這次的貴人，暻郡王在他面前也得卑躬屈膝，你們還是好好準備吧！可別得罪了不該得罪的貴人。」

秦汐將她的話當放屁，眼神也沒給她一個，轉身便走。

石榴直接將人扛在肩上，丟出了府門。

金花加油添醋地將話帶回松樹胡同。

秦老爺子沈默了一下。「老二一家這是和我們生分了。」

古氏冷哼一聲。「真是不知好歹，枉老大還一片心意，介紹太子給老二認識。」

李氏當然也不樂意帶太子去，可是太子對自己的相公明示要去秦府感謝汐兒那死丫頭救駕之恩，她故作一臉擔心。「那如何是好，相公已經和太子說好了，該如何回絕太子？失信別人還好，失信太子，恐怕有礙前程。」

古氏道：「回什麼回，明天直接帶著太子過去，老二還敢將我們拒於門外不成？」

秦老爺子也想不到更好的辦法，只能這樣了。

第二天冬至，秦庭韞的壽辰。

秦汐照樣是在海浪聲中醒來，然後進了海島。

今天大海送來了十幾隻黑金鮑，十隻藍龍蝦，一條大鮭魚。這些黑金鮑個頭很大，比她在現代吃過最頂級的還要大。而藍龍蝦更不用說了，兩百萬隻龍蝦中才會出現一隻變異的藍龍蝦，其珍貴、稀有程度可想而知。

這十隻藍龍蝦，個頭都在四、五斤以上，算是罕見得大了，放在現代可是可遇不可求，有錢也未必能買到的存在。這種品質的藍龍蝦，百萬兩起跳，也有許多人搶著要，今天海島竟一下子送來十隻藍龍蝦。

此外還有十幾隻頂級黑金鮑和一條大約十六、七斤的鮭魚；再加上前兩天送來的扇貝、花甲和一條一百多公斤的藍鰭金槍魚，真的是賺大發了！

最重要的是，今日壽宴的食材有了，她決定親手做一桌子飯菜給自己爹祝壽。

秦汐一邊在心裡擬菜單，一邊在海島裡完成了鍛鍊，直到天亮了才出了海島，梳洗過後，她便帶著她親手炒的龍井茶葉去錦華堂給秦庭韞拜壽。

秦庭韞愛喝龍井茶，這茶是海島種出來的，就算是御用的龍井也不能比。

來到錦華堂，秦汐跪下來給秦庭韞磕了一個響頭並且送出了她精心炒製的龍井茶葉。

然後，一家人正高高興興地用早膳，迎春卻走了進來。「老爺，夫人，大房和姑奶奶一家都來了，一同前來的還有兩位姓蕭的公子。」

一家人沈默了一下。秦庭韞皺眉，蕭是國姓，兩位蕭公子是誰？

「請馮伯進來回話。」

秦庭韞口中的馮伯是馮管事的爹馮祥，白天的時候一般是他當門房，晚上會是年輕力壯的家丁輪流守夜。

馮祥很快便進來了，他正想行禮。

秦庭韞免了他的禮。「馮伯不必多禮，你知道來的是哪兩位蕭公子嗎？」

「其中一位是晉王府的三公子。另一位老奴不認識，年紀有些大，和晉王容貌有三分像，但不是晉王。」

秦汐問道：「馮爺爺，另一位嘴角是否有一顆痣？」

馮祥點頭。「回姑娘，是的。」

秦汐和秦庭韞相互看了一眼。

「那是太子。」秦汐道。

傅氏驚道：「太子怎麼來了？」

而且一大清早就過來？未免太失禮了吧？

秦庭韞站了起來。「我去會一會。」這分明就是來者不善。

秦汐想了想，也沒有阻止。

太子能來一次，便能來第二次，躲避不是辦法，她也不喜歡逃避。這輩子，她再也不會被蕭暻桓送給太子，也不會揹上禍害太子的罪名。

傅氏忙對迎春道：「迎春快去泡一壺好茶，也準備一些新鮮的水果點心，就用汐兒剛才送給老爺的茶葉泡。」

那包茶葉一打開便茶香撲鼻，一聞就知道是好茶。

「是。」迎春忙應了一聲。

秦汐卻道：「娘，我去準備吧！」

那樣的好茶給太子喝？浪費！她不毒死他就算好了。

傅氏想到秦汐以後嫁入晉王府，也算是皇家人，太子是未來的皇上，三爺又是汐兒的大伯，汐兒親自去泡茶招待，更顯誠意，便道：「還是汐兒想得周到，那妳去準備。」

秦汐便親自去泡茶了。

離開了傅氏的視線，秦汐對玉桃道：「去取些黃連過來。」

玉桃驚訝。「姑娘要黃連幹啥？」

「泡茶。」

玉桃瞪大眼。姑娘該不會是打算泡黃連水給太子喝吧？

很快，玉桃便否定了。

姑娘一定不會泡黃連水給太子喝，估計是給大房那些不要臉的喝！

於是玉桃匆忙趕去藥房取黃連。

一刻鐘後，秦庭韞將太子、蕭暻桓和大房一家人請到了正廳。太子身分尊貴，傅氏和秦汐雖然是女眷，可是也必須出來見禮。

秦汐和傅氏畢恭畢敬地給太子行了一禮。

太子的視線落在秦汐臉上，笑得溫和。「秦夫人，秦姑娘不必多禮。」

見過禮後，一般就可以退下了，因為古氏等人也來了，還需要招待客人。

可是太子看兩人想退下，竟開口道：「秦夫人，秦姑娘請坐。」

蕭暻桓心中一動。

原來太子突然約他造訪秦家，竟然打的是這個主意。他太瞭解太子了，太子為了賢名，不能重女色，只能偷偷摸摸來，為此他還幫了太子不少的忙，給他打掩護，送女子給他。就是不知道太子這次是老嫩都看上，還是只看上嫩的。

不過不得不承認，秦汐的確美。之前她總低著頭，一副畏畏縮縮的樣子還不覺，現在每見一次，便驚豔一次。

秦庭韞微不可察地愣了一下，看了秦汐和傅氏一眼，聲音溫和、語帶安撫地道：「太子賜座，夫人和汐兒坐下吧！」

秦汐便拉著傅氏在秦庭韞的下首安安穩穩地坐了下來。

秦老爺子和秦一鳴坐在秦庭韞的上首，兩人都不敢真的坐，半坐半蹲，比坐著更難受。

秦老爺子見秦汐和傅氏竟然真的敢穩穩地坐著，皺起了眉頭。

傅氏和秦汐怎麼可以如此上不得檯面？太子面前，豈能真的落坐？

秦老爺子使勁地給秦汐和傅氏使眼色，可是兩人都沒看他。秦汐是故意無視，傅氏是有點緊張，根本不敢看向上首的方向，這讓秦老爺子氣得想罵人。

商賈出身，果然上不得檯面！老二這媳婦真的是娶錯了，生不出兒子害老二斷後便算了，現在如此失禮，萬一惹怒了太子，這是想毀掉整個秦家嗎？

而太子根本沒注意到這些，他不著痕跡地掃了秦汐一眼，笑著解釋。「秦姑娘很快就嫁給暻玹了，我們也算一家人，實在不必太過講究。再說這次孤可是特意來向秦姑娘道謝的，謝謝秦姑娘救了孤父皇一命。」

說到最後一句，他又對秦汐拱手，乘機光明正大地細細打量著秦汐。

美！真的太美了！美得不像真人！天上的仙子大概就是這等模樣，不知道將仙子睡了是什麼感覺？

想到這裡太子便心癢難耐。

他得想辦法趁著蕭暻玹不在的時候將人弄到手，今天就是一個機會。他是太子，未來的天子，這世間的美人都該是他的！

秦庭韞心中一沈，心底的怒火都差點噴出來了。

男人最瞭解男人，這種道貌岸然、實則好色的男人，秦庭韞在商場上見多了。太子這副作態就是見色起意！幸好他經商多年，早就練就了越是生氣，笑得越溫和。

他笑著打斷了太子的視線，順便幫自己女兒回話。「太子殿下客氣了，那是汐兒的本分。再說皇上已經賞賜過了，當不得太子親自來一趟。」

太子只能收回視線，冷淡地擺了擺手。「應該的。」

正好這時候迎春給眾人上茶，秦庭韞繼續道：「太子請用茶。」

太子只能拿起茶碗喝茶，他看著金黃色的茶湯微微詫異。「咦，這茶的茶色很特別，不知道是什麼茶？」

太子又看向秦汐。「這茶是秦姑娘親手泡的？」

剛剛進來的時候秦庭韞讓下人去請傅氏和秦汐，他聽見下人說秦汐去泡茶了。

秦庭韞根本不給秦汐回話的機會，搶先道：「回太子，這是憶苦思甜茶。」

秦庭韞一看這茶色就知道這茶加入了黃連，甚至不用問秦汐就知道這一定是女兒的主意。畢竟太子的身分擺在那裡，如果是自己的妻子，一定會拿出最好的茶葉招待太子。

太子雖然不高興秦庭韞搶答，可是他不能表現出來，但是這茶名確實引起了他的興趣了。「哦，為何叫憶苦思甜茶？」

秦庭韞立刻解釋。「草民出身低下，幸得皇上眷顧，賜封草民為鄉紳，草民覺得不能忘本，便決定每年生辰都喝一碗憶苦思甜茶來提醒自己，富貴了也不能仗勢欺人，要努力拚搏，報效朝廷，免遭天譴！」

他意有所指，可惜太子沒感受到這委婉的嘲諷。

太子覺得他就是天命所選之人，他就是天，天譴也是他定的。他點了點頭。「難怪秦鄉紳能成為江淮首富，實在讓人佩服！這茶孤得好好嚐嚐！」

說完他便嚐了一口，入口苦得他差點吐了，整個舌頭都是苦的。
秦老爺子和秦一鳴見太子喝了一口，也跟著喝了一口。
兩人苦得老臉全都皺在一起。

第三十二章

嘴裡的苦味久久不散，秦老爺子怒了。「這泡的是什麼茶，怎麼可以拿這種茶來招待太子殿下？」

「這是不要命了嗎？他們不要命，可別拖累別人。」

秦汐看也沒看秦老爺子一眼。「我爹經常喝這種茶，上次皇上來了，見了也想喝，皇上將整碗憶苦思甜都喝完了，甚至還讚這茶寓意好，有警世的作用。皇上還說世人都該定時嚐這茶，警醒自己別得意了就忘形。因此我爹才決定以後每年的生辰，府中只能有這種茶，大家覺得不好嗎？」

皇上都說好的茶誰敢說不好？幾人本來決定喝一口就不再喝的，可是皇上都讚美過的茶，而且皇上都喝完了，他們能不喝完嗎？

於是幾人硬著頭皮將一碗超濃縮黃連水都喝了下去。

太子苦得恨不得將舌頭都割掉，怎麼可以這麼苦？他感覺整個人都是苦的，呼出來的氣都是苦的，從小到大他哪裡喝過如此苦的東西？

秦老爺子苦得不行，他只想趕緊喝一點茶水沖淡嘴巴裡的苦味。「茶！」

玉桃迅速給太子和其他人又倒了一碗黃連水。

秦汐讚道：「祖父果然謹遵聖意，那大家都多喝一些。」

太子狠狠地瞪了秦老爺子一眼。

秦老爺子心裡一抖。不，他真沒這意思！

秦庭韞笑著邀請。「太子請用茶，大家也請自便。為了不辜負聖上的教誨，今天這茶管夠！」

管夠？他以為這是明前龍井還是茅山毛尖？還管夠！

秦汐低頭默默地喝著加了非常多糖的黃連水，她就知道自己的爹非常懂得隨機應變。憶苦思甜茶，這名字起得多好啊！再搬皇上出來，誰敢拒絕？

秦庭韞看著太子生無可戀的表情，心裡那點怒火消了一些。還是自己的女兒聰明！

他趁著太子苦得什麼都沒有心思去注意的時候，看了一眼自己的妻子。

傅氏立刻會意，拉著秦汐站了起來，福了一福。「太子殿下，民婦和小女得去準備午膳，先行告退。」

太子自然是捨不得秦汐這麼快便告退的，可是他想到，今天時間尚早，不能急於一時，再說用過午膳，他乘機喝醉了，更好成事，便點了點頭。「煩勞秦夫人了。」

「民婦榮幸之至。」傅氏回了一句，便帶著女兒離開了。

秦庭韞繼續招呼他們。

秦庭韞這人見多識廣，早就練就了見人講人話，見鬼講鬼話的本事，眾人相談甚歡。只是在太子有意無意地將話題繞到秦汐身上時，他都能不著痕跡地將話題扯遠，完全掌控全局，讓太子完完全全被他牽著鼻子走。他在秦庭韞那裡好像得知許多秦汐的消息，可是事實是一點有用的都不知道。

很快，午膳便做好了。

秦老爺子看著滿桌子綠油油的菜，臉都綠了。

「老二，你這準備的是什麼菜？」

一塊肉都沒有，他這是讓太子吃素？他這是想腦袋不保，還是想以後一大家子都發配邊疆吃土去？

太子的臉色也難看了，先是什麼憶苦思甜茶，又是一桌子綠油油的菜，秦家這是故意的吧？

秦庭韞笑著道：「太子殿下，這是生機勃勃祝壽餐，寓意生機勃勃，長命百歲，福祿雙全。」

秦老爺子看太子臉色難看到極點，忙道：「老二，你怎麼可以讓太子吃素？」

秦庭韞解釋。「皇上那天可是對這些菜讚不絕口，吃了不少。皇上說飽暖思淫慾，色字頭上一把刀，大讚草民富貴不淫亂，不忘本，不拋糟糠妻。」

這話意思有三層，一是皇上都沒有意見，太子怎麼敢有意見？二是提醒太子，秦家是入了皇上眼的，不是他能亂來的；三是告訴秦老爺子，連皇上都欣賞他疼愛妻女。

秦老爺子氣死了，可是偏偏秦庭韞拿皇上來說事，他不好說什麼。當然他也沒有懷疑秦庭韞說謊，畢竟誰敢拿皇上來說事？這不是找死嗎？

然後他又對著太子恭敬地道：「太子殿下，草民想著皇上愛吃，太子殿下定然也愛吃，所以才特意準備的。」

太子笑得溫和。「孤自然喜歡。」

真是好一個秦家，總拿父皇來壓自己。

可太子也信了，因為什麼富貴了不能淫，還真是父皇總教導他們的話，雖然父皇自己後宮可是有不少妃嬪，但他就是一個不講究吃的，什麼都吃，他出宮視察民情，去到百姓家，連碗野菜粥都吃得津津有味。

可是普通百姓那是條件有限，秦家如此招待自己，這是故意藏富嗎？但秦家到底有多富有，他一清二楚，這一次為了接下來的事，他忍了！

太子忍氣落坐。

只是男女是分開用膳的，女眷沒有可能陪外男用膳，秦汐沒有再出現，太子心底頗為惋惜。

蕭暻桓看見桌子上沒有酒，沒有酒，太子如何能夠借醉酒乘機成事？他笑著道：「秦老爺為朝廷，為百姓做了如此多事，今天我一定要敬秦老爺三杯。」

秦庭韞笑道：「三爺言重了，應該是草民敬三爺三杯才對，只是喝酒傷身，為了太子殿下身體健康，長命千歲，草民以茶代酒敬太子殿下和三爺一杯。迎春上茶！」

「是！」迎春提著著一大壺黃連水上前。

太子一聽上茶就怕了，他嘴巴此刻都還苦著，忙道：「不必了，孤餓了，先用膳，用膳。」

他情願吃菜，也不願再喝那黃連水。

秦庭韞笑道：「也行，太子殿下，這是外族人常吃的芥辣，這是洋蔥，這是馬鈴薯，這些都是前幾天秦家出海的商船帶回來的，這些菜配著這芥辣做的醬料，皇上可愛吃了。只是入口有點嗆，得小心點吃。太子嚐嚐這個芥辣酸黃瓜，味道非常特別，能沖淡口中的苦味，皇上可愛吃了。」

太子聞言臉色這才好看了一點。

海外帶回來的東西，吃得是一個新鮮難得，這可不是人人都能吃到的，也就只有秦家這種家裡有出海的商隊的人家才能吃到，如此看來秦家也不算是故意怠慢自己。

太子挾起一片黃瓜蘸了蘸芥辣醬放進口中，第一口便被芥辣那又臭又嗆又霸道的氣味嗆到了。嗆得眼淚都出來了，嗆得話都說不出來，實在難受得緊。

秦老爺子嚇傻了。「太子，您沒事吧？」

蕭暻桓見此也是嚇了一跳。太子可以出事，但是絕對不能在自己身邊出事啊！

秦庭韞故意道：「這芥辣非常嗆鼻，太子莫不是嗆到了？快送太子去看太醫吧！」

蕭暻桓也顧不上其他了，立刻揹起太子便往外跑。
如果太子出事，秦家逃不掉，他也會吃不完兜著走！
待到太子緩過勁來，可以說話的時候，他已經在馬車上了。
太子表情陰騺。
好一個秦庭韞，好一個秦家，他一定要治他們一個謀害太子之罪！

秦府松鶴院，女眷們正在用膳，古氏看著一桌子的青菜，勃然大怒，正想發怒，可是想到今天她來是有正事要辦的，她只能忍下了。
「汐兒的嫁妝準備好了嗎？聽說老二在長壽街買了許多鋪子給她做嫁妝？」
李氏笑著附和。「二弟妹，我聽說二弟將整條長壽街的鋪子都買下了，是真的嗎？買下一條街的鋪子給女兒做嫁妝，也就二弟有這大手筆了。我家老爺要是能給妙兒準備一間鋪子做嫁妝，我就心滿意足了。」
傅氏笑了笑。「因為在京城其他地方買不到鋪子，而長壽街的鋪子便宜，便多買了幾間而已，沒有一條街那麼誇張，和別人比不算多的。」
還有幾間鋪子沒有盤下來，絕對不算整條街。
古氏冷哼。「整條街的鋪子都買下了還不多？妳這是想將老二全部家產給她陪嫁不成？」

傅氏一聽沒有說話了。她和相公只有一個女兒，就算給女兒全部家產陪嫁也是應當的，誰敢說不對？

只是這話就不必和古氏說了。

古氏又問道：「皇上是不是賞賜了汐兒一座府邸和一間鋪子？」

當時傳旨時，府外有許多人，這些大家應該都聽見了，隱瞞不了，傅氏點頭。「沒錯。」

古氏道：「那正好，汐兒已經有一條街的鋪子做嫁妝了，田莊這些老二也絕對少不了汐兒的，這御賜的府邸和鋪子就給如玉做嫁妝，那一百畝良田就給妙兒以後做嫁妝。」

李氏抿嘴，古氏就是偏心。憑什麼林如玉能得到一間鋪子和一座府邸，自己女兒只有一百畝良田？田裡的出產能和鋪子的收入比嗎？也不知道妙兒是她的親孫女還是林如玉是她親孫女，難道外孫女還比親孫女親？

傅氏聞言有點難以置信，這無恥的要求，古氏是怎麼說得出口的？她直接拒絕。「不行！那是皇上賞賜給汐兒的，我和她爹都打算留給汐兒做嫁妝，誰都別想拿走！再說御賜的東西可以送人的嗎？那可是會砍頭的！」

古氏板下了臉。「汐兒還缺嫁妝嗎？老二已經給她置辦了一條街的鋪子做嫁妝了，這還不夠？你們做爹娘的疼愛她，我可以理解，可是什麼東西都要有個度，以前算命的就說她是一個福薄之人，你們給那麼多，也要看看她有沒有這福氣享受！」

傅氏聽了這話氣得渾身發抖，這是詛咒自己的女兒呢。「不行就不行！汐兒是未來的郡王妃，福氣大著呢！」

秦汐忙安撫傅氏。「娘，您和一個夢遊的老太太說那麼多幹麼？秦老夫人這是在作白日夢，大白天就開始癡人說夢話了。娘，您別忘了咱們兩家已經斷親了，有些人不要臉的好意思找上門，如果不是我們還要臉，來者是客地招待著，這府門娘您絕對可以不讓他們進。早知道這些人如此不要臉，張口就要別人家的府邸、鋪子和良田，就該將人攔在府門外，讓大家看看他們是多麼的不要臉！」

李氏被說得臉色青白交加，她一臉震驚地道：「汐兒，妳怎麼能如此說？當日斷親只是權宜之計，血緣關係是無論如何都抹不掉的關係啊！妳祖母難道就不是妳爹的親娘了？十月懷胎生下妳爹的事實還能改變不成？」

「混帳！放肆！傅氏，這就是妳教出來的白眼狼！」古氏一雙渾濁的老眼陰鷙地盯著秦汐怒道：「妳爹是我生的，就一輩子都是我兒子！妳不想認我這個祖母就和妳娘一起滾出秦家！別以為我兒子沒有妳這個女兒不行，這天下會生兒子的女人多了去了，轉頭我就能給我兒子娶個年輕貌美的姑娘回來，三年抱倆！」

說完她看向傅氏。「妳是怎麼教女兒的？秦老夫人，秦老夫人！連祖母都不會喊嗎？老二是倒了八輩子的大楣才娶了妳這個絕門戶回來，兒子也沒能生一個！老二賺這麼多銀子有何用？連個繼承的人都沒有！他要是再不拿出一些銀子出來幫扶兄弟姊妹，妳是想他以後為他養老送終的人都沒有一個嗎？還不趕緊將這御賜的府邸和鋪子的地契拿出來給如玉做嫁妝！」

「作夢！」傅氏捂著氣疼的腹部生氣道：「那是汐兒的！我們已經斷親了，憑什麼給妳？」

秦汐直接對石榴道：「石榴送客。」

石榴立刻上前看了一眼李氏，又看了一眼古氏，在想著是要一手揪住一隻拖出去，還是扛在肩上，將兩人扛出去。

「妳敢?!這是我兒子家，今天妳不把府邸和鋪子交出來，我便不走！」古氏死死地抓住圈椅的扶手。

這時玉桃匆匆跑了進來。「夫人、姑娘，出事了！太子突然臉色發紫，劇烈咳嗽，晉王府的三爺揹著他匆匆離開，回宮找太醫了。」

李氏一聽嚇傻了。「太子為什麼突然會這樣？」

太子要是出事，他們一大家子都不用活了！

玉桃答。「好像是吃錯東西了。」

吃錯東西，臉色發紫？李氏急急地道：「是被骨頭噎住了？」

玉桃搖頭。「今天吃的都是素菜，沒有骨頭，估計是中毒了吧？」

「中毒？毒害太子是要砍頭的！你們二房是怎麼準備菜式的，是想毒害太子嗎？」李氏尖叫。

古氏嚇得腿都軟了，所有的怒火瞬間轉變成害怕。「走！我們趕緊回府！我們已經斷親了，這和我們大房沒有關係啊！」

說完兩人就匆匆跑了，跑得比兔子還快。古氏甚至在高高的門檻上絆了一下，膝蓋都磕破了也顧不上，迅速爬起來就跑，一只繡花鞋掉了都沒有察覺。

待到兩人跑得不見身影後，玉桃忍不住「呸」了一聲。「呸！不要臉的傢伙，還好姑娘聰明。」

太子回東宮後，便佯裝喉嚨痛得厲害，出不了聲，身邊的太監急急去傳太醫，動靜鬧得非常大，甚至驚動了皇上。

皇上聽說太子失了聲，便傳了前去給太子看診的方太醫問話。方太醫是太子的人，說太子是吃了有毒之物才會造成失聲。

皇上聞言大怒。「趙飛剛，給朕查！挖地三尺也要將人查出來！」

「擺駕東宮！」皇上大步走出去。

用毒和用巫術害人，一直是皇上最深惡痛嫉的事。自他登基以來，凡是用毒和巫術害人之人，只要查出必定賜死，甚至株連家族，父母兄弟永遠打入奴籍，世代不得入朝為官。

當年就有一位皇上最寵愛的皇貴妃，以身試法，下毒害皇后，讓皇后小產。

皇上直接賜死了她，並且將其父母兄弟全部貶為奴，其父甚至官至尚書，一時震驚朝野。經過此事之後，宮妃再也不敢在宮裡下毒。因為下毒害人的代價太大，因此皇宮裡，已經有二十餘年沒有人敢用毒。

當然也因為此事，不知道皇上是為了彌補皇后，還是皇上心疼皇后失去的嫡子，將太子當成那位孩子，太子一生下來，便被皇上賜封為太子，這一當便是四十年，完全斷了其他宮妃和所有皇子、大臣的希望。

所有人都已經認定了太子在皇上駕崩之後，一定會繼承皇位，現在竟然有人敢用毒毒害東宮太子，未來的國君？這和毒害皇上有何差別？

太子雖然在皇上眾多兒子裡面不是最出眾的，甚至有點平庸，皇上有時候也恨鐵不成鋼，可是太子還算孝順，又是皇上從小寄予厚望的兒子，從小疼到大的。他出事，皇上能不心疼？能不雷霆震怒？

第三十三章

東宮中，太子解了髮髻，躺在床上，一臉虛弱的樣子，聽見宮人大聲稟告聖上駕到，他在太子妃的攙扶下下了床。

皇上走了進來，他在太子妃和太監的攙扶下虛弱地行禮，嘶啞著聲音道：「兒臣參見父皇。」聲音模糊不清，只依稀能辨，猛一聽，甚至聽不出他說什麼。

皇上都是靠太子過往習慣所猜，才聽出他說的是什麼。

怎的如此嚴重？這和啞了也差不多了。太子可是未來的國君，聲音被毒成這樣，以後如何向大臣傳達聖意？說出來的話語，底下的臣子聽都聽不明白，如何還有聖威？

皇上心中震怒。「太子為何會吃了有毒的食物？你們是怎麼伺候太子的？來人，將東宮伺候的人全部給朕拖出去，打五十大板！」

東宮的太監和宮女忙跪了下來。「皇上饒命！皇上冤枉啊！」

太子著急地搖頭。「父皇息怒，這事不怪他們，是兒臣在宮外亂吃東西才會如此的。」

然而這話說得又快又急，含糊不清，皇上根本有聽沒有懂。

皇上更氣了。「給朕好好的打！打到他們認罪為止！」

太子顯著更急了。「父皇息怒！」他看了一眼太子妃。「太子妃，妳給父皇解釋。」

太子妃抹淚道：「父皇息怒，這事不怪他們，太子是在宮外吃了有毒之物才會如此的。」

皇上皺眉。「宮外？太子在何處吃了毒物？」竟然在宮外毒害太子，這是將太子的行蹤掌握得清清楚楚嗎？

太子妃哭著道：「回父皇，太子是在秦首富秦府吃了一些海外之物才這樣的。」

皇上滿腔的怒火就像著了火的油鍋，突然被蓋上了鍋蓋一樣，一下子就滅掉了，他擺手。「在秦家不可能中毒，解毒就有可能。」

太子傻眼了。

在秦家中毒不可能，解毒就有可能？父皇是老到腦子出問題，開始語無倫次了？這說反了吧！不對，父皇最恨下毒之人了，他聽見自己中毒，不該是立馬派人去徹查秦家嗎？如此他才可以乘機讓人將通敵之物藏進去。

太醫說了，他確實沒有中毒的跡象，所以他這喉嚨是他自己用東西捅腫的。他最終的目的是借秦家毒害太子之名，查出秦家通敵叛國一事，他既要得到秦家的滔天財富，更要將秦汐弄到手。

只是為何父皇不按往日的套路出牌了？父皇是想換太子，不再重視他了嗎？所以連他中毒失了聲都不緊張了？為何不立刻派兵去封鎖秦家，進行搜查？

他看了一眼太子妃。

太子妃抹了抹眼淚。「秦家才剛救了父皇，臣妾也不相信秦家會毒害太子，可是太子他今天出宮只去了一趟秦府，在秦府用膳的時候當場便毒發了，是暻桓揹他回宮的。」

皇上點頭表示知道了，他道：「佛跳牆，傳太醫院院正給太子看看。」

「是！」林公公應了一聲，立刻跑出去，老胳膊老腿的，跑得飛快。

太子見此有點放心了，林公公最瞭解父皇，看林公公這麼緊張地去請太醫，就知道父皇還是非常緊張自己的。

皇上又道：「太子為何去秦首富家？」

太子解釋。「回父皇，秦姑娘救了父皇，兒臣心懷感激，特意前去感謝。」

話說得嘶啞含糊不清，太子妃忙給他翻譯。

皇上皺眉。「多此一舉！朕已經賞賜過了，何須你去？太子有這個時間何不好好學習治國之道？」

要去感謝也是朕自己親自去，如此才夠誠意。

太子被罵得委屈。父皇果然又嫌棄自己了，這是想換太子嗎？

皇上又問：「太子身邊伺候的人呢？朕要親自審問！」

「傳太子身邊伺候的人。」太子妃對身邊的宮女道。

很快，陪同太子出宮的侍衛和太監便被叫來了。

皇上詢問了一番之後，摸了摸鬍鬚。金黃色的憶苦思甜茶，那不是黃連水嗎？黃連可是有解毒之功效的。至於那個芥辣，那氣味確實夠嗆、夠難聞，就像有毒一樣。可是用那些海鮮點著芥辣吃，簡直是絕妙啊！

太子一定是誤會了，估計是吃芥辣嗆著了，以為被下了毒，過於緊張將喉嚨都咳破了，因此才會失聲，嚇得中毒和沒中毒都分不清，傻孩子。

這時，太醫院院正也被林公公半拖半請地請來了，他給太子仔仔細細地檢查過後，才道：「回皇上，太子的嗓子是外力所致受傷紅腫導致失聲，許是咳太久或者被硬物卡喉，並非中毒。」

太子妃皺眉。「可是方太醫說應該是吃了有毒的刺激之物導致的，太子離開秦府的時候臉色都發紫了。」

皇上隨意擺手。「這個朕知道，就是吃芥辣嗆著了。沒事的，你們都不必驚慌，養幾天好了，不關秦府的事。」

太子滿臉委屈。

就這樣？查都不查一下？父皇果然不再重視疼愛自己了，一定是想換晉王當太子！

皇上看了太子一眼，搖了搖頭。

太子不行，不就是被芥辣嗆著了，居然就將自己嚇破了膽，要恐慌也是秦家人恐慌才對。太子如此被人揹著離開秦府，他們得多害怕啊？朕是不是該去安撫一下？

皇上道：「擺駕出宮。」

林公公附和。「擺駕回宮！」

不對，皇上剛剛是喊出宮嗎？

林公公再次確認，皇上便改口回宮了，皇上表示，他還沒有那麼任性。到底是一國之君，政事還要處理，奏摺還要批，年底了各地述職的摺子有如雪花一般送往京城，他快忙死了。

所以皇上擺駕回了御書房繼續批閱奏摺，避免太子太閒，患上被害妄想症，然後去找秦家麻煩，他將一堆不太著急又不太重要的，像是各地臣子請安的奏摺送到了東宮讓他批閱。

當然，送去這些不重要的奏摺不是皇上不信任太子，那些重要的摺子皇上純粹是擔心太子應付不了，費事越幫越忙。

接下來整個京城的官員，甚至整個天元國的官員和百姓都忙碌了起來，大家都忙著將今年未完成的事做完，為迎接新的一年到來。

皇上是在一個月忙碌之後，才得以出宮去了一趟秦府，這個時候已經是臘月二十了。

傍晚的時候，天空飄起了紛紛揚揚的白雪，一家人送走了吃飽喝足的皇上，一起走在通往後院的長廊上。

傅氏高興地道：「皇上可真是喜歡咱們汐兒！出宮還特意給汐兒帶上禮物。」

那可是皇宮裡司制房出品的頭面，且不說有多精緻，宮中之物，聖上賞賜，這八個字就是有天大的財富都買不到的。

秦汐抿唇，心想：皇上喜歡的不是我，是我的魚。

秦庭韞一臉春風得意。「咱們汐兒長得這麼漂亮，性子這麼好又聰明，誰不喜歡啊？謝夫人給我生了這麼一個好寶貝！」

傅氏臉紅了，嬌羞地笑道：「汐兒的聰明隨了相公，容貌也有一半隨了相公。」

秦汐忍不住望天。

又來了，每次都借著誇讚她的時候秀一波恩愛。

秦庭韞看著傅氏嬌羞的臉，心中一動，他拉著她的手緊了緊。「夫人說得是！還是夫人會生，汐兒是將咱倆的優點都集於一身了。」說完，他扭頭對女兒道：「天氣冷，汐兒走快點，爹娘送妳回汐顏院。」

秦汐擺了擺手。「不用了，太冷了，爹和娘直接回錦華堂吧！我自己回去。」

說完，她便匆匆地跑了，實在不想再當電燈泡。

兩夫妻只當她調皮，笑了笑，也不管她，繼續往自己的院子走去。

秦庭韞的腳步有點急，傅氏走著走著扯了扯他，捂著肚子。「相公，慢點，我肚子有點疼。」

秦庭韞聞言立刻停下了腳步，一臉緊張地看著她，手放到了她的腹部上。「怎麼突然肚子疼？很疼嗎？是不是吃錯東西了？」

這個時間也不是夫人小日子的時間啊！不對，她的月事什麼時候來的？他前些日子去了鄰縣辦事，離開了京城十幾天，月事那時候就該來了，回來看她的日誌也沒見她提過小日子啊！若是沒來過，那不就很久沒來？

秦庭韞想到傅氏當年生汐兒的時候難產傷了身體，月子期間又落過水，她的月事便從來沒有準過，有時提前幾天，有時推遲幾天，可是從來沒有推遲過近一個多月之久，難道是……

傅氏搖了搖頭。「前段時間太子來的那回被氣著的時候疼過一次，後來不疼了，現在不知為何又有一點，不過也不是很疼，只有一點點，現在沒事了，走吧！」

秦庭韞卻不放心，但又擔心傅氏空歡喜一場不敢將心裡的猜測告訴她，他直接打橫抱起她，往錦華堂走去。「不舒服就傳府醫看看。」

秦家有經營藥材生意，秦庭韞又不缺銀子，因此府中專門養著一位醫術高明的府醫。

府醫很快就被請到了錦華堂，把過脈後，他臉上閃過一抹驚訝，忍不住又把脈了一次，然後笑了。「恭喜老爺，恭喜夫人！夫人這是有喜了！已經快兩個月了！」

傅氏愣住了。

有喜了？她盼了十幾年，喝了無數調理身體的藥，喝得相公都心疼了，他們都死心了，不再盼了，怎的突然就有喜了？

秦庭韞其實已經猜到了，他緊張地追問道：「夫人說肚子疼，她的身體這個時候有喜沒事吧？」

府醫笑道：「夫人這段時間的身體比以前好多了，現在胎象尚穩，肚子隱疼估計是勞累過度，只要好好休養，少點操勞，絕對沒有問題！」

這位府醫最擅長的是看婦科，因此敢這麼打包票。

秦庭韞忍不住大笑出聲。「哈哈……好！好！快過年了，夫人有喜，汐兒也快大婚，雙喜臨門，這個月府中所有人的月銀再翻一倍！」

錦華堂的下人們一片歡呼，大家高興地感謝主家。

本來臘月就會多發兩個月的月銀，現在再翻一倍，那便等於發六個月的月銀，過年主家和來訪的客人都會有打賞和紅包，簡直就是發財了！

錦華堂的熱鬧很快就傳到了秦汐那邊，秦汐聽說傅氏有喜後，匆匆地跑到錦華堂。

秦庭韞看見女兒匆匆跑進來，高興地道：「汐兒，妳很快就會有一個妹妹或弟弟了。」

傅氏的臉紅了紅，女兒都要出嫁了，她卻這個時候有喜，難免有些不好意思。

「是弟弟！」秦汐肯定地道。上輩子傅氏被踹了一腳，流產了，那時候腹中的胎兒已經成型，是個男孩。她走到了傅氏身邊，笑著抱住她。「娘，接下來您好好的安胎，府中的事情都交給我來處理，您只要好好的將我的弟弟生下來。」

她清楚自己的娘親只生了自己一個女兒，這十幾年來被多少人人前人後看不起和嘲笑。古氏更是見一次、刁難一次，話裡話外滿滿的諷刺。

一個女子在現代沒有生下兒子尚且會過得不如意，更何況在這個非常重男輕女，講究宗族香火傳承的古代。如果不是自己的爹是絕世好男人，她娘一定過得非常不如意。

秦庭韞點頭。「對，汐兒說得對，孩子生下來之前，什麼事妳都別忙了，只管安胎養身子，有我呢！」

他決定接下來一年都不走商隊了，不會離開京城半步。妻子已經三十六歲，這個年紀有喜，生產時的風險可是非常大的。

秦庭韞是又喜又憂。

傅氏摸著腹部，溫柔地笑了笑。「哪有那麼誇張？我感覺挺好的！不過你們放心，我一定會好好的。」

現在她的腹部孕育的可是一個期盼已久的生命，她豈會亂來？

秦汐在錦華堂陪了傅氏一會兒便回去汐顏院了，她得給傅氏訂製一份孕期菜單。有她在，還有海島的海鮮和水果蔬菜，娘的身體一定不會有問題的，哪怕難產她都有辦法讓他們母子平安。

如今她擔心的是商隊那邊。

前陣子收到了馮毅大哥來信說遇到了雪崩，堵住了路，也不知道現在追上了商隊沒。

黑沙山，大雪紛紛揚揚。

呼嘯的風雪聲，蓋過了行軍的聲音。

西戎國的大將阿爾塔對身邊兩人道：「前面就是黑沙山的入口，穿過黑沙山，就是天元國的黑河縣，今晚我們直取黑河縣之後，到時候我們兵分三路，再取多布郡、西平郡和武都郡。」

女丹國的大將忍不住問道：「黑河縣的駐兵真的沒有變？只有幾千？」

不知道為何他心裡有點不安。

契真國的大將點頭。「我早就派人盯著了，沒有兵力變動過。」

西戎國大將也安撫道：「我也派人去打探過了，黑河縣的駐軍沒有變動過。我們安插在天元國那邊的人也傳來了消息，蕭暻玹和晉王都已經染上了鼠疫，短時間內不可能趕來，只要我們抓住機會，絕對能夠奪下多布、西平和武都三郡。」

西戎國的副將阿塔木道：「走吧！別浪費時間了，按計劃行事。」

於是大軍開始進入黑沙山。

黑沙山山上，白茫茫的積雪之下，匍匐著一條又一條的人影。他們每個人的身體上都覆蓋著厚厚的一層積雪，一雙雙如狼般的眼睛努力地睜到最大，盯著黑沙山入口的方向。

他們從昨晚半夜開始匍匐在地上，一動不動，一直到現在。除了身上蓋著厚厚的積雪，他們的眼睫毛都結冰了，如果不是眼珠子會轉，真的以為他們都凍僵了。

「預備！」蕭暻玹以內力傳音。

匍匐在地上的士兵們眼睛眨了眨，總算來了。

蕭暻玹看著山腳下黑壓壓的大軍大部分都已行至最狹窄的山道時，大喊：「殺！」清冷的嗓音，一聲令下，驚動了冰雪，漫天的雪花一躍而起。

「轟隆隆，轟隆隆……」

一聲聲爆炸聲在山腳下響起，一陣陣雪花伴隨著一條條人影被炸飛，一個個士兵上下左右四處亂竄。山路狹窄，或慌不擇路，或被擠壓衝撞，一條條人影像下餃子般的紛紛掉下了懸崖峭壁，淒厲的叫聲壓過呼嘯的風雪聲，迴盪在山谷。

「有埋伏，有埋伏，撤退！」西戎國大將大喊。

撤？怎麼撤？前有豺狼，後有追兵，左邊山上有埋伏，右邊是懸崖峭壁。

這一段山路很短，卻極其險要，易守難攻，簡直就是死路一條。因為只要有敵軍提前埋伏在這裡，幾乎可以說是甕中捉鱉，困住來襲者，因此契真國這麼多年來，哪怕天元國駐紮在黑河縣的士兵只有數千，也不敢攻打過去，甘願臣服，每年進貢。

而西戎國的將領打的是攻其不備的主意。

契真國和天元國相安無事多年，契真國年年進貢，安分守己，西戎國的可汗賭天元國對契真國早就放下了戒心，他賭天元國猜不到他會聯合契真國和女丹國從黑沙山進攻。

可是，怎麼有埋伏？

直到蕭暻玹提著劍直直地刺向他的時候，阿爾塔才知道，西戎探子叛變了。

蕭暻玹沒有染上鼠疫！

阿爾塔一勒馬韁，迅速掉頭往某個方向逃去。
那裡有鐵礦，鐵礦裡藏有無數火藥，他要炸死蕭暻玹！
蕭暻玹勾唇。「你是想去鐵礦找火藥嗎？」
馬背上阿爾塔的身體一僵，他是怎麼知道鐵礦的？
他遍體生寒。就算是那兩個西戎探子也不知道鐵礦的存在，鐵礦只有幾個人知道，怎麼會走漏風聲？完了，西戎國完了！
蕭暻玹趁他震驚之際，長劍脫手飛了出去，眨眼間便穿透了他的身體。
於是他也完了。
天大亮，戰事也結束了。

第三十四章

這一戰蕭暻玹率領八千兵力，滅掉了西戎主將和西戎兩萬兵力，活捉了契真國的大將和女丹國的副將，折損了契真國一萬兵力，女丹國一萬五千兵力，俘虜了三國共二十多名千戶長或副將。

西戎國短時間內絕對沒有再戰的能力，契真國這代的可汗其實是個膽小的主，一次失敗，定不敢再試。而女丹國比契真國更小，土地貧瘠荒涼，損失了這麼多兵力，就算有心和西戎國聯合在一起，也湊不夠兵力。

湊不齊十萬大軍，如何敢欺他泱泱天元大國？

因此這一戰算是結束了，蕭暻玹可以打道回京。

接下來議和，簽訂降書，討論賠償等問題到時候皇上會派專門的官員來負責。議和的事不急，可以等到開春之後再談判，拖得越久，西戎國和契真國他們只會越害怕。

蕭暻玹回到了自己的大帳內，脫掉了戰袍露出精壯健美的上身，他堅挺的後背有一道皮肉外翻的傷口，正鮮血淋漓。

「主子，我幫您上藥。」長平道。

「不用！長安和長河留下來善後，你和長風收拾一下行囊，我們出發。」蕭暻玹直接套上衣服。凡是上戰場，就不可能一點傷都不受。這次他受的傷，算是不重了，因此他並不在意。

長平手臂上也有傷，但長安和長河的傷勢最重，因此蕭暻玹留他們善後，順便養傷。

長平以為蕭暻玹是怕耽誤了婚期，才要匆匆趕回去，因此立刻去收拾行囊，順便將最後一顆蘋果啃了。

這次大戰，他之所以比長安他們受的傷輕，他覺得都是因為他吃多了秦姑娘送的水果的原因。他的身手和反應都感覺比以前靈活，不枉他千里迢迢地揹著一包袱的水果出發了。

吃完蘋果後，長平覺得自己手臂上的傷口都沒那麼疼了，他高高興興地揹上行囊和蕭暻玹會合一起騎馬離開。

路上，長平發現走的不是回京的方向，反而是前往西北方向，不由得道：「主子，我們不是回京嗎？」

「不是。她讓我照看一下秦家的商隊。」這是她唯一的要求，他便去看看。

長平恍然大悟。「那是該看看，秦姑娘這麼好的人，幫了我們大忙。」

這時正好路過一個集市，蕭暻玹打算找一個酒樓吃完東西再繼續出發。

他們已經兩天兩夜沒有吃東西了。

市集上有許多北疆特有風格的飾品賣，長平忍不住道：「主子，您不給秦姑娘買些什麼回去嗎？這次要不是秦姑娘幫忙審問西戎探子，戰事也不會這麼快結束。屬下覺得應該買些東西送給秦姑娘作為感謝。」

蕭暻玹搖頭。「不，她說沒有想要的。」他問過了。

長平聞言翻了個白眼。「主子，您太不瞭解女子了，女子嘴上說著不要，便是要的意思，她只是不好意思開口而已。」

蕭暻玹沒有說話。

她才不是不好意思開口的人，她是一個要求多、嬌氣又霸道，記仇又小氣的人，都是她爹慣的。

長平見蕭暻玹真的沒打算買，便道：「主子您不買，我買！我得買些東西回去感謝秦姑娘。」

於是長平來到一個賣首飾的攤子，挑了一件頗具異域風情、純銀打造的頭飾，一共五十兩。

這可是他半個月的月銀。

長平付銀票的時候，蕭暻玹奪過他手中的頭飾，將一張銀票放到了攤子上。「貼身佩戴的東西你別買。」說完，他拿帕子擦了擦長平摸過的地方。

長平麻木地看著蕭暻玹又買了一個精美的木匣子將頭飾放了進去，他突然靈犀一動。

原來主子不是不想送秦姑娘東西，而是死要面子而已，現在借自己的手，他便好意思了。

為了證實自己的猜測是不是真的，於是長平又挑了一副耳環、一對手鐲、一條手鍊，無一例外，蕭暻玹都搶了過去，付了銀子。

長平假裝忍不住咕噥。「這些都不能買嗎？那我去買其他的。」接下來長平又買了一條異域風情的裙子、一些瓷器擺件等等，統統都被蕭暻玹搶過去了。

長平心想：秦姑娘，我已經盡力了，再買就帶不回去了。

最後，長平停在一個賣種子的攤子上。

賣種子的中年男人大聲吆喝。「有各種瓜果蔬菜種子賣！哈密瓜種子種出來的哈蜜瓜又甜又大，葡萄有青有紫又甜又大，紅棗又紅又大，伽師甜瓜又甜又大……應有盡有，十文一大包，五文一小包，走過路過不要錯過！」

長平想到秦姑娘家的莊子種的水果如此好吃，而且品種也多，想來那莊頭是個種地好手。

他決定買些回去給秦姑娘家的莊頭種，說不定以後能多幾樣水果吃，最重要的是，他發現每樣水果的功效好像不一樣。

於是他對賣種子的人道：「這位兄臺，這些種子每樣給我一包大的。」他也不知道哪些種子能種成功，哪些不能，反正每樣都買些回去就對了，又不貴。

「好咧！」老闆高興地應了一聲，便開始給他每樣種子揀一包。

種子早就每樣裝好了，一大包十文，一共一百五十文。

長平付銀子的時候，看了蕭暻玹一眼。「主子，我送這些種子給秦姑娘可以嗎？」

蕭暻玹淡淡地看了一眼。「你喜歡送什麼便送什麼，與我有何相干？」

說完，他便走向附近一家酒樓。

他在秦庭韞的行商日誌裡知道，她怕髒、怕累、怕蟲子，下雨天因為不喜歡雨水弄濕和弄髒她的繡花鞋和衣裙，都是下人抬進抬出的。

這樣的人連果子也不會親手去摘吧？給她種子她也不會去種。而且她喜歡的是漂亮的、亮晶晶的東西，種子什麼的估計看也不看一眼，所以送種子絕對沒有問題，很好！

總算可以了。長平鬆了口氣，立刻接過種子，付了銀子跟上。

用膳的時候，長風才抱著一隻白色的小波斯貓回來，剛剛他聽見長平說送禮給秦姑娘，他便悄悄走開，找禮物去了。然後看見這個小東西，立刻便買下來了。

長平一看見他懷裡的波斯貓便知道長風打算送給秦汐，他不由有些懊惱，自己怎麼沒想到送小動物？

他問道：「這隻小貓你打算送給秦姑娘？」

長風點頭。「嗯，是不是很可愛？花了我一百兩。」以後秦姑娘每次看見這隻貓，就會想到是自己送的，那他給長平送果子時，就不會忘記自己那一份了。

蕭暻玹聞言淡淡地掃了長風懷裡的波斯貓一眼，小小一隻，才巴掌大，眼睛藍藍的。還挺可愛漂亮的！漂亮的東西，她都喜歡。

可是他想到家裡那隻小色狐撲到她懷裡的樣子，還有她晚上似乎喜歡不穿衣服練龜息蝦蟆功。「公的還是母的？」

「賣貓的人說是母的。」

蕭暻玹便沒有說什麼了。

吃過飯後，他們繼續趕路。

蕭暻玹已經派人打探過了，知道秦家的商隊今晚會在雍州城落腳，他們今晚正好可以趕過去。

三人連夜趕路，到的時候夜已深，守城的士兵都打瞌睡了。

城門突然被敲響，嚇得他一個激靈，從門縫裡看了出去。「誰？城門已經關了，要進城明日請早！」

長平拿出一個權杖從門縫裡塞了進去。「開門！」

守門的士兵看見權杖上的字嚇得手一抖，立刻開門。三人直接進了城，然後在秦家商隊落腳的客棧落腳。

這客棧也是秦家的，今晚商隊落腳，本來是不接待其他客人的，只是蕭暻玹亮明身分後，掌櫃立刻便將他們帶到最好的上房，並讓人備好熱水。

秦庭韞規定過，秦家在邊疆一帶的客棧永遠為晉王和暻郡王開放。

三人入住並徹底安靜下來後，商隊一名管事才悄悄地從屋裡出來，找到了掌櫃，低聲問道：「誰來了？這一批貨這麼珍貴，怎麼放人進來？萬一貨物丟了怎麼辦？」

掌櫃低聲道：「何管事放心，是暻郡王來了。老爺說過若晉王和暻郡王來住宿，無論什麼時候都要好好接待。」

何管事心中一驚。

暻郡王這個時候怎麼來了？他不是回京了嗎？而且馬上就要大婚了，他怎麼這個時候還出現在邊疆？他們再過一個多月就可以出關了，暻郡王不會一起出關吧？就算他不和商隊一起出關，他人在邊疆也壞事啊！

秦庭韞有沒有通敵叛國，晉王和暻郡王可是最清楚了。

「知道暻郡王怎麼會來嗎？西戎國已經投降了，他不是回京城了嗎？」

掌櫃搖了搖頭。「這我怎麼知道，我可不敢問。」

暻郡王是誰？他的行蹤事關的都是軍機，如果不是何管事是自己人，他都不敢和何管事透露他的身分。

何管事也不敢打探太多，他回屋裡了。不行，這事得寫信回去。

蕭暻玹躺在床上，他並沒有睡著，而是在等所有人都睡熟後，他打算去察看一下秦家這次的貨物。

她那麼緊張商隊，應該是和貨物有關。

蕭暻玹沒有懷疑秦庭韞會賣朝廷違禁的東西，他只是覺得秦汐可能發現了手底下的人借商隊的便利，偷偷帶什麼違禁的商品出關，所以他才會親自過來察看一趟。

因此他便聽見了外面何管事和掌櫃的對話。

他下了床，毫無聲息地離開了屋子。

一刻鐘過後，一隻黑鷹從客棧的一個窗戶飛了出去。

何管事見黑鷹沒入夜色裡，便關窗睡覺了。

就在他關上窗戶的時候，那隻老鷹卻直直地從半空中掉了下來。

蕭暻玹從樹上躍下，接住了老鷹，取下了綁在腳上的竹筒，小心翼翼地取出裡面的紙條。

他沒猜錯，那管事回屋後果然通風報信了。

他就著雪光和火摺子的光，看清信中的內容後，又將信塞回竹筒裡，用蠟封好，綁到了老鷹的腳上，拔掉了老鷹身上的銀針後重新放飛牠。

第二天蕭暻玹離開客棧的時候，長平問道：「主子，我們是回京城嗎？」

「嗯。」蕭暻玹淡淡地應了一聲。

何管事聞言暗暗鬆了口氣，他對大管事道：「我們也出發吧！」

李富貴點了點頭。「好。」

這一路他們還要去不同的城池交貨和收貨，每到一處都要耽擱幾天，遇到大風雪或者大雪封路時，還不知道耽擱多少天，這邊的天氣惡劣，有時候耽誤半個月都是常有的事。他想盡快將貨物送出關，希望能夠趕在端午回京。

姑娘大婚，是趕不回去了。

蕭暻玹剛走出客棧的大門，他看了一眼天色，聽了他們的話回頭道：「馬上就要下大雪，這些日子大雪不斷，估計會有雪崩，諸位要是不急，建議緩緩再趕路。」

說完，他便離開了。

何管事皺眉，暻郡王是什麼意思？

李富貴聞言走了出去看了一眼天色，天空陰陰沈沈的，的確又要下雪了。

他想了想便道：「快過年了，我們在這裡過完年再走吧！」

商隊和行軍不一樣，不需要拚命，老爺也說了，一切以人身安全為重。

再說這次的貨物裡可是有許多名貴的瓷器和擺件，看不清路況掉進坑裡就麻煩了。反正約定交貨的時間很充足，他們最遲在五月前將貨物送到西戎國那邊便行。這也是老爺考慮周全，定的時間特別長。

眼見商隊其他管事都同意了，何管事也沒有道理拒絕。畢竟商隊出事，殿下的計劃就完成不了了。

蕭暻玹離開了客棧後，又去和晉王會合。

蕭暻玹負責攻打黑沙山，晉王則繞道去搗西戎國的老巢。父子聯合，這一次真的打得西戎國俯首稱臣，割地賠款，沒有十年、八年都恢復不過來。

捷報是二月底才送到京城的，而蕭暻玹和晉王被大雪困在路上，後來又因為幫忙救災，至今未歸。

皇上既高興兩人打了勝仗，又忍不住想將兩人從頭到腳和他們外祖家的祖宗十八代都罵了一遍。

別問他為什麼不罵他們的祖宗十八代，因為他和他們同宗。婚期在三月初五，現在已經是二月最後一天，兩人打完仗還不想著快馬加鞭地趕回來，竟然還顧著救災。

救災當然重要，可是救災他會派人去救，不是非他們不可，他又不是只有一個兒子和孫子。現在宮裡、宮外都有人傳臭小子是不想娶汐丫頭，所以故意不回來了。

皇上也懷疑蕭暻玹是故意的，又擔心秦汐會憂慮和擔心，特意抽時間出宮去安撫一下。

「汐丫頭，妳放心，這次都怪朕，竟然派他出征了。不過暻玹那小子向來守信，他一定能趕在大婚之前回來的。」

秦汐不甚在意地道：「皇上放心，民女沒有擔心，民女相信他。」

況且他能不能趕回來，她真不擔心。

只是秦汐這麼說，皇上更加覺得愧疚了。

孫子那麼多，為什麼要將汐丫頭許配給蕭暻玹那個不聽話的？可是婚已經賜了，覆水難收，只能幫那臭小子多說些好話。

於是皇上拉著秦汐從蕭暻玹一歲開始認字說起，讚他讀書時如何聰明，其他皇孫還在學千字文，他已經將四書五經都倒背如流了；讚他練武時如何厲害，別人還在扎馬步，他已經掌握輕功了。

七歲便敢上戰場，十二歲便獨自帶兵迎戰，自此戰無不勝，創下一個個奇跡。

皇上每場戰事都說，一直說到他今年二十二歲，戰功赫赫，封了郡王。

當然也是因為秦汐真的聽得津津有味，沒半點不耐煩，皇上才會說這麼多。

「他是朕眾多皇孫中過得最艱難的一個，可也是最優秀、穩重可靠的一個，所以朕才給你們賜婚的。妳放心，他要是趕不回來，這婚禮朕就下旨推遲到五月。」

秦汐安撫道：「民女沒擔心，民女相信他會趕回來的。」

馮大哥飛鴿傳信回來說他看見了他。她不過是託他照看一下他們家的商隊，他都能夠在戰事結束後親自去一趟，婚禮那麼大的事，秦汐相信他一定會趕回來。

不過，他能不能在大婚之前趕回來，秦汐真不擔心，她又不急。

皇上聽了有點心虛。

沒想到汐丫頭竟然那麼信任那個臭小子，他都不敢相信。那臭小子從小到大就沒聽過他的話。

皇上不好意思待下去了。

他怕大婚之日臭小子趕不回來，辜負了汐丫頭，這婚事沒了，他以後沒魚吃。他還是回宮派人去將人盡快抓回來吧……靠孫子不如靠自己，以後還是自己多多和汐丫頭互動吧！

於是皇上第一次，也是這輩子唯一一次，在秦府飯都沒吃就回宮了。

第三十五章

二月在皇上焦慮中結束，三月在皇上的越發焦慮中到來。

早朝上，大臣們都不敢提出反對的意見了，皇上說什麼便是什麼，誰都知道，皇上最近心情非常差，惹不起。

一直到三月初四，都沒有看見蕭暻玹的身影，京城所有人都等著明天看秦汐的笑話。天元國有習俗，大婚的前一日，女方家的親友和好姊妹會給即將出嫁的女子添妝和陪嫁。

三月初四，長春伯府一大早便開始門庭若市，府門外，馬車的隊伍排滿了整條街。馬車走了一隊又來一隊，京城幾乎所有的權貴圈子的夫人和小姐都前來給林如玉添妝。

與之相比的秦府則門可羅雀，冷清得一輛馬車都沒有。

郭紫瑩、朱倩和何韻等人也一起過來了。

郭紫瑩給林如玉添完了妝後，笑道：「剛才我特意讓車伕繞到秦府那邊看了看，秦府大門雖打開，可是一隻蚊子都看不見。」

其他貴女聽了好奇道：「秦家今天竟然還敢大開府門，這是準備迎接前去添妝的客人嗎？」

「該不會還不死心吧？」

朱倩一臉幸災樂禍。「嘖，好不容易才攀上了暻郡王，她捨得放手嗎？可惜暻郡王不回來娶她的話，她就是個笑話！」

何韻一臉不屑。「這次那個商戶女今天可是臉子、裡子都丟盡了。我就知道暻郡王怎麼可能會娶她？」

郭紫瑩嘲諷。「就憑她也想嫁給暻郡王？她給暻郡王當洗腳丫鬟都不配！」

其他人也紛紛點頭附和郭紫瑩等人的話。

「我早就說過了，暻郡王妃是她那種出身的人能當的嗎？看吧！暻郡王直接以出征為由，抗婚了。」

「哈哈，不愧為暻郡王，這一招絕啊！以後看那商戶女還有什麼臉見人？」

「這也是她咎由自取，一個商戶女也敢肖想暻郡王？她給咱們提鞋都不配，更不要說暻郡王了。」

林如玉因為從秦汐那裡撈不到一文錢做嫁妝，本來是非常鬱悶的，現在那些鬱悶都散了一些，她心裡忍不住冷笑。她就知道暻郡王不會真的娶她，原來是打算在大婚之日給她這樣的難堪，活該！

誰讓她看不清自己下賤的身分，竟然敢肖想暻郡王。暻郡王連她這個伯府千金都不敢想，現在好了，攢那麼多嫁妝幹麼，到頭來還不是嫁不出去。不過也好，只要她嫁不出去，她就有機會讓她成為自己手底下的一名妾，她一定要讓秦汐匍匐在自己的腳下。

這些話，林如玉不會說出來，她只道：「暻郡王應該不是這樣的人，明日是大婚之日，說不定暻郡王今晚會趕回來呢！」

其他人聞言紛紛道：「現在太陽都快下山了，城門都快關了，要回來早就回來了。」

「暻郡王擺明就是抗婚，怎麼可能會回來？」

「可不是，現在都三月了，冰雪都融化了，難道暻郡王還在救災嗎？災都救完了吧？他擺明就是打著抗婚的主意。」

「放心吧，不會回來了，我們只要等著明天看她的笑話就好。」

就在貴女們熱熱鬧鬧地討論著蕭暻玹抗婚，拋棄了秦汐，秦汐活該的時候，突然有丫鬟走進來，對一個貴女說了什麼，那貴女臉色變了變，立刻站了起來對林如玉笑道：「如玉姑娘，我家裡有點事，先離開一會兒。忙完了，我再回來。」

林如玉不甚在意地點頭笑道：「好的，妳先忙。」

貴女笑著應下，便匆匆離開了。

這位貴女離開後，又有其他丫鬟匆匆進來，對自家的小姐低聲說了幾句什麼，她們臉色變了變，然後都紛紛向林如玉告辭。

林如玉總算察覺到不對了，正想讓丫鬟去打探一下發生什麼事了，這時，郭紫瑩的丫鬟匆匆進來，對郭紫瑩道：「小姐，夫人讓您馬上回府。」

郭紫瑩早就好奇了。「發生什麼事了？」

「皇上、太后、皇后娘娘、定王妃，還有宮裡的娘娘都給秦家送去了添妝；幾位王妃、鎮國公夫人、護國公夫人，她們也都給秦家送添妝了。夫人讓小姐馬上回府，我們也得趕緊前去秦府給秦姑娘添妝。」

林如玉臉色變了變，她急急地道：「暻郡王回來了嗎？」

丫鬟搖了搖頭。「不知道，好像還沒回來。」

屋裡因為這話，瞬間安靜。

暻郡王還沒回來，可皇上、太后、皇后娘娘這三座大山都給秦家送去添妝。這代表什麼？這代表皇家承認這門親事，這代表不管蕭暻玹回不回來，秦汐嫁定皇家了。

林如玉臉色難看到極點。

現在皇上、太后、皇后娘娘的做法豈止是給秦汐添妝？這分明是給她撐腰！她堂堂一個伯府姑娘都沒有得到皇上、太后、皇后娘娘的添妝，她一個商戶女卻有這樣的待遇，這是赤裸裸的打臉。

丫鬟又將她聽到的話說了出來。「不過我聽說，皇上身邊的林公公和秦家人說暻郡王今晚一定會回來，婚禮如期舉行。我還聽說是皇上派人去將暻郡王抓回來的。」

眾人聞言，臉色頓時豐富多彩。

竟然是皇上派人去將暻郡王抓回來？

只要想到那個畫面，大家都忍不住興奮，不管如何，皇上都帶頭添妝了，她們豈敢不去？就算不是去添妝，大家也想去看看暻郡王被抓回來的樣子啊！被抓回來暻郡王會上門娶親嗎？皇上是派人押著他去娶親嗎？大家越想越興奮。

於是大家紛紛向林如玉告辭。

林如玉心中不悅，卻只能笑著應好。

很快，原本車水馬龍，熱鬧非凡的長春伯府，一下子便冷清了下來，一片狼藉，林如玉氣得將茶几上的東西全都揮到地上，茶碗、喜果、喜糖灑了一地。

丫鬟們大氣都不敢喘一下，紛紛跪了下來。

秦霞走了進來，急道：「妳這丫頭，今天是妳的大喜日子，妳氣什麼？」

林如玉哭著道：「皇上太過分了！」

秦霞趕緊捂著她的嘴，低聲道：「妳不要命了？皇上是妳能說的？」

「可是他故意給秦汐那個下賤的東西撐腰，這不是打我的臉嗎？我都成了全天下的笑話了！」

秦霞當然知道，她心裡也替自己的女兒委屈，可是她只能安撫道：「傻丫頭，妳怎麼會是全天下的笑話？秦汐才會是全天下的笑話。妳以為大家是去給她添妝？大家只不過是去看她笑話。明天妳只要高高興興地出嫁，以後和三爺過著幸福美滿的日子，別人只會羨慕妳，她秦汐就算真的成為了暻郡王妃又如何？這也是有皇上給她撐腰罷了！可她嫁的是暻郡王，暻郡王並不承認她，她就是一個徹頭徹尾的笑話，皇上還能給她撐一輩子的腰不成？」

林如玉的臉色這才好看了一點。沒錯，秦汐就是一個被暻郡王嫌棄的主，等皇上駕崩了，以後有她難堪的時候。她現在只需好好出嫁，等著看她成為一個徹頭徹尾的大笑話！

反正他們長春伯府已經熱鬧一整天了，正好天黑了，她要沐浴更衣，去祠堂上香，拜別祖先，梳妝打扮，準備出嫁，所有人都去了秦府更好，別礙著她！

長春伯府原本的熱鬧一下子全都轉移到了秦府。

此刻天色已暗，秦府每個角落張燈結綵，喜氣非凡。大家添完妝後都不願意離開，他們都在等著暻郡王的消息，等著看暻郡王被抓回城，等著看暻郡王被禁衛軍押著來迎親。

傅氏有喜了，不宜過度操勞，可是這些人又不願離開，只能讓自己娘家嫂子多費心，總不能趕客人。

定王妃知道後，主動留了下來幫著招呼客人。

定王妃知道傅氏娘家也是商戶，而眼前這些夫人和小姐眼睛都長到了頭頂，言語間難免會膈應人，為了不在汐丫頭大喜的日子出現膈應，她索性留下來，看看誰敢在她面前說什麼？

然後便有了這麼一幕。

小世子坐在一邊吃著各種水果、點心和喜果，一邊含糊地說道：「母妃，好吃！這個好好吃！這個也好吃！」嘴巴根本停不下來。

定王妃也分外驚豔。「怎麼這些果子這麼好吃？這是蘋果嗎？我最不愛吃蘋果了，可這蘋果怎麼這麼好吃？」

定王妃拿銀籤叉了一小塊去了皮的蘋果嚐了嚐，忍不住又吃下一塊。

眾人一開始還會忍不住跟著兩母子去嚐嚐，後來就停下了。

秦家富貴，待客的東西當然是好的，可是也沒有定王妃和小世子表現得那麼誇張吧？有那麼好吃嗎？也沒宮裡賞賜下來的好啊！不知道的還以為他們兩母子前世沒吃過好東西一般。

定王妃身為王妃，她吃的、用的都是千挑萬選出來的好東西，她這副上輩子都沒吃過好東西的做派，實在讓人無語。就算有意抬舉秦汐，也不必如此吧？

她們壓根兒不知道定王妃吃的東西和她們吃的全然不一樣，秦汐海島裡的東西不少，可是不是誰都有資格吃的。

秦汐才不會免費拿海島的東西給不相干的人吃，浪費。

眼看夜越來越深，暻郡王那邊還沒有動靜，有人總算坐不住了，忍不住問秦汐。「秦姑娘，妳知道暻郡王什麼時候回來嗎？」

秦汐搖頭。「不知道。」

何韻見有人開口，她也忍不住跟著問道：「暻郡王現在都還沒回京，秦姑娘妳一定很擔心吧？」

秦汐只是看了她一眼，既不承認也不否認。

畢竟這場合說不擔心不好，可她是真不擔心。

許陌言忍不住悄悄地打量著秦汐，現在她的內心一定很焦慮和難過吧？

雖然不應該，但是許陌言還是覺得自己這些日子的憋屈煙消雲散了，她怎麼也想不到暻郡王竟然是用這種方式抗旨拒婚，這實在是太讓人難堪了，比當初他訓斥自己還要讓人難堪，她心理徹底平衡了。

她安慰道：「秦姑娘不要怪暻郡王，他是武將，一向心繫天下百姓的安危，因此才會為了救災延誤了歸來的時間，他一定不是故意的。」

郭紫瑩笑著道：「是啊，秦姑娘不用擔心，我聽說皇上已經派人去請暻郡王回來了，妳一定能夠準時出嫁的。時候不早了，妳也該去梳妝，準備出嫁了吧？」

大家看熱鬧不嫌事大，紛紛道：「對啊，秦姑娘妳趕緊去梳妝更衣吧！可別誤了吉時！」

「皇家迎親向來比較早，秦姑娘得抓緊時間了。」

定王妃看著一群幸災樂禍的人，心中不滿，不過也沒說什麼，她知曉內情，明白一會兒有她們目瞪口呆的。

「好了，時間的確差不多了，汐兒妳快去沐浴更衣，準備梳妝吧！我給妳上頭和梳妝。」

大家聽了忍不住又羨慕了。能得定王妃親手給她綰髮上頭，那是多少人求都求不來的。定王和定王妃恩愛無比，定王府中小妾、通房一個都沒有，定王妃被京城的貴夫人公認為最有福氣之人，多少人想請她上頭，都不夠資格。夠格的，都被她拒絕了，包括襄郡王妃。現在定王妃竟然主動給秦汐上頭，能不讓人羨慕嗎？

郭紫瑩笑了笑。「希望定王妃的好福氣能傳一些給秦姑娘。」

大家聽了這話又忍不住笑了，自身的福氣不夠，不就得蹭一下別人的？好期待明天的到來啊！於是這一群人厚著臉皮，一直等到快天亮，外面隱隱約約傳來了迎親的樂曲聲。

「來了！迎親的隊伍來了！」下人匆匆地跑進來報信。

眾人眼睛一亮，紛紛走出去。

這時候，東方的天空開始泛起了魚肚白。天色微亮，眾人只見暻郡王騎著一匹白色的駿馬，一馬當先的走在長長的迎親隊伍之前，迎著晨光，俊美如謫仙下凡。

路的兩邊，分別有兩隊侍衛捧著一盆盛放的桃花。蕭暻玹走到哪兒，他們便將桃花擺到哪兒，他身後還有兩排宮女在撒花，他走過的路上，立刻鋪了一層紅色的地毯，嚴格來說不是地毯，是花瓣，密密麻麻的紅色玫瑰花花瓣，鋪滿一路，就像一張紅地毯一路自動展開，恭迎某位非常重要的人。

說好的被禁衛軍押著來迎親呢？

眾人看著這鮮花鋪就的迎親大道，默了默。

這麼大排場的迎親，像是被迫的嗎？

大家忍不住去打量蕭暻玹的神色，一如既往的一臉冷峻，看不出喜怒。但是大喜的日子，暻郡王臉上不見半點喜色，這也算是被迫的吧？

蕭暻玹騎在白馬上淡淡地掃了眾人一眼，便收回視線了。

他向來不苟言笑，更不會在意別人的目光。

看一眼四周是他七歲經歷過那件事之後養成的習慣，便於他掌控全局。

他天生記憶力超強，一眼便能記住雙目所及之內的人和位置，這讓他在戰場上一眼便能看穿士兵的走位，從而推斷出敵軍的兵陣，再各個擊破。因為敵軍的陣法屢屢被他看穿，對方還曾經以為出了內奸，出現了內訌。

蕭暻玹來到了秦府門前，翻身下馬，在喜娘一連串喜慶吉祥的話語中步伐堅定地走了進去。

有人忍不住低聲道：「我怎麼覺得暻郡王沒有半點勉強的樣子？」

「錯覺吧！我覺得他進去的樣子挺凶神惡煞的。」

汐顏院內，秦汐已是梳妝完畢。

玉桃匆匆地跑了進來，激動又高興地道：「姑娘，來了，暻郡王來迎親了！好多花！路兩邊擺滿了一盆盆桃花，路中間鋪滿了紅色的花瓣，府前那條大街，遠遠看去一路像開滿了桃花，太美啦！奴婢第一次見有人這樣迎親的，簡直就是鋪了一條鮮花大道來迎親。」

秦汐聞言一怔。

這是她小時候曾幻想過的迎親場景。

她喜歡美美的東西，所以上上輩子小的時候，對成親半知半懂的她，看見新娘子出嫁的喜慶情景，她覺得撒喜糖和喜錢不美，還會砸痛人，便對自己爹娘說她以後出嫁的時候要撒鮮花，要用鮮花鋪路，她要一路繁花似錦，到處都很美很美的，新郎要弄出一條鮮花大道來迎娶她。

那時候的她被嬌寵著，單純地覺得那樣的場景很美、很夢幻，沒想過有多麼的勞師動眾，鋪張浪費。他是怎麼知道的？

秦汐很快就想到了秦庭韞的行商日誌。

可是她記得蕭暻玹非常討厭勞民傷財，鋪張浪費的行為，沒想到他會這麼做。

定王妃笑道：「暻玹太有心了。鮮花大道，一路繁花似錦，想想都很美。父皇說暻玹還沒回來是去準備迎親的事，原來是去準備花了。汐丫頭，是不是很感動？」

秦汐思索。

感動嗎？嗯，要是上上輩子還天真的她一定會感動；現在的她，只想拿手術刀剖開蕭暻玹的腦子看看是不是進水了。兩人只是協議結婚，不至於這般勞師動眾吧？可別嫁給一個傻子！

這時，迎春笑著進來。「姑娘，姑爺已經拜見過老爺和夫人了，正走過來，夫人讓我來提醒您快準備好。」

「好了！好了！」定王妃立刻將一方大紅輕紗頭蓋半遮半掩的蓋在秦汐的頭上。

紅頭蓋是用輕紗做的，沒有圖案，並不會完全遮擋視線，方便接下來一系列的大婚儀式。

第三十六章

按照天元國的習俗和規矩，蕭暻玹乃郡王，娶的是正妃，因此儀式是非常莊重與正式的，不能有兄弟姊妹攔門的儀式和將喜鞋藏起來等等行事。

因此蕭暻玹在正廳向秦庭韞和傅氏行過跪拜禮，以示誠心求娶後，秦汐便由秦庭韞和秦晟文一起送出了汐顏院。這一儀式，大戶人家嫁女，一般是由父兄送女兒出院門，小戶之家只有一個院子，便直接送出屋門。

這一段路程很短，寓意著女子前半生很短的一段日子在娘家生活過，父兄是她們的依靠。出嫁後，將有漫長的人生路和夫君攜手同行，夫君是她的依靠，當然也寓意兩人長長壽壽，白頭偕老。

蕭暻玹站在汐顏院外等著。

身後是喜娘和一群前來迎親的皇家宗室子弟和勛貴子弟，都是和蕭暻玹交好的人。再後面就是那些想看熱鬧的夫人和小姐，她們想看看蕭暻玹會不會甩袖子走人，可是蕭暻玹身形挺拔如松的站在那裡，腳底就像生了根一樣。

蕭暻玹身邊站著幾個在戰場上出生入死的好友。

驃騎將軍府的公子顧長軒忍不住問唐修。「喂，嫂子長得漂亮嗎？」

他也是剛剛從邊疆趕回來，還沒有見過秦汐。

「簡直貌若天仙。」唐修撞了撞蕭暻玹的肩膀。「對不對？」

蕭暻玹沒說話，抬眸看向門口。

這時秦汐正好在秦庭韞和秦晟文的陪同下走了出來，他的目光下意識地落在她身上。

女子一身剪裁得體的大紅嫁衣，盡顯雍容華貴，大紅頭蓋下只露出半張小臉，膚若凝脂，肌白勝雪，小嘴嫣紅水潤，下頷線條的弧度極其優美，簡直無可挑剔，整張臉在輕紗下若隱若現，美得不似真人。

蕭暻玹心想，確實美若天仙。

四周的人都目不轉睛地看著秦汐。

哪怕是同為女子都驚豔了，甚至心裡都忍不住生出一股衝動，想掀開那個紅頭蓋，好好看看大紅蓋頭下那張臉是何等的絕色傾城。

顧長軒驚嘆。「半掩容顏，便已傾城！」這是何等的貌美？

蕭暻玹聞言回過神，上前一步，擋住了眾人的視線。

他拱手，向她行了一個平禮。秦汐也福了一福，回了一禮。

喜娘捧著一個托盤上前，托盤上放著一朵用大紅絹紗編織成的並蒂蓮花。「郡王爺，郡王妃請各執並蒂蓮一端。」

兩人聞言，同時伸手，執起大紅花延伸出來的一端錦緞。

喜娘便開始唱起吉祥的話語。「並蒂蓮花一牽，從此心意相通，富貴雙全……」

然後兩人一人牽著並蒂蓮花一端，在喜娘的帶領，眾人的簇擁下，前往祠堂拜祭。

這儀式有兩個寓意：一是告知秦家先祖二人今日大婚，蕭暻玹從此便是秦家的半子；二是拜別先祖，秦汐以後便是皇家人，從此兩家喜結親家，榮辱與共。

接下來是拜別高堂，這一儀式，女子是感念父母的養育之恩，男子是感謝丈人和丈母娘將女兒嫁給他。

兩人極有默契，動作一致的在蒲團上跪下。

秦汐跪在蒲團上，重重地磕了一個響頭。「爹，娘，女兒出嫁了，可是女兒永遠是你們的女兒。」

傅氏一下子眼淚就出來了，秦庭韞眼睛也紅了，他笑著點了點頭。

蕭暻玹也恭敬地磕了一個響頭，鄭重保證道：「爹、娘請放心，我會好好照顧她，此生榮辱與共，定不負她。」

君子一諾，價值豈止是萬金？秦庭韞信他。

他紅著眼眶點了點頭。「汐兒以後便拜託郡王了。」

「我會好好照顧她，此生榮辱與共，定不負她。」

這話暻郡王是發自真心的？四周的人都一臉難以置信地看著蕭暻玹。

他這是承認了秦汐暻郡王妃的身分？他這是告訴大家，以後看輕秦汐就是看輕他嗎？

秦汐也忍不住看了蕭暻玹一眼，君子重諾，他不是一個隨便說說的人。說一點感動都沒有是假的，當然更多的是感謝；至少，聽了這話自己的爹娘會更放心一些。單憑這一點，她都會感謝他。

蕭暻玹沒有理會眾人的異樣，他娶她是報恩，自然要盡到一個相公的責任。他再次磕了一個響頭，便看向秦汐。

兩人視線相遇，秦汐迅速回神，她笑了笑，隨後兩人默契地站了起來。然後在喜娘一連串的吉祥話中，兩人各牽著大紅並蒂蓮花的一端，並肩齊步，走出了秦府的大門。

秦汐在上花轎之前，下意識地看了一眼這條鮮花迎親大道。

天空碧藍如洗，古城大街沐浴在金色的陽光下。一盆盆桃花高低、大小一致，如火似霞的盛放在大道兩邊，桃花樹下站滿了看熱鬧的百姓。中間是一條鮮花瓣鋪就的大道，通往的盡頭是世間最繁華尊貴的地方。

蕭暻玹已經翻身上馬，他下意識地看了她一眼。

這是他特意為她準備的。

本來他在二月底就回京了，可是在回京的前一晚他正好看見了秦庭韞的日誌裡寫了小姑娘對未來婚禮的幻想。嫁給自己算是委屈她了，所以能滿足她的他都會儘量滿足。

為了集齊這些花，他一路南下四處尋找，花了不少時間才找齊，因此臨天亮了才趕了回來，然後立刻梳洗一番前來迎親。

察覺到身旁人在看自己，秦汐轉頭，再次對上他的視線，她微微一笑，算是感謝。陽光下，微風裡，紅紗被風吹起，露出她那張瑰麗的容顏，比盛放的桃花更奪目，比天邊的朝陽更明媚。恍惚中，他生出一股強烈的渴望，希望未來每一個清晨都能看見她迎著陽光，笑得明媚。

秦汐在喜娘的攙扶下上了花轎。

喜娘吉祥的話語在耳邊響起，他才回神，一夾馬腹，騎著大馬，迎著最朝氣蓬勃的陽光，帶她走向他的世界。

一個至尊至貴的地方。

迎親的隊伍緩緩進入皇宮。

本來已經分府出宮的皇子，大婚一般不能在宮裡舉辦婚禮，但是蕭暻玹是郡王，這次又是兩個皇孫一起成親。

皇上特意允許他們的婚禮在宮中舉辦。

皇孫中，除了大皇孫，也就是太子之子襄郡王有這殊榮，其他皇孫都沒有。這是何等的殊榮，本來林如玉該高興的，可是她卻半點也高興不起來。

因為，這一切只不過是蹭了秦汐的光罷了！這一切都是以暻郡王和秦汐為主、為先，他們只是在後面跟著做的，什麼都得等他們做完了才能做，感覺就像被他們壓了一頭。

明明蕭暻桓是兄長，她的身分也比秦汐高貴，卻處處被壓，她能不憋屈嗎？慘的是，再憋屈也得憋著，還要佯裝很高興。

林如玉心裡都不知道詛咒秦汐多少次下地獄了。

秦汐一無所覺，她和蕭暻玹兩個人配合得極好，認認真真地照著禮官的話去做。因為一切儀式都是在宮裡舉辦，這就代表儀式更多、更繁冗，要跪要拜的人更多。

待到繁冗的儀式結束，再次勞師動眾地從宮中回到晉王府，秦汐被送到婚房的時候，天色早已經暗了下來。

玉桃捧著一個托盤進來高興地道：「郡王妃，這是郡王爺吩咐長平公子給您準備的吃食，您先用一用。」

秦汐確實又累又餓了，便坐到圓桌旁，她看了一眼桌上，都是甜品。

有合蓮盅、如意糕、吉祥果、花開富貴、紅棗糕、銀耳蓮子羹、子孫餑餑等等。吃完是不可能的，但是每樣都要嚐一口。

天元國有習俗，新娘子新婚夜吃的東西都是甜的，而且寓意要好。

其中蓮子銀耳羹加入了燕窩、牛乳，上面還撒了一些堅果，是她喜歡的吃法。

「這銀耳蓮子燕窩是秋菊另外做的嗎？」

她的四個丫鬟都陪嫁過來了。

玉桃笑著搖頭。「不是，長平說是郡王爺特意吩咐他讓廚房這樣做的。」

看來郡王爺已經打探過姑娘喜歡吃什麼，所以特意吩咐過王府的廚房。

秦汐沒有再說什麼，她拿起勺子低頭便吃了起來，她每樣都吃了一口，然後才去嚐那碗燕窩蓮子銀耳羹。

七分奶，三分糖，是她喜歡的甜度。味道也剛剛好，只是那些堅果沒有家裡的香，畢竟不是海島裡拿出來的，但是也很好吃。

秦汐一口氣吃完了一整碗，便飽了。

她這才有力氣打量了一眼新房的布置，發現竟然和她住的汐顏院幾乎一模一樣，除了床前的屏風和那對熊熊燃燒著的大紅喜燭。

難怪她剛才進來感覺一下子就放鬆下來，因為感覺就像回到了家裡。

這倒是有心了……

秦汐心中微暖，坐在床邊，揉了揉雙腿。今天一整天都是跪跪拜拜的，沒有坐下來過，她腳底板都疼了。

秦汐想著蕭暻玹一時半刻不會回來，而且他們算是協議成親，不會再有接下來的喝合巹酒之類的儀式，便對玉桃道：「去打些水來我泡泡腳。」

玉桃聞言遲疑了。「可是，一會兒郡王就回來了。」

「可是，我腳疼。」

玉桃聞言便顧不上蕭暻玹回不回來，顧不上合不合規矩了，立刻去打了一盆水進來給秦汐泡腳。

於是蕭暻玹進來的時候，便看到了一雙白花花的玉腿。他立刻背過身，耳朵發燙，心中不悅。「穿好衣服！」

她怎麼那麼喜歡在屋裡衣衫不整？他本來打算來和她說說自己的規矩，看來那規矩得再添一條，就是不許在屋裡衣衫不整。

秦汐可不會聽他的，不就是露出小腿，怕什麼？她的腿那麼美！

秦汐直接將腳抬起，舉高，伸直，將褲管往上再拉了拉，拉到大腿根部，直接露出一條纖細修長的大長腿，又白又直，美美的。

「我腳疼，郡王有話便說吧！」

秦汐轉了轉腳踝，兀自欣賞著。真美！她的腿怎麼可以這麼美？連腳趾頭都是粉粉嫩嫩，美美的。嗯，她得弄點指甲油塗塗，那就更美了！

蕭暻玹想到剛才那一眼，她的膝蓋好像瘀青了，他回頭一看，鼻子一熱，差點沒噴鼻血。

迅速背過身，奪門而出。那背影，怎麼看，怎麼像落荒而逃。

蕭暻玹回到書房，對長平道：「備水！」

「是！屬下這便去準備藥湯。」長平聞言便以為主子是和王妃喝合巹酒時不小心有了肢體接觸，需要泡藥浴。

「備冷水！」

長平表情都不對了。

啥？冷水？這次為何是冷水？

蕭暻玹看長平一臉呆樣，心中惱怒。這什麼表情？

「算了！」他「砰」一聲將書房的門關上。

長平被震得頭都有些暈了。

蕭暻玹在書房裡練了一會兒字後，紅紅的耳尖才恢復了正常。他拿出之前寫好的規矩，再添上了一條，然後喊了一聲。「長平。」

在門外等候差遣的長平立刻推門走了進來。「主子有何吩咐。」

蕭暻玹正想將那張規矩交給他，讓他交給秦汐。

但是他想到秦汐喜歡在屋裡衣衫不整。「沒事。」

蕭暻玹將那張紙塞到懷裡，大步走了出去。

長平抓了抓後腦杓，一臉迷惑。主子怎麼變得奇奇怪怪的?!

蕭暻玹剛走出幾步，想到什麼又折回來對長平道：「以後你不許踏入郡王妃的院子半步，長風他們也不行，記得提醒他們。」

說完，他再次轉身大步離開。

長平聞言臉都垮下去了。

「為什麼不可以啊？我還想著每天都去給郡王妃請安呢！」順便看看能不能得到一、兩顆果子賞賜，這下看來每天都有果子吃的美好願望是幻滅了。

蕭暻玹想到小姑娘嬌氣得很，稍微磕碰一下，皮膚就發紫，今天她又跪又站的，折騰了一整天，她的腳那麼嬌嫩……

他搖了搖頭又折了回來，正好聽見長平的話，他冷冷地警告道：「不必！」然後他走進屋裡，在置物架的一個藥箱裡拿了一個玉瓶，再次走了出去。

主子今天是怎麼了？怎麼冒冒失失的？

長平搖了搖頭，他看見書桌有些凌亂，便上前收拾，然後便看見了蕭暻玹寫的一大疊清心咒。

主子剛剛是在寫清心咒？

長平聯想到他一回來就叫水，而且是冷水，整個人又冒冒失失的，總算明白了。

主子一定是十月芥菜——起心了，而且是色心！

蕭暻玹再次來到新房，這次秦汐已經換下了一身大紅嫁衣，穿著一身常服，而且總算沒再捧腿孤芳自賞，他內心深處大大的鬆了一口氣。

秦汐沒想到他竟然還會回來，早知道便穿性感一點，再把他嚇跑。

「郡王爺深夜過來是？」

蕭暻玹表面神色淡薄地將一瓶冰肌玉骨膏放到了桌子上。「這個抹在膝蓋上能消腫止痛。」

「謝謝，郡王爺今晚睡哪裡？」竟然是來送膏藥的，還算有心。

「以後我住在書房那邊，這屋子便給妳住。」蕭暻玹從懷裡掏出一張紙放在桌子上，看著她，語氣嚴肅。「有些規矩我必須告訴妳，我不喜歡別人碰到我，動我的東西，出入我的屋子，若是有事找我，妳可以讓妳的丫鬟告訴長平他們，他們再轉告我。具體的我都寫到這張紙上了，妳可以看看，順便告訴妳的丫鬟。」

秦汐看了一眼紙上的內容，挑眉。

這人就是這樣，上一秒讓妳有點感動，下一秒就能活活將妳氣死。

紙上密密麻麻的寫著一排「不許」。

不許靠近他、不許碰到他、不許出入他的書房、不許碰他的東西，任何東西、不許接觸他的食物和茶水。怎麼？還怕她下毒？

不許和他的侍衛走得太近？誰和他的侍衛走得太近了？

最後一條更離譜，不許在屋裡衣衫不整？簡直了！

哼，不許在屋裡，那是在屋外就行嘍？

既然某人在新婚夜便給她「立規矩」，來而不往非禮也，那便來個約法三章好啦！

秦汐立刻取來了筆墨和印泥，振筆直書在紙上添了幾筆：以上規定男女雙方均需執行。此外男方不許偷看女方和女方的丫鬟，不許偷偷摸摸進女方和女方丫鬟的屋子。

完了，她還簽了大名，按了指印。

秦汐看向蕭暻桓，將紙遞過去。「郡王也簽上大名，按個指印吧！免得某些人不守約定。」

蕭暻玹接了過來，看了一眼，再次證明這個丫頭很記仇，還不肯吃半點虧。最後一條分明就是針對他上次離京時誤闖她屋子而定下的。

「放心，本郡王不會。」

不過他還是簽上了名，按了指印。

秦汐立刻將紙奪了過去，吹了吹上面的墨跡。「這張紙便由我保管吧！」

「這本來便是寫給妳的。」

秦汐嘴角一抽。他可以滾了！

「長平、長安、長風、長河四人是我的親信，可以信任。妳有什麼事，都可以吩咐他們去做。」

秦汐點了點頭，然後大聲吆喝。「玉桃，秋菊，石榴，白梅進來！」

蕭暻玹寒毛都豎起來了。

她想幹麼？叫那麼多女的進來是想幹麼？

他想掉頭就走，但硬生生的忍住了。他看了一眼窗下的軟榻，那裡安全。

他淡定從容地走過去，坐好。

第三十七章

幾個丫鬟剛剛被蕭喟玹支開，她們以為夫妻二人要圓房，不喜她們守在隔間，又擔心他們完事後叫水，便守在屋外，不敢離開。

突然聽見秦汐大喊，四人嚇了一跳。

玉桃脫口而出。「郡王的速度那麼快嗎？」

秋菊嘆氣。「可憐姑娘了。」

石榴一臉懵懂。「姑娘為什麼可憐？」

白梅一臉清冷。「快進去伺候。」

四人匆匆走進屋裡，來到寢間的門外，玉桃敲了敲門。「郡王妃。」

「進來吧！」

四人走進去，便看見夫妻二人一個在圓桌旁坐著，一個坐在軟榻上，明顯並沒有那啥。

除了石榴，其他三人均鬆了口氣。還好，不是速度太快。

秦汐對蕭喟玹介紹道：「這是我的四大貼身丫鬟，玉桃，秋菊，石榴，白梅。」

四名丫鬟紛紛行禮。「婢子見過郡王爺。」

秦汐道：「以後郡王若有何事找我，可以讓你的小廝告訴她們，她們會轉告我的。」

蕭暻玹淡淡地看了她一眼。「本郡王知道了。」原來是不爽了。

秦汐又擺了擺手，趕人了。「以後這裡就是我的屋子，麻煩郡王不要再隨意進來，盡快離開。」

四名丫鬟震驚。姑娘為何趕暻郡王離開？

蕭暻玹心中複雜，默默站起來，抬腳離開。

現世報最新受害者表示：這丫頭真的超級記仇，還是當場報的那種，絕不留隔夜仇！

蕭暻玹離開後，丫鬟們都急了。

玉桃最先開口。「姑娘，您怎麼趕郡王出屋了？」

今晚是姑娘和郡王的大婚之夜，要是郡王在別的屋子歇下，晉王府的人會怎麼看待姑娘？姑娘在晉王府還能抬得起頭做人嗎？

就連遲鈍的石榴也知道，這樣非常不妥。

「不能趕！」

「要走的留不住，我也樂得自在。這是他立的規矩，妳們都看看。」秦汐將那張紙給了四人看。

四人看完目瞪口呆，義憤填膺。

玉桃怒道：「暻郡王太過分了！新婚夜便和姑娘約法三章，劃分楚河漢界，那還成親幹啥？」

秋菊更是爆粗口。「立這種規矩，還成個屁親啊！」

白梅冷著臉點頭。「姑娘太可憐。」這和守活寡有何區別？

石榴不懂。「姑娘為何可憐？」大家互不打擾，不是更自在？

三人異口同聲。「乖，妳不懂，回屋裡背千字文。」

石榴一臉委屈。她不要！她一拿起書就犯睏。

秦汐知道她們的擔心，笑道：「沒事，這也是我所願的，現在我得到了郡王妃的名頭，身分尊貴了，無人再敢隨意看輕我，我又不用伺候夫君，互不打擾，樂得逍遙，豈不美哉？好了，明天還要早起敬茶，早點睡吧！」

話雖如此，但三人還是覺得秦汐是自我安慰，不過明天確實要早起，四人立刻伺候秦汐就寢。

第二天是敬茶的日子。

秦汐剛剛在海浪聲中醒來，還沒來得及進海島看看今天有什麼海鮮，外面就響起了玉桃敲門的聲音。「郡王妃，該起來了！」

今天除了給晉王和晉王妃敬茶，還要進宮敬茶，因此要早早起來梳妝打扮。

秦汐回道：「進來吧！」

四個丫鬟捧著一應梳洗的物品魚貫而入。玉桃和白梅非常熟練地伺候秦汐漱洗，更衣，梳頭。待到秦汐梳妝打扮好，秋菊和石榴正好將早膳擺好。

一會兒還要進宮呢，當然得填飽肚子再去敬茶。

早膳有燕窩小米粥、海參鮮肉餃、小籠包、水煮雞蛋、榴槤煎餅。

秦汐因為每天在海島鍛鍊，運動量大，吃得多，這些她都能吃完。她用膳不用丫鬟伺候，便讓她們也下去用膳。

她們將漱洗用品收拾起來，走了出去，正好看見蕭暻玹走進了院子。

四人福了一福。「婢子見過暻郡王。」

蕭暻玹看了一眼四人手中的物件。

蕭暻玹想到秦庭韞的行商日誌的記載，她從一歲開始就用牛乳和百花提煉出來的花露。秦庭韞可是專門買了一個牧場和在各地買了許多莊子，養了幾千頭乳牛和上千畝鮮花來供她和傅氏用。還有她洗臉的清水，也不是普通的清水，那可是青霞山上的山泉水，有專人定時上山取回來，專門給她梳洗用的。

她是真的被人捧在手心裡，堆金饌玉的嬌養著長大的。

蕭暻玹覺得他以後得好好賺銀子，總不能連人都養不起，讓她越活越回去。

「郡王妃梳洗好了？」他抬腳走進去，一會兒得和她一起前往鎮遠堂給父王和王妃敬茶。

玉桃伸手攔住了他。「郡王爺請止步。郡王妃說郡王和她有約定，郡王不可踏入這屋子。有什麼事告訴奴婢，奴婢轉告便是。」

……很好，他立的規矩，率先在他身上生效了。

蕭暻玹只能站在院外等她出來一起去敬茶。昨晚他睡在書房，定然會給她帶來一些麻煩，所以今天必須和她一起前去敬茶。

秦汐用完早膳便出來了。

蕭暻玹打量了她一眼，今天她穿了一身大紅色的宮裝，領口和袖口都用金線繡著牡丹花的圖案。頭戴一套紅寶石的牡丹花珠釵，雍容華麗，端莊得體。

可是……今天要進宮敬茶，大家都知道皇后娘娘最討厭的是牡丹，這在世家大族裡，不是秘密。

想到秦家的情況，她不知道也正常。這是宮裡司制房給她準備的宮裝？

蕭暻玹心裡給司制房記了一筆，又怕她新婚第一天便惹皇后不喜，對她刁難，便道：

「去換一身宮裝。」

秦汐當然知道皇后不喜歡牡丹，她是故意這樣穿的。

「不換，我這一身打扮可是花了半個多時辰，再換又得花半個時辰，來不及了！」

蕭暻玹一愣。

換身衣服要半個時辰？要是她去打仗，估計戰事結束了，她才穿好戰甲上場。算了，皇后喜不喜歡也不重要，反正又不用常常進宮，而且終歸有他護著她。

「罷了，走吧！先去鎮遠堂給父王敬茶。」蕭暻玹說完率先抬腳。

秦汐跟上，兩人隔著兩步距離一起前往鎮遠堂。

半路遇到了林如玉和蕭暻桓。

兩人並肩走著，林如玉笑容羞澀，眉眼間難掩初經人事的嫵媚，蕭暻桓滿眼柔情，兩人有說有笑，眼神調情，如蜜裡調油。

反觀蕭暻玹和秦汐，隔著距離，各走各的，兩人均神情清冷淡漠，彷彿陌路人。

林如玉看見秦汐，眼睛一亮，高興道：「表姊，這麼巧？」

林如玉一早起來就聽說了昨晚蕭暻玹歇在書房，兩人沒有圓房。她見此，心裡止不住的高興。果然，昨日被秦汐壓制一天的鬱悶都散了；果然，蕭暻玹娶她只是被皇上所逼，以後有她受的！

秦汐淡道：「不巧，同路而已。還有，請叫我郡王妃。」

林如玉笑臉一僵，她看了一眼蕭暻玹，低頭，故意福了福。「見過郡王妃。」

一副受盡了委屈的模樣。

蕭暻桓皺眉，看了一眼蕭暻玹，秦汐一大早就給林如玉下馬威，這是打他的臉，蕭暻玹不管管？

蕭暻玹神色淡漠，沒有說話的意思。

蕭暻桓心中憋屈，只能笑著道：「四弟，這麼早？」

「嗯。」蕭暻玹不冷不熱地應了一聲。他性子清冷，對晉王都是這樣不鹹不淡的態度，更何況兄弟。

他看向秦汐道：「走吧，時辰不早了，待會兒還要進宮。」

然後他走到了秦汐身邊，在外人面前，秦汐當然配合他。於是兩人中間隔著一條小小的縫隙，並肩往前。兩人都拿捏得很好，並不會碰到對方，而在外人看了，他們走得算是親密了。

身分的原因，蕭暻桓和林如玉又只能跟著兩人身後，哪怕他是兄長。在皇家裡就是這樣，等級非常分明，身分非常重要，先君臣、後父子兄弟。

林如玉臉都黑了，她又被秦汐壓一頭了！

兩對夫妻一前一後的往鎮遠堂走去，快到鎮遠堂的時候，遇見了匆匆趕來的蕭暻煜。

蕭暻煜看見秦汐，熱情地上前。「四哥，小嫂子！」

剛剛他還去了一趟瞻遠堂，看看能不能蹭一頓早膳吃，沒想到兩人已經出發來鎮遠堂了。

秦汐笑著打招呼。「五弟。」

蕭暻煜湊到秦汐身邊。「小嫂子，妳和四哥怎麼這麼早？我剛剛還過去找你們，打算一起過來。」

蕭暻玹淡淡地看了兩人一眼，不明白兩人什麼時候這麼熟悉了。

「也不早了。」秦汐回道。

「小嫂子平時都這麼早起嗎？」蕭暻煜追問。早膳的時間必須要把握好！

「咳咳！」蕭暻桓感覺身為三哥的威嚴完全沒有了。

蕭暻玹便算了，他從小性子就冷，對誰都不熱絡，而且他已經封為郡王，他也奈何不了他，蕭暻煜是怎麼回事，當他們兩夫妻是透明的嗎？

蕭暻煜這才發現了蕭暻桓兩夫妻，忙站直了身體，恭敬地對兩人行禮。「三哥，三嫂。」

林如玉也有些不高興他的忽略，也不喜他對秦汐一副熟稔的態度，對自己就畢恭畢敬，這擺明就是親疏有別的區別對待。這是看不起她，覺得秦汐是郡王妃，高她一等，只巴結討好秦汐嗎？

她忍不住挑撥離間，笑道：「五弟喊錯了，四嫂是郡王妃，應該喊她郡王妃才對，剛剛四嫂也這樣提醒我我才想起。」

蕭暻煜聞言擺了擺手。「虛禮這些都是對外人的，我怎麼能一樣？」

林如玉一口氣差點喘不上來。

什麼意思，在他眼中她是外人，秦汐不是？真是氣死人也！

蕭暻玹對秦汐淡淡地道：「走吧。」

秦汐點頭，繼續往前走。

蕭暻煜來到了秦汐身邊，和她一起往前走。「小嫂子，妳用早膳了嗎？」要是還沒有用的話，一會兒敬完茶，他便跟著四哥和小嫂子一起回去瞻遠堂。

秦汐一聽就明白什麼意思了，她點了點頭。「用了一些，不過還沒飽，廚房裡還留了一些。五弟用了嗎？」

蕭暻煜眼睛一亮，使勁地搖頭。「沒有。」

「那五弟一會兒可以過去找秋菊要，今天的早膳做多了，有蝦仁水晶餃。」

「卻之不恭，那我便不客氣啦。多謝小嫂子！」

「五弟客氣了。」

本來是蕭暻玹和秦汐並肩走的，現在蕭暻煜湊到了秦汐身邊，一下子變成了三人行。

蕭暻玹見自己的新婚妻子和自己兄弟親熱地說著話，他這個正兒八經的相公都快變路人了。他覺得協定上需要再添一條，不許靠近外男，不許外男出入瞻遠堂。

林如玉看著秦汐和蕭暻煜這副熟稔的樣子，眼珠子轉了轉，忍不住勾唇笑了。

一個毛都沒長齊的毛頭小子，也敢不將她放在眼裡？

一行人很快便到了鎮遠堂。鎮遠堂裡，晉王和晉王妃還有蕭暻玹同輩的兄弟和小輩們都已經到了，或坐或站的擠了一屋。

四人走進去，大家的目光第一時間便被秦汐吸引了。

真美，美得不像真人！

這是眾人的第一觀感。

四人紛紛行禮。「兒媳（兒子）給父王，母妃請安！」

晉王看見秦汐，向來威嚴冷峻的臉立刻露出一個親切慈祥的笑容。「老四媳婦這麼早便來了，昨晚睡得可好？習慣嗎？」

秦汐福了一福，恭敬地回道：「謝父王惦記，睡得很好，沒有不習慣。」

晉王聞言笑道：「哈哈，習慣就好，如此本王就能和秦老弟有所交代了。」

林如玉笑臉都快掛不住了。

為什麼一個個都區別對待，都忽視她，只和秦汐說話？

蕭暻桓心中更是鬱悶。他在父王心中比不上蕭暻玹就算了，自己娶的媳婦好歹出身伯府，可是也比不上一個商戶女。他有些後悔，當初應該早點讓秦汐成了自己的妾室！

晉王妃笑道：「好了，王爺別說了，你難道不想喝老三和老四媳婦敬的茶？」

晉王笑道：「對，先敬茶！」

秦汐和蕭暻玹上前跪下，從丫鬟遞過來的托盤接過茶碗，奉給晉王和晉王妃。

「父王，請用茶！」

「母妃，請用茶！」

晉王和晉王妃接過二人的茶後，晉王妃給了一對成色極好的紅玉手鐲給秦汐做改口禮，輪到林如玉的時候，晉王妃也不偏不倚的給了她一對價值相等的白玉手鐲。晉王妃是王妃，向來公正，在她眼裡兩個都是庶子的媳婦，她自然不會區別對待。

秦汐給晉王和晉王妃敬茶後，也給世子和世子妃行了一禮。「大哥，大嫂！」

晉王妃和世子妃對秦汐這一舉動非常滿意。

其實秦汐不必給世子妃行禮的，郡王妃比世子妃身分更高，但是她以弟媳的身分來給長兄、長嫂的行禮，這就證明她對世子和世子妃的敬重，受人敬重，總是令人高興的不是嗎？

晉王世子妃沒有受她的禮，同樣回了一禮笑道：「四弟妹折煞我了！妳是郡王妃，該是我對妳行禮才對，以後萬萬不可啊！」

秦汐對這位世子妃還是有些好感的，因為她為人處事，還算公正，上上輩子自己爹娘出事，她還幫她進宮求過情。

秦汐記仇，但一般記仇的人也更加記恩，她念這份恩。

世子妃對這個出身比自己低，但是嫁進來後，身分便比自己高的妯娌第一感覺就是真美。昨日便覺得她很美，而今日，沒有了那半透明的頭蓋遮擋，更美了！

她自己的長相在京城貴女中，只能算是中等，但是她乃一等勳貴出身，出身算是非常高貴，因此才能嫁給晉王世子做世子妃。

她一個商戶女倒是好運道，竟然得到皇上的賜婚。不過世子妃對於秦汐現在身分比她高也沒有什麼妒忌的，因為這只是暫時罷了。等世子繼承爵位，以後自己是王妃，她是郡王妃，還比她高一品。

再說，蕭暻玹被皇上賜封為郡王，她是鬆了一口氣的。自己相公平庸，她原是怕這世子之位保不住，現在不用擔心了。世子雖然平庸，但是二爺天性懶惰；三爺城府雖深，但能力一般；五爺英勇有餘，頭腦不足，這三人是不足為懼的。

秦汐給世子和世子妃行禮後，便可以坐下來，等著輩分和身分比她低的人敬茶了。而林如玉還得給世子和世子妃，二爺夫妻還有秦汐夫妻敬茶。本來這些都是認親儀式，是好事，可是有了秦汐這一對比，她便覺得分外不好，顯得她身分特別卑微，比不上秦汐。

她偷偷地看了一眼秦汐和蕭暻煜，那邊秦汐坐下後，蕭暻煜又和秦汐說話培養感情了。

林如玉眼底閃過一抹陰鷙。等著吧，一會兒她一定給秦汐好看！

第三十八章

林如玉給二爺和他的妻子何氏敬茶後，便輪到秦汐和蕭暻玹了。

她先是給蕭暻玹畢恭畢敬地敬了茶，輪到秦汐的時候，她捧著茶碗怯怯地看了秦汐一眼，恭敬地道：「暻郡王妃，請用茶！」

她特意將暻郡王妃咬重。

秦汐接了過來，直接放到一邊，連做做樣子喝一口都懶，然後給了她一個她在外面花了幾十文錢買的香囊，笑說：「三嫂最喜歡的香囊。」

林如玉臉色變了變。

何瑩瑩見兩人這微妙的氣氛，笑道：「咦，三弟妹和四弟妹不是表姊妹嗎？怎麼看著如此生疏？」

秦汐道：「二嫂有所不知，我們已經斷親了。」

林如玉臉色變了，沒想到秦汐竟然會直接說出來。

斷親是好事嗎？斷親這種事情總歸是不好的，誰敢在夫家面前說出來，還是在這種情況下。正所謂公有公說法，婆有婆說法，不管基於什麼情況下退親，總歸有人覺得你是不對的。她就不怕被晉王府的人看低嗎？

何瑩瑩的父親乃御史臺大夫，基因遺傳的原因，嘴巴比較毒。

晉王本來特意給自己這個風流懶散，文不喜、武不愛，只喜歡拿繡花針的二兒子挑一個嘴毒嚴厲的妻子好管管他的懶散，擺正他的世界觀、人生觀和價值觀。

可是沒想到何瑩瑩嘴巴毒是毒，但她卻有著一顆看熱鬧不嫌事大的心。聽見斷親兩個字，她眼睛都亮了一下，沒錯只是一下，很快就被她藏起來了，並沒有被人看見。

她不自覺地挺直了腰桿，心中興奮，表情嚴肅。「斷親？何故斷親？」

這模樣，讓在座的男子均想起了大殿上，何御史即將要口若懸河時的樣子。

晉王瞪了二爺一眼。還不管管你媳婦！

二爺從小最怕自己這個爹了，嚇得趕緊扯了扯自己媳婦的衣袖。「好了，小輩們還要給三弟妹、四弟妹見禮呢！妳扯那麼遠幹麼？」

何瑩瑩道：「又不是我提起的，是四弟妹自己說出來的。」

二爺真想拿繡花針縫住她的嘴，讓她少說兩句廢話。

二爺咬牙。「那是別人的家事，妳管那麼寬？」

秦汐笑了。「也不是什麼說不得的，就是我祖父聽說有人謠傳我爹通敵叛國，才斷親的。」

何瑩瑩眼都瞪得快掉出來，這回話想收都收不住了。

「通敵叛國？無風不起浪，為何有人這麼說？」

林如玉一臉難以置信地看著秦汐。她還真敢說?!
秦汐搖頭一臉迷惘。「我不知啊!」
蕭暻玹看了她一眼，突然就明白了她一連串的計劃，真是好算計!
晉王冷哼一聲。「簡直一派胡言，秦老弟要是通敵叛國，本王的名字倒著寫!好了，這事到此為止。」
通敵叛國太過敏感，不好拿出來說事。
晉王妃笑道:「暻煜，端儀，敏儀你們還不見過你們兩位嫂子?還有大郎他們，還不見過兩位新嬸嬸?」
晉王和晉王妃發話，何瑩瑩哪怕內心有千萬隻螞蟻在咬，她也得忍著。
蕭暻煜高興地給秦汐行了一禮。「小嫂子，五弟這廂有禮了。」
秦汐給了蕭暻煜一把上古名劍，樂得他眉開眼笑，這可是他最崇拜的高手用過的劍。
「謝謝小嫂子，小嫂子對我太好了，我很喜歡!」
他愛不釋手地欣賞著。
秦汐笑道:「五弟喜歡就好。」
林如玉乘機道:「郡王妃和五弟好熟啊!剛剛過來的時候你們兩人走在一起就說了一路，現在竟然連四弟的喜好都知道得一清二楚，你們是不是以前就認識，經常接觸啊?」
一個嫂子和小叔子經常接觸?她這是想暗示什麼，不言而喻。

秦汐冷笑，正想說什麼，蕭暻玹和晉王卻同時出聲了。

蕭暻玹冷聲道：「是我告訴她四弟的喜好。三嫂難道沒有向三哥打探一下家裡人的喜好？本郡王的王妃可是每個人的喜好都向本郡王打探過，才給大家準備了這些禮物。」

晉王不悅地道：「是本王派老五去秦家取過幾次東西，吃過幾次飯，見過幾次。以後都是一家人，這一來二去自然就熟了。老三媳婦妳可明白了？要是不明白就胡亂說，再有下次，老三，你就好好待在院子裡教教你媳婦。」

蕭暻桓忙道：「父王息怒，都是兒子的錯。」

蕭暻桓說完瞪了林如玉一眼。他不是說過，父王最不喜挑撥離間之人，和兄弟之間勾心鬥角？

林如玉臉色白了白，頓時有些後悔。

晉王的話太重，完全不顧她的面子和感受，早知道就不說了。

她怎麼也想不到蕭暻玹和晉王會這般護著秦汐，而且為了她，甚至不顧自己的顏面。憑什麼?!難道她就不是晉王府的兒媳婦嗎？

晉王發怒，大家都不敢說話。

晉王妃笑著打圓場。「一家人自然要多熟悉一下，好了，端儀輪到妳給嫂子敬茶了。」

端儀郡主心裡恨極秦汐，害自己兄嫂被父王責怪，但她不敢表現出來，恭敬地福了一福。「給四嫂請安。」

秦汐笑了笑，然後給了她一個荷包。

因為端儀郡主是蕭暻桓一母同胞的胞妹，上上輩子總羞辱她，因此秦汐只給了端儀郡主一個荷包，裡面裝了一個不值錢，但是勝在樣子好看的雨花石。

端儀郡主見有點分量，心中暗喜，可是拿出來一看，竟然是一塊好看的石頭。她心中暗罵秦汐小氣，不冷不熱地道了一句。「謝謝四嫂。」然後便塞進荷包，放到一邊。

世子妃看見那雨花石笑道：「四弟妹送的可是有石中皇后之稱的雨花石？」

秦汐笑著點頭。「大嫂好眼力。」

石中皇后？難道這石頭很值錢？端儀郡主心中一動。「大嫂知道這雨花石？」

「當然，我外祖父那裡便收藏了不少雨花石。」

世子妃沒有說的是，不是所有雨花石都值得收藏，外祖父收藏的雨花石，每一顆看著都非常有意境。

自古以來文人雅士喜歡寄情山水，嘯傲煙霞，雨花石因為擁有美麗的色彩和各種各樣花紋，有些看上去頗有意境，被許多騷人墨客喜愛和珍藏，賞石的佳話不勝枚舉。

說白了就是這雨花石在懂得欣賞它的人眼裡，它就價值非凡，不懂的，它就只是一塊好看的石頭。反正有無價值，端看自己說了算，這不是古董，拿出去有沒有人買，要看是否遇到有緣人。

像晉王這種武將不懂，覺得就是石頭，一文錢又絕不會買，而秦汐送的就是比較普通，常見的，毫無意境但顏色鮮豔一些，拿出去，會買的都是傻子那種。

端儀郡主聞言臉色好看了不少。

世子妃的外祖也是翰林大學士，聽說韓大學士珍藏的東西每一樣都價值連城。

她對丫鬟道：「還不小心收好？」

輪到端儀郡主給林如玉行禮。

林如玉笑著給了端儀郡主一支點翠赤金纏枝花珠釵。因為端儀郡主是蕭暻桓的親妹妹，這珠釵林如玉可是咬牙花了一百多兩在珍寶閣買的最新款。

端儀郡主挺喜歡這珠釵的，可是和秦汐那價值連城的「石中皇后」比，這一百多兩的珠釵算什麼？所以她又覺得林如玉小氣，不冷不熱地道了謝，便將珠釵交給丫鬟拿著了，看也沒多看一眼。

林如玉只覺得心裡憋屈，既怪秦汐故意壓她一頭，又怪端儀郡主眼皮子淺。

接下來，更有林如玉受的，輪到敏儀郡主給兩位新嫂嫂見禮。

她福了一福。「給四嫂請安，四嫂長得真漂亮！我長大了要比四嬸還漂亮！」

這話一說，讓一屋子人都忍俊不禁。

敏儀郡主是晉王妃和晉王的老來女，只有五歲，晉王妃寶貝得不行，因此也養得刁蠻任性得不行，妥妥的熊孩子一個，但也不失小孩子獨有的天真無邪。

晉王妃笑道：「那妳得好好用膳，多吃點飯，不挑食，才能像四嫂那麼漂亮。」

「母妃騙人，吃得多會長胖，母妃您都不敢吃太多！我不要當胖子！」

被當眾揭隱私的晉王妃鬧了個大紅臉，又不捨得責罵她，畢竟是自己四十歲才生下的孩子。

「妳這孩子，母妃什麼時候騙妳？不信問問妳四嫂。」

「四嫂，妳是因為好好用膳才長得這麼好看的嗎？」

秦汐點頭。「是啊，因為食物能滋養身體，不同的食物滋養身體不同部位。我從不挑食，什麼都吃，而且每天一大碗飯，所以才美美的！」

「吃那麼多不會胖嗎？」

「多運動就不胖，運動能消耗脂肪，也就是肥肉。」

「原來如此！母妃您太懶了，整天只知道吃了就睡，難怪會這麼胖！」

晉王妃被自家女兒說得無語。

想賣女怎麼辦？她什麼時候吃了就睡？還有她哪裡胖了？

秦汐也差點失笑，她趕緊將一本仿造現代達文西密碼的玩具書給她，免得她繼續語出驚人。

敏儀郡主拿著那本書不像書的木製東西好奇地道：「這是什麼？」

秦汐答。「這是益智玩具，叫做達文西密碼書，只有聰明的孩子才能解開。」

達文西密碼？聽著好神秘的樣子，敏儀郡主的好奇心立刻便被勾起了。「我一定能解開！我最聰明了！」

世子和二爺的孩子也瞬間被吸引了。
他們也想要達文西密碼，他們也很聰明！
世子的嫡子大郎、庶子三郎和二爺的孩子二郎一下子便湊到了秦汐跟前，紛紛行禮。
「大郎、二郎、三郎給四嬸請安！」
然後秦汐便給了他們一人一套益智玩具，給大郎的是一整套孔明鎖玩具，二郎是萬年曆密碼，三郎是一套積木拼圖，這拼圖可以拼成一艘戰艦。
這些玩具瞬間便俘擄了幾個孩子的心，他們立刻便玩了起來，連給林如玉行禮都忘了，還是他們的母親提醒，他們才匆匆地給林如玉行禮。
幾個孩子本來以為可以再拿一份玩具的，沒想到林如玉給幾個孩子準備的是一套十二生肖的銀錁子，可愛是可愛，可是他們是什麼出身？每逢過年收到最多的就是各種各樣的金錁子，早就不稀奇了。
他們將那一荷包的銀錁子隨手給了伺候自己的丫鬟，便開始玩秦汐給的玩具。
誰準備的禮物用心，誰不用心，一目了然。
晉王妃見自己的小郡主玩得認真，笑道：「老四媳婦妳有心了！」
世子妃笑著點頭。「四弟妹準備的禮物真是別出心裁。」
就連嘴毒的何瑩瑩也找不到錯處，看見自己的兒子玩得高興，她笑道：「四弟妹可真是太有心了！這些玩具我見都沒有見過，秦家不愧為四海經商的，見多識廣。」

秦汐笑了笑。「嫂子們不嫌棄就好，這些都不是什麼值銀子的東西，只是都是益智玩具，能開發孩子的智力，就是玩多了，多思考，會變聰明，我想著給幾個孩子玩正好。」

世子妃道：「怎麼會嫌棄？益智玩具一聽就是好東西，四弟妹真是太有心了！」

「可不是，這個好！」能讓孩子玩得開心，又能讓孩子變聰明，誰不喜歡？

林如玉尷尬得不行。

誰家新媳婦認親時候不是給孩子們金錁子這種禮物的？秦汐弄這麼一齣，是故意譁眾取寵，將她比下去，讓她惹晉王妃和世子妃她們不喜的吧？她真的太大意了，商戶女就是商戶女，奸詐狡猾！

只是她剛被晉王訓斥了一次，現在是真的不敢再說話了，只能拚命地在心裡罵秦汐。

對於幾歲的孩子來說，這些益智玩具還是有些難度的，他們擺弄了一會兒，沒弄明白，就跑去找自己的娘親求救。

「母妃這個怎麼玩？」

「娘親，我不會弄。」

這些玩具都是木製的，做得非常精美，而且顏色鮮豔，最重要是新奇。別說孩子了，大人看了也覺得新奇有趣。孔明鎖便算了，大家都知道是什麼，那達文西密碼、萬年曆密碼和拼圖，大家真的是第一次見。

晉王的好奇心也被勾出來了，只是礙於顏面，不好意思從孩子手中搶過來看看。當自己的女兒撲過來求救的的時候，晉王找到理由，是再也忍不住了。「讓父王看看，父王教妳。」

他總覺得這「達文西」密碼有點玄機在。

小郡主聞言，立刻跑到晉王身邊，將那本達文西密碼給了晉王。

晉王拿起來研究了一下，越看越驚奇，一開始有點簡單，可是越往後面越難。「妙，實在太妙！」

說是書，這簡直就是一個機關盒，能想出這樣東西的，絕對是個懂機關的人才。這樣的人才，絕對要為朝廷所用啊，做小孩子的玩意兒太浪費了。

「汐丫頭，這些玩具都是一個人做出來的？」

秦汐點頭。「是的。」

晉王又對自己三個孫子道：「大郎、二郎、三郎來，將你們的玩具也拿過來，祖父看看。」

世子妃和何瑩瑩立刻將手中的玩具給孩子，讓他們拿給晉王。

晉王看完那萬年曆密碼和魯班鎖後更加確定那是一個人才，精通機關的人才！

最後晉王看到那拼圖的圖紙，瞳孔一縮。

他迅速翻看了一眼那些已經被三郎拆下來的木塊，激動得站了起來。

看這些木塊模型，他就知道，絕對不是亂來的，很有可能真的能拼湊出一艘軍艦，這人絕對懂得造船。

既精通機關，又懂得造船，這樣的人才，正是他一直尋找的啊！

「汐丫頭，這些東西到底是誰做出來的？」

第三十九章

秦汐答。「達文西密碼和萬年曆密碼是我從一名老師傅那裡學到，然後改造過後做出來的。」

晉王追問道：「那名老師傅現在在哪裡？」

秦汐搖頭。「不在這個世界。」

晉王聞言一臉遺憾。「實在遺憾。」

蕭暻玹卻抓住了重點。「那軍艦拼圖是妳想出來的？」

秦汐點頭。「嗯。」

晉王眼睛一亮。「汐ㄚ頭，那船是妳想出來的？」

蕭暻煜一臉驚愕地看著秦汐。「小嫂子，妳這麼厲害嗎？」

這威風凜凜的軍艦竟是她想出來的？四哥娶的到底是一個什麼樣的女子？

秦汐道：「只是一個玩具模型又不是真的船，當不得真。」

晉王按捺下心中的激動，沒錯，這只是一個玩具模型，當不得真，可這玩具模型卻滿足了他對軍艦的所有需求，若是能拼湊成功，是不是代表在現實中也能造出來？

就算不能造出來，但也能給造船司那邊的工匠一個思考的方向吧？

端儀郡主聞言差點沒翻白眼。「父王當然知道這是玩具，難不成妳還覺得，妳這個小孩玩的玩意兒真能做成一艘軍艦？大家都知道當不得真。」

秦汐沒有搭理她，也沒有說她這軍艦確實能在現實中造出來，她在現代可是一名科技創新者，軍艦的設計是她的專業之一。

世子妃笑道：「就算是玩具，四弟妹能想出這麼新奇的玩具，也實在是聰明。」

何瑩瑩點頭。就是不知道是秦汐自己想，還是別人幫她想好的。

蕭暻桓忍不住看了一眼秦汐，沒想到這個商戶女以前在自己面前故意隱藏了那麼多。

林如玉見蕭暻桓看向秦汐，忍不住道：「表姊真厲害，我以前都不知道表姊還會做這些新奇的玩具。不過秦家有自己造船的隊伍，妳能做出這軍艦的拼圖也很正常。」

意思是，這軍艦未必是她想出來的，只不過是秦家造船隊伍的師傅想出來的。

其實屋裡的人都有點不相信這些新奇的玩意兒是秦汐做出來的，林如玉這麼一說，大家便更偏向相信她的說法。

畢竟秦汐一個養在深閨，聽說平日學什麼都是三天打魚、兩天曬網的人，字估計都認不全，怎麼可能會做出這些精巧新奇的玩具？家裡有人做出來的就很正常。

就像她們親手給夫君燉湯、做飯菜一樣，難道真的動手去做？在一邊看著就是親手做的，都是一樣的道理。

蕭暻桓一想也覺得秦汐不可能會。之前許陌言設計出一艘軍船，就算做起來出現很多不合理和無法做出來的地方，可是那已經讓造船司的人震驚了。可許陌言乃書香清貴出身，豈是秦汐這個滿身銅臭的商戶女可比的？

晉王站了起來。「好了，時候不早了，你們也抓緊時間進宮謝恩吧！」

他也要進宮一趟，讓父王看看這艘軍艦。於是晉王直接將秦汐送給幾個孩子的改口禮打包帶走了。

幾個孩子愣了一下，嘴巴一癟，想哭又不敢哭，直到晉王走遠後才放聲大哭，吵著要那玩具。還是秦汐說她那裡還有，讓人再給他們一份，幾個孩子才作罷。

接著兩對新婚夫婦得進宮敬茶了。

晉王府門外，蕭暻玹裡裡外外地檢查了一遍馬車，又檢查了一下馬，確認沒有問題，才看向秦汐道：「上車吧！」然後他直接翻身上馬。

秦汐在玉桃的攙扶下上了馬車。

長平接替了石榴的位置，駕著馬車往皇宮的方向而去。後面林如玉和蕭暻桓兩人早就上了馬車，等得不耐煩了。

她看見蕭暻玹裡裡外外地為秦汐檢查了一遍馬車，忍不住酸了。「我們的馬車要不要檢查一遍？」

蕭暻桓看了她一眼。「多此一舉！四弟那般謹慎，是因為小時候坐的馬車墜崖，有了陰影才會這樣。」

林如玉聞言好奇心瞬間便被勾起了，她好奇道：「馬車墜崖？怎麼會這樣？那他都沒事嗎？」這會不會太命大了？

蕭暻桓不願多提，轉換了話題。「秦家真有自己造船的隊伍？」

「那當然，我二舅可是有許多船隊的，出海的船隊也有好幾支呢！」

蕭暻桓問：「那些造船的工匠妳可認識？」

現在朝廷正準備籌建一支厲害的海軍，就差軍艦一直沒改造好。要是他能找到好的造船工匠，設計出一艘厲害的軍艦，那就立下了大功，以後這支海軍說不定會歸他管，如此，他以後的功勞未必會比蕭暻玹差。

林如玉聞言搖了搖頭。「我怎麼可能認識，不過我可以讓我娘打探一下。」

「妳好好打探一下，以後能不能當上郡王妃，說不定就靠它了。」

林如玉聞言眼睛一亮，她想追問，可蕭暻桓懶得和她多說，只道是朝廷機密，打發了她。

他忍不住想到秦汐。當初要是早一步讓她做了自己的妾就好了，他總覺得沒能讓秦汐成為自己的妾，他損失慘重。

林如玉現在真的一點用都沒有，要嫁妝沒嫁妝，要容貌也比不上秦汐，還害他丟了幾次大臉，今天又差點被父王禁足，他當初怎麼會選她做正妻？

前面的馬車，總算找到機會和秦汐說話的長平立刻在秦汐面前刷存在感。「郡王妃，這次在北疆主子給您精挑細選了許多禮物。」

「是嗎？」秦汐聽了是真驚訝了。蕭暻玹他挑禮物？

聽見兩人的話，蕭暻玹騎馬的速度不自覺地放慢了。

「真的，都是主子精心挑選的，那些東西可好看了，郡王妃您長得這麼美，戴了一定更好看。」

秦汐一聽就知道是異國風情的首飾和衣服了，這些她有許多，但她有點好奇蕭暻玹的眼光，便道：「聽你這麼說，我都想快點看看那些禮物了。」

聽見她語氣中帶著隱隱的期待，蕭暻玹嘴角不自覺上揚。果然還是個小姑娘，愛美、愛收禮物、愛那些金光閃閃的東西。

「我也給郡王妃準備了禮物，一會兒回府後馬上給您送過去。」

秦汐沒想到長平這麼有心，倒有些不好意思了，忙道：「不用這麼破費，我這邊什麼都不缺，你留著送給你喜歡的姑娘。」

長平笑道：「不破費。我買的是種子，花不了多少銀子。」

「種子？什麼種子？」比起剛才，秦汐這次語氣裡有著滿滿的驚喜。

「好像有哈密瓜、葡萄……好些呢，我也不知道有什麼。我想著郡王妃您那莊子種的果子實在太好吃了，便帶些種子回來給您種。」

秦汐高興地道：「這正好，我正想尋些種子種，只是商隊走一趟太慢了，不知道什麼時候回來，現在你帶回來正是時候，以後有什麼新鮮的種子，你都可以帶回來給我，種出了果子我請你吃。」

長平一聽興奮了。「好的，那下次我要是看見其他果子的種子也帶些回來！」

「什麼種子都……」

聽著兩人相談甚歡的蕭暻玹直接黑了臉。

很好，竟敢誤導他買了一堆沒用的東西，長平回去後可以去洗馬廄了！

皇上下了早朝後，就回到御書房批閱奏摺。

只是隔一會兒，他便問一次。「暻玹他們進宮了沒？」

林公公很無奈，皇上已經問了七、八次了，他已經派人去打探過了。「回皇上，暻郡王和郡王妃才剛從晉王府出發，估計還要兩刻鐘。」

不是已經出發了？還要兩刻鐘？皇上皺眉。「晉王府離皇宮不遠，何須兩刻鐘之久？」

「皇上，從晉王府到皇宮坐馬車需半刻鐘，宮門離內廷有點遠，暻郡王和郡王妃走進來也需要時間，宮外之物帶進宮前需要檢查，這也會耽誤一些時間，因此奴才估計最快也要兩刻鐘。不過晉王已經到了，在門外求見。」

「不見！」今天又不是老大大婚進宮謝恩，一大早他自己一個進宮求見是想幹麼？不知道帶上兒子、兒媳婦一起來？

皇上又瞪了林公公一眼，不滿地道：「你不會安排步輦？不，你安排馬車去接，馬車比較快。」

還檢查，檢查什麼鬼？萬一那些守門的士兵一銀針下去，弄死他的魚怎麼辦？

可是皇上卻沒想到，秦汐怎麼可能會在今天帶著活魚進宮。

於是，秦汐和蕭暻玹到達宮門的時候，小魚兒已經等在那裡了。

小魚兒看見蕭暻玹和秦汐出現，直接跑上前，匆忙又不失恭敬地行了一禮。「奴才參見暻郡王，郡王妃。皇上特意派奴才來接暻郡王和郡王妃。郡王，王妃快請！皇上久等了！」

蕭暻玹點了點頭。

秦汐則笑道：「有勞公公。」

然後兩人直接進了宮，他們帶來的東西也不用檢查，直接就被搬到了旁邊的馬車上。

小魚兒站在馬車邊上恭敬地做了一個手勢。「暻郡王，郡王妃請！」

秦汐直接上了馬車。蕭暻玹皺眉，他不太想上馬車，但還是跟著上了馬車，挑了一個離秦汐最遠的位置坐下。

蕭暻桓和林如玉就跟在秦汐和蕭暻玹身後來到宮門口，兩人理所當然地覺得他們應該也有蕭暻玹和秦汐那樣的待遇；最後卻發現，等待他們夫妻的是遠去的馬車屁股。

皇后派過來接人的嬤嬤笑著上前。「三爺，三夫人，皇后特意派奴婢來給兩位帶路，兩位請。」

林如玉忍不住脫口而出。「沒有馬車嗎？」

嬤嬤笑道：「皇宮內不許縱馬。」

「那暻郡王他們為何可以坐馬車？」林如玉當然知道不可以縱馬，可不是有皇上的恩典嗎？還有，她懷疑秦汐故意不等他們。

嬤嬤笑了笑。「那是皇上特意安排的。」

在宮裡哪有什麼為什麼？只有主子的恩寵。

林如玉還想說皇上不可能只安排蕭暻玹和秦汐的吧？

蕭暻桓暗暗扯了扯她的衣袖，她才驚覺，沒有問出口。

蕭暻桓笑道：「有勞潘嬤嬤了。」

潘嬤嬤佯裝什麼都沒發生地笑道：「三爺，三夫人請！」

兩人只能跟在潘嬤嬤身後往坤寧宮走去，林如玉委屈得忍不住眼睛都紅了。

這區別待遇也太過分了！難道蕭暻桓就不是皇孫嗎？她都替蕭暻桓不平！憑什麼？

「現在妳知道那些工匠的重要了吧？」蕭暻桓低聲道。

皇宮是一個很現實的地方，只有努力往上爬，才能得到不一樣的禮遇，才能得到尊重。皇孫又如何？一個沒用的皇孫甚至沒有一個權臣更有尊嚴。

林如玉攥緊拳頭。「桓哥哥放心。」

她一定會找到秦家那些造船工匠，以後將蕭暻玹和秦汐踩在腳下！

馬車走到乾清門外就不能繼續往裡面走了。

兩人只能下馬車，往坤寧宮走去。

小魚兒親自給兩人帶路。

三月的御花園，花團錦簇，五顏六色的牡丹花爭奇鬥豔，美得像仙境一般。

秦汐走在這一片花海中，陽光灑落在她身上，讓她美得發光。

在暗處的太子眼裡，她就像一個牡丹花幻化出來的仙子，美得四周的花海都黯然失色，於是他從暗處走了出來。

兩人便給他行禮。「參見太子，太子萬福金安。」

「免禮，暻玹這是去坤寧宮給父皇和母后請安吧？正好孤也要過去，一起吧！」太子笑著免禮，目光隱晦地打量了秦汐一眼。

近看，覺得她又美了三分，美得太過分了。這一身大紅色宮裝太適合她了，襯得她的肌膚更白了，簡直吹彈可破，讓人恨不得狠狠蹂躪一番……

太子心裡有些惋惜，這幾個月父皇不知道為何給了他那麼多奏摺批閱，也不知道是不是因為過年了，父皇太閒，還時不時召他過去議政，拿著奏摺詢問他的治國之道。

嚇得他只顧著應付父皇，白白錯失了趁著蕭暻玹不在，將她弄到手的機會，現在只能等下次了。
太子帶頭往坤寧宮走去。
秦汐和蕭暻玹跟在他後面。
走著走著，太子不著痕跡般地偏向了秦汐的前面。
然後在拐彎的時候，一隻貓突然竄出來，太子嚇了一跳，「下意識」地迅速後退，眼看著就要撞到秦汐身上。
蕭暻玹眸光一冷，眼疾手快地拉了秦汐一把，秦汐整個人撞入了蕭暻玹懷裡。
兩人身體俱是一僵。蕭暻玹迅速鬆手，退開幾步。
太子只覺腳突然刺痛，然後整個人摔了個四腳朝天。
皇上正想著在御花園和秦汐來個邂逅，培養一下感情，沒想到就看見太子四腳朝天這一幕。
「太子這是幹麼？」
太子感覺自己骨頭都跌斷了，疼得厲害，最慘的也不是這個，而是被父皇看見了他這個樣子。
蕭暻玹淡淡地道：「回皇祖父，剛才有野貓竄出，太子被嚇到了。」
皇上聞言對太子更不滿了，堂堂一國儲君竟被一隻貓嚇到摔倒？簡直丟人現眼！
「還不起來？」說完，他直接掉頭往坤寧宮走去。

一時被氣得，也沒有心情和秦汐說話了。太子如此不中用，他能高興起來才怪！

秦汐和蕭暻玹趕緊跟上。

太子在太監的攙扶下爬起來後，也忍痛跟上。他懷疑剛才腳痛是被蕭暻玹暗算了，但也不確定。他有些後悔安排這一齣，但他只是想乘機試探一下秦汐的反應。

要是她不敢聲張，以後他找上她就容易了，就像宮裡那些不得寵的宮妃一樣。

這次太急了！怪只能怪她太美了，讓他心心念念，其他女子都入不了他的眼了。

晉王也跟在皇上身後過來了，他詫異地看了太子一眼。

身為皇子，他們從小就習武，雖不說武藝高強，但反應敏捷是一定的，被一隻貓嚇到摔倒？這根本不可能吧？

他看了蕭暻玹一眼，有點懷疑是老四動的手。可是他為何要對太子動手？還有宮裡怎麼會有貓？

「宮裡怎麼會有貓？」

太子聞言心頭一跳。

這個皇上倒是知道。「是你五皇妹前陣子養的。」

五公主是皇后所出，駙馬過世後，皇后心疼她，接了她回宮裡長住。

晉王更覺古怪了。「太子會被五皇妹的貓嚇著？」

太子一臉慚愧。「牠突然竄出來，一時不察。」

蕭暻玹忍著不適，聲音冰冷涼薄。「春天來了，發情的貓亂嚇人，該看緊就看緊，該打死就打死，別衝撞了不該衝撞的人。」

皇上點頭。「沒錯。」

古往今來宮妃用貓傷人的事不少，是該讓五公主注意一下。這也是他一向不許宮裡養貓的緣故，只是五公主實在可憐，他才寬容了些。

太子心中一驚，蕭暻玹是什麼意思？他是發現了自己的心思，警告他嗎？

他打量了蕭暻玹一眼。

蕭暻玹回了他一個冷冽的眼神，毫不掩飾眼底的殺意。

他的人，誰也別想打她主意，太子也不行，否則照殺不誤！

太子心一跳，下意識地避開了他的眼神。

避開之後他又覺得自己的威嚴受到了侵犯。

蕭暻玹好大的狗膽，等他登基後，第一個就摘了他的腦袋！

第四十章

蕭暻玹根本不在乎太子怎麼想，剛剛他拉了秦汐一把，怪病又發作了，身體奇癢無比，他冷著一張俊臉，繃緊著身體，整個人看上去凜凜懾人。

秦汐似有所覺，看了蕭暻玹一眼，見他臉色有點不正常，她湊到他身邊低聲問道：「是不是不舒服？」

她才剛靠過來，他就聞到了一股清淺的香氣，就像海風送來的花香，說不出的好聞，讓人心曠神怡。他下意識就想到剛才她撞入自己懷中的感覺，嬌軟，溫香……

要命！簡直就是催命符！他黑著臉迅速和秦汐拉開了一段距離。

他本想說「離我遠點」，可想到上次她特別記仇，他話到嘴邊連忙收回。只是他覺得他身上的紅疹更癢了，渾身又熱又癢，難受得讓他恨不得立刻跳進御花園的湖裡游幾圈。

秦汐見他閃這麼遠，疑惑地皺起眉。

皇上走著走著想到秦汐第一次進宮，自己就擺臉色，小丫頭說不定會心慌，會多想，誤會他不喜歡她就不妙了。皇上回頭，便看見蕭暻玹一副避秦汐如蛇蠍的樣子，頓時更怒了。

他這是什麼態度？臭小子，這個時候不該是離自己王妃更近，給她安全感的嗎？難怪二十多歲才娶上媳婦，還是靠他賜婚才娶上的。

子孫後代，一個、兩個都不爭氣。一個蠢鈍如豬，爛泥扶不上牆，要不是太子立了太久，廢太子動搖國本，他真想廢了他！一個只懂打打殺殺，不懂情趣，整個人像冰塊一樣。沒一個省心的，氣死他了！

皇上瞪了蕭暻玹一眼。

然後他對秦汐招手，和顏悅色地道：「汐丫頭，到朕身邊來。」

秦汐便走到了皇上身邊。

晉王也瞪了蕭暻玹一眼，還想不想吃魚了？

蕭暻玹身體受不了了。「皇祖父，孫兒需更衣，失陪一下！」

說完他直接施展輕功離開。

更衣有時候就是如廁的藉口，大家心知肚明，皇上也沒管他。

「汐丫頭，妳別管暻玹那小子，他性子從小就怪，特別難伺候，朕的話有時候他也不聽。不過他要是敢欺負妳，妳告訴朕，朕給妳作主。」

秦汐點了點頭，她只是覺得蕭暻玹的反應很奇怪，聯想到之前自己和他的接觸，他也是這樣過度反應。

她知道他不近女色，上上輩子甚至有傳言說他好男風；可是現在她有點懷疑他這不近女色會不會是病？畢竟就算他是同性戀，也不至於被異性碰一下就一副難受至極的樣子吧？

就是不知道是生理上的病，還是心理上的病。生理上的她或者可以想辦法幫他治治；心理上的，她也愛莫能助，她不是心理醫生。

皇上又道：「汐丫頭妳還懂造船和機關之術？」

剛才老大將那些什麼益智玩具給他看了，真是讓他大開眼界，這機關之術竟還能用到小孩子玩的東西之上。

秦汐解釋。「家裡有船隊，有所接觸而已。」

跟在後面的太子聞言耳朵動了動。

沒錯，秦家有船隊，秦家有商隊，秦家和傅家還有織造作坊、造紙作坊，還經營藥材、客棧酒樓、牧場等生意，秦、傅兩家太富有，也太不識抬舉了！這些年多次拒絕他的人的拉攏，反而投靠了皇兄，他們難道不知這天下是他的，而不是皇兄的嗎?!

皇上點了點頭，沒再多問，那軍艦的拼圖已經送去造船司，待造船司的工匠看過是否可行再說。

皇上忍不住問了他最心心念念的問題。「汐丫頭，今天進宮敬茶謝恩，妳準備了什麼東西給朕？」很久沒吃大龍蝦了。

「小魚乾。」

皇上眼睛一亮，大龍蝦雖好，但小魚乾也很好，他最愛吃那種炸得酥脆可口的小魚乾了。可惜小魚乾什麼的，他只能偷偷出宮吃。

因為祖訓規定，帝王不能重口腹之慾，飲食非常講究，需以清淡為主，酸辣不能吃，鹹苦不能吃，油膩不能吃，非新鮮的不能上桌。

御膳房做的菜都是清燉為主，還要少鹽少油。

這也是為何皇上愛吃海鮮，愛吃魚，畢竟海鮮清蒸的味道也很不錯。

晉王酸了。「為何父王沒有小魚乾？」

秦汐連忙道：「有的，回府後再派人給父王送去，還有許多。」

晉王滿意了。

皇上也酸了。「許多？那妳給朕送了多少？」

總感覺幫孫子娶媳婦，便宜了兒子，便宜了孫子，就他這個祖父虧大了。

秦汐道：「一罈，皇祖父若用完，再派人去取便是。」

皇上也滿意了。

然後皇上帶著秦汐熟悉御花園，告訴她，他的寢宮紫宸宮和御書房在什麼地方，如何走。

「以後記得常進宮給朕請安。妳進宮給朕請安，不需要遞牌子，直接進來就行了，朕讓人給妳準備馬車。」

「謝皇祖父。」

太子看著秦汐和皇上熟稔的樣子，眉頭不自覺地皺了起來，忍不住生出一股煩躁。

父皇似乎很喜歡她？父皇總是妨礙他的好事！皇位上是，在娶妃納妾一事上也是。父皇皇位一坐就幾十年，自己都快老了，他還在位。父皇自己後宮三千佳麗，卻不許他多納妾，也不知道父皇什麼時候才駕崩。

皇上不知道太子的想法，高高興興地帶著秦汐熟悉了一圈皇宮，才來到坤寧宮。

這時已經日上三竿，皇后早就等得不耐煩了。

皇后是等得不耐煩了，可是皇上帶著秦汐出現的時候，她再多的不耐煩都不敢表現出來，而且還得笑著站起來行禮迎接。

「臣妾參見皇上，皇上萬福金安。」

然後便是一屋的人向皇上、皇后行禮。

皇上還是很敬重髮妻的，他上前笑著扶起皇后。「皇后免禮。」

然後兩人一起走上了主位坐了下來。

林如玉見秦汐竟然和皇上一起進來，心裡又忍不住酸了。

她就不明白，秦汐一個身分低下商戶女為什麼晉王很喜歡她，皇上也對她另眼相待。秦汐按理沒機會接觸皇上啊！怎麼會既得皇上賜婚，又得皇上派馬車接送？難道真的是因為秦家向朝廷捐得多銀子嗎？

皇上坐下後對眾人道：「免禮，賜座！」

皇后這才打量了一眼秦汐，看見她宮裝上繡的全是牡丹，眸光閃了閃。

這世上，除了皇上，估計沒有人不知道她不喜歡牡丹，可她依然穿著一身牡丹宮裝進宮是故意的嗎？

但皇后已經當了幾十年皇后了，又深得皇上敬重，讓自己的兒子穩坐太子之位不可動搖，不是沒本事的。這點小事，她不喜也不會表現出來，只會暗暗記下，以後有機會再說。

皇后笑道：「皇上，暻郡王妃真是臣妾見過最美的人兒，這一身大紅牡丹宮裝更是襯得她人比花嬌！難怪皇上會將她賜婚給暻玹。這男的俊，女的俏，以後兩人的孩子定然好看！」

皇上笑了笑。「暻玹那張冰塊臉，像他有什麼好？像汐丫頭才是好看！汐丫頭，還不給朕和皇后敬茶？」

秦汐福了福。「是。」她和蕭暻玹走上前跪了下來給皇上、皇后敬茶。

皇上賞賜一柄玉如意給她。

皇后則賞賜了一對白玉手鐲，甚至親自幫秦汐套到手腕裡。

皇后賞賜的絕對是好東西，這無須多言。

皇后笑說：「人美果然戴什麼都美。」

秦汐笑了笑。「謝皇后賞賜。」

接下來輪到林如玉，皇上和皇后賞賜的東西和秦汐一樣。

林如玉總算鬆了口氣。要是皇上和皇后都厚此薄彼，她真的要哭了。

可是她剛鬆了口氣，皇上就道：「汐丫頭，暻玹，你們隨朕來。」

皇后眸光閃了閃，林如玉又心塞了。

所以這是當面給一樣的，背後再給他們開小灶嗎？

這次林如玉還真猜對了。

皇上不知道秦汐喜歡什麼，就賞她一個寓意好的玉如意，讓她稱心如意，然後再帶她去挑。

皇上帶著秦汐和蕭暻玹來到了他的小私庫，他對秦汐道：「朕也不知道妳喜歡什麼，看中什麼自己挑吧！」

皇上的珍藏自是匯聚了世間上最好、最珍貴的東西，有什麼可能會不喜歡？

「哦，我都喜歡。」秦汐實話實說。

皇上沒料到秦汐這麼誠實，愣了。後悔了，可以收回剛才的話嗎？

心中這麼想，便即刻改口道：「十樣！最多十樣，不能再多了！」

最終秦汐挑了一把古弓、一把古劍、一疋已經失傳了做法的黃金紗，還有一套前朝名師出品的茶具。

古弓是她自己用的，茶具給傅氏，古劍給秦庭韞。

皇上見她挑了兩樣武器，忍不住問道：「妳還懂箭術和劍術嗎？」

秦汐點了點頭。「我小時候什麼都學過，不過古劍是給我爹挑的。」

皇上嘴角抽了抽。

她小時候是什麼都學過，可他也知道她小時候學什麼都是三天打魚、兩天曬網的。

「我學什麼都快。」秦汐又補充了一句。

皇上點了點頭。「確實。沒一樣超過兩年的，確實快。」

秦汐癟了癟嘴。算了，皇祖父不懂。

皇上又問道：「黃金紗是給妳娘的？茶具是給暻玹那小子的？」

蕭暻玹聞言看向她。

秦汐搖頭。「茶具是給我娘的，我娘喜歡這個大師做的茶具。黃金紗我是打算研究一下看能不能做出來。」

皇上點了點頭，拍了拍蕭暻玹的肩膀。「要反省一下啊！」

爹娘都有禮物，就他一個沒有，他這相公當得實在太失敗了。

蕭暻玹面無表情，他也不是那麼喜歡茶具。

「皇祖父不是准許妳挑十樣嗎？妳再挑幾樣。」

蕭暻玹看了一眼一個盒子裡放著的一對玉珮。

秦汐搖了搖頭。「不知道挑什麼了。」

蕭暻玹一頓，道：「要不本郡王幫妳挑？妳不喜歡，可以送給其他人，別浪費這大好機會。」

皇上嘴角抽了抽，只差沒明著說送給他了。

秦汐一想也覺得是。「行！」

蕭暻玹迅速拿起那對玉珮，又拿了一對古劍、一對琉璃杯，最後還拿了一對名家硯臺，都是成雙成對的。

皇上嘴角抽了抽。這個沒用的傢伙，追媳婦還要靠啃老，最過分的是，還是隔輩啃！

「滾滾滾……」皇上嫌棄地道。

兩人回到晉王府瞻遠堂的時候，蕭暻玹將一個包袱遞給秦汐，都是剛才他挑的東西。

秦汐沒有客氣，接了過來，轉身直接回屋了。

蕭暻玹手上一輕，看著她俐落的背影一言難盡。

這時長平跑出來道：「主子湯藥準備好了。我去給郡王妃送種子，要不要將您給郡王妃準備的禮物也一起送過去？」

他剛才已經提前回府準備藥湯。

蕭暻玹點了點頭，一邊回書房、一邊道：「嗯，送完你便去洗馬廄吧！」

為什麼他要去洗馬廄？難道主子不喜歡他幫忙送？

「呵呵，主子的禮物還是主子送吧！」長平趕緊跟上。

蕭暻玹點頭。「行，那你的種子也留下吧！本郡王到時候一起幫你送過去。」

可他想趁送種子過去的時候，拿果子吃啊！然而主子發話，長平不敢拒絕，只能道：

「是。」

這時，外面傳來了玉桃的聲音。「請問長平在嗎？」

長平便道：「應該是郡王妃有事找，屬下出去一下？」

蕭喂玹神色一動，點了點頭。

長平立刻跑了出去。

蕭喂玹若無其事地走進淨房，脫掉外衣泡進滾燙的藥湯裡，豎起耳朵留意著外面的動靜。

過了好半晌，長平才進來。

蕭喂玹見他空著手進來，問道：「郡王妃有何事？」

「沒事，郡王妃給我送了一些東西。」

蕭喂玹問：「給你？」

長平老實地點頭。「對啊！」

蕭喂玹面無表情，輕飄飄地問道：「送了你什麼？」

長平笑了。「一些果子，就是上次郡王妃送給主子的果子，那些果子可好吃了。可惜主子您不能吃，郡王妃的東西都特別好吃。」

蕭喂玹聞言沈默了一下，才道：「退下吧。」

長平小心翼翼地問：「那屬下還要去洗馬廄嗎？」

蕭暻玹冷冷地看了他一眼。「洗。」
……為什麼還要洗啊？長平垂著腦袋往外走。
蕭暻玹想到什麼又道：「等等！」
長平立刻回頭看向他。「主子有什麼吩咐？」
「派人去給醉香樓的花魁贖身，別洩漏了身分。」
長平驚得瞪大了雙眼，他看了一眼蕭暻玹身上的紅疹。「主子您這是打算以毒攻毒嗎？」
主子就算想以毒攻毒也應該找郡王妃啊，難道主子是擔心嚇著郡王妃嗎？
一定是！
蕭暻玹頭枕在木桶壁上，閉上了雙眼，沒好氣地道：「出去！記得辦完這件事，就去洗馬廄。」
洗就洗，他去好好照顧一下郡王妃的馬，說不定郡王妃知道後又會多送他一些果子吃。
自我安慰一番，長平高高興興地跑出去，只是走到門口，又被蕭暻玹喊住了。
「慢著！」
長平又轉身。「主子有何吩咐？」今天的主子有點怪啊！不乾不脆的。
「將那些禮物和種子給郡王妃送去。」
長平詫異。「主子不是說要親自送嗎？」

「送完就去洗馬廄。」

洗就洗！他不僅洗，他還打算以後都去伺候馬算了。

長平大步走了出去。

蕭暻玹閉著眼，腦海裡不自覺地浮現了那張美貌無雙、清華絕麗的臉。

他為什麼會在意她沒有送東西給自己？為什麼會在意她送東西給長平？他從沒在意過這些無關緊要的事，但心底有一個聲音卻告訴了他答案。

蕭暻玹睜開眼睛，低頭看了一眼身上的紅疹，又閉上了雙眼。

第二天秦汐在海浪聲中醒來，照例進了海島進行每天的鍛鍊和收、播工作。

現在海島裡的海鮮已經很豐富了，這幾天大海都沒有再送海鮮過來，應該是飽和了。不過長壽街的酒樓已經翻新裝修好了，馬上就可以開張，所以這些海鮮會消耗得很快。

海鮮的來源她已經安排好了。因為海島裡的海水不僅可以養活海島裡的魚類，還能養活外面世界的海魚。不僅如此，她從海水裡提煉出來的鹽，加入到普通的河水裡，一樣能養活海魚。只是能養活的時間沒有海島裡的海水久，只有一個月左右，而島裡的海水則能養三個月，完全足夠了。

前段時間，她已經讓人在天元國十幾個臨海的漁村找到了一批漁民約好定時送海魚到京郊的大馬車行指定的院子裡。到時候她再從密道出去，偷偷將海島裡的魚放到那屋子裡，甚至來個偷龍轉鳳。

安全起見，海魚的運送過程全程保密，除了捕魚的漁民知道捕了什麼魚，其他人都不知道。

並且她和漁民簽了高額賠償的保密協議，不能告訴任何人捕了什麼魚，因此漁民之間也相互不知道對方捕了什麼魚，彼此也不知道還有誰為酒樓提供海鮮。

除此之外他們秦家也有幾條出海的漁船捕魚，如此一來那些魚到底是誰捕的就更加難查清楚了。

第四十一章

秦汐做完運動後，便出了海島，梳洗過後，吃過早膳，蕭暻玹已經等在外面了。看見她出來，他道：「回門禮已經讓人搬上馬車了。」

秦汐點了點頭。「那我們出發吧！」

秦汐率先往外走，蕭暻玹來到她身邊，保持著半臂距離。

秦汐看了他一眼，默默地又拉開了半臂距離。

晉王府的門外一共停放了五輛馬車。

林如玉正站在府門外委屈地對蕭暻桓道：「為何給秦府的回禮會多了一馬車？」差了一、兩樣便算了，差了整整一輛馬車的回門禮，讓她這口氣如何嚥下去，這區別對待也太過分了。

蕭暻桓臉色也不好看，他問搬禮物的家丁。「是不是搞錯了？」

蕭暻玹走了出來淡淡地道：「另一輛馬車上的禮物是我準備的，與府中無關。」

說完他走到了秦汐的馬車前，開始檢查。

秦汐跟在蕭暻玹身後走出來，面上帶笑。

她對蕭暻玹這做法實在太滿意了，他能想到額外孝順自己的父母，她是真的高興。當然她並不是貪圖他那一馬車的禮物，而是他這樣表明態度，自己爹娘會更加高興，也更加放心自己。

她特意走去裝回門禮的那輛馬車前看了一眼，一臉難以置信。「這是府中的回門禮吧？整整一大車也不少了，你們還嫌少嗎？也對，禮多人不怪。只是你們就只帶府裡準備的回門禮回門，自己沒有準備一些嗎？孝順父母不能只靠別人吧？」

說完秦汐便上了馬車，蕭暻玹也翻身上馬，馬車和馬立刻動了起來。

被膈應了一頓，林如玉臉都黑了，她委屈地看向蕭暻桓。

蕭暻桓的臉色也難看至極，他直接上了馬車。「還回不回門？」

如果不是想著打探一下秦家的造船工匠，他才不去！還要自掏腰包給長春伯府添上一馬車的厚禮？她林如玉有多少嫁妝？人家秦汐又有多少嫁妝？連別人的九牛一毛都沒有，所以長春伯府不配！

林如玉臉色變了變，心裡覺得委屈，可是也不敢表現出來。

桓哥哥變了，都怪秦汐那個賤人！

晉王府離秦府不遠，坐馬車的話不到半刻鐘就到了。

一家人都到了府門前迎接，秦汐外祖一家也在。

秦汐下了馬車後，秦庭韞帶著人恭敬地行禮。「恭迎暻郡王，郡王妃回府！」

蕭暻玹趕緊扶起秦庭韞。「岳父大人，不必多禮！」
秦汐一手扶起傅氏、一手扶起自己的外祖母不滿地道：「爹、娘、外婆，你們這是幹啥？」
秦庭韞打量了一眼女兒的氣色，覺得女兒的氣色很好，他笑道：「禮不可廢！這不是在外面嗎？」
傅氏笑道：「好了，進屋再說。」
秦汐指揮家裡的下人幫長平和長風一起將回門禮搬進屋。
傅氏嗔怪道：「怎麼帶這麼多東西回來？」
秦汐笑著道：「王妃準備了一車的回門禮，另外一車是郡王爺特意給爹娘準備的。」
說完她「含情脈脈」地看了蕭暻玹一眼。
蕭暻玹對上她的眼神，心一跳，他回以一笑。
同時心底鬆了口氣，他總算做對一回了吧？
秦庭韞看見兩人含情脈脈的樣子，很是高興，他恭敬地給蕭暻玹行禮。「讓郡王爺破費了！謝郡王爺！」
他不缺這一車禮物，他高興的是暻郡王對女兒的重視，只有重視自己的女兒，才會特意另外準備一車的禮物。
蕭暻玹回道：「岳父大人叫我暻玹便可，只是微薄的心意，您老喜歡就好。」

「哈哈，好，喜歡！暻玹，汐兒，咱們快進去！」蕭暻玹對自己如此敬重，秦庭韞和傅氏一晚上的擔心都消失殆盡，一家人高高興興地走了進去。

屋裡秦庭韞和蕭暻玹，還有秦汐的舅舅傅文衡、外祖傅老爺子說著話。

傅家也是商戶，到了秦汐舅舅這一代也算是百年織造，本只是江淮府小有名氣的織造作坊，到了傅文衡這一代，他和秦庭韞聯手，將織造作坊發揚光大，現在已經成為天元國四大織造作坊之一，並且成了生意最好的織造作坊。

蕭暻玹自小聰明，博覽群書，更從七歲起便跟在晉王身邊上戰場，經歷不凡。秦庭韞三人商海沈浮二十年，也是見多識廣，對許多事都有自己的見解，而且見解不凡。

一時幾人相談甚歡。

女眷那邊，傅氏正在詢問秦汐在王府過得如何，知道晉王疼愛她，王妃和世子妃又是大度明理的，她就放心了。

她看了一眼對面的蕭暻玹。暻郡王性子雖冷，話也少，但是可以看得出他聽得認真，沒有半點不耐煩，她微微一笑。「暻郡王這孩子真心不錯！」

秦汐的表姊傅熙華點了點頭，她悄悄地拉了拉秦汐衣袖。「表妹夫看著性子很冷，一副生人勿近的冰塊臉，沒想到竟是這般平易近人的人。」

他平易近人？秦汐聞言看了過去。

正好蕭暻玹也抬眸看過來，兩人的目光在半空中相會。

蕭暻玹發現秦汐偷偷看自己，忍不住嘴角上揚，對秦汐笑了笑。
秦汐給笑得險些起雞皮疙瘩。
這人今天怪怪的，今天他這可是第二次笑了。兩輩子沒見他笑過的人，突然對妳笑，感覺有點嚇人。
秦汐不著痕跡地移開了視線。
傅熙華被蕭暻玹這笑容迷倒了。
「天啊，郡王爺笑起來太好看了！我總算明白什麼叫天造一雙，地設一對。汐兒妳和郡王爺真的是郎才女貌，神仙眷侶一般。」以前總覺得表妹長得太美了，這世間也不知道什麼樣的男子才配得上她，現在她覺得兩人真的太般配了。
俊美嗎？為何她只是覺得可怕？總覺得被他惦記上了，也不知道他圖謀什麼。
秦汐沒能和表姊產生共鳴，不過蕭暻玹的人品還是讓人信得過的，秦汐也沒將他放在心上，她看了一眼傅熙華的黑眼圈有點大，精神不太好的樣子。
她挽住了她的手。「表姊，我們出去走走。」
傅氏也想女兒和姪女說話，便笑道：「汐兒妳陪表姊好好說話。」
這次見姪女似乎有心事，希望女兒能打探出來。
「好啊！」傅熙華也高興地應下。
兩人便一起走了出去。

春日的花園，百花齊放，彩蝶翩翩，濃豔中不失雅淡，盡顯錦繡繁榮。傅氏愛花，也喜歡蝴蝶，因此秦庭韞種的花，大多帶有香氣。兩人走在花園的石徑上，花香撲鼻，心曠神怡。

「表姊最近過得可好？」秦汐問道。

傅熙華笑得燦爛。「挺好的啊！」

秦汐知道她，她心裡越有事，笑容便越燦爛，一副看起來很高興的樣子。她佯怒道：「表姊現在竟和我這般見外，有心事也不和我說了。」

傅熙華驚訝，表妹什麼時候這麼厲害，竟然看出她有心事？

秦汐看出她的驚訝，她指了指她眼底的黑眼圈。「這裡黑得都快像熊貓了。」

傅熙華一驚，用手摸了摸眼底，爹娘不會看出來吧？

傅熙華依然嘴硬笑道：「昨晚妳出嫁太高興，沒睡好。」

秦汐見此故意嚇唬她道：「是太高興沒睡好？還是因為表姊夫惹妳不高興？或是他欺負妳？他若敢欺負妳，我便讓暻郡王去教訓他！」

傅熙華聞言心中一驚。「與夫君無關，是我自己的問題！」

秦汐深深地看著她。「表姊還不說實話嗎？」

傅熙華無奈地道：「真不關夫君的事，他待我極好。是我小姑子的問題。」

「什麼問題？」

「昨晚她心疾又發作了。」

秦汐聞言便道：「這個我或許可以幫到她，我抽個時間過去幫她看看。」

傅熙華搖了搖頭。「她不看大夫，誰也不讓看的。家裡人不敢刺激她，只能由著她，可我……覺得她是假裝的。」

「這是為何？」秦汐聽了都驚訝了。

傅熙華也不知道怎麼說。

她覺得自己的小姑子在假裝心疾發作，不然哪有那麼巧每次都是她和自己相公有機會獨處的時候發作？

說來或許不可思議，她和林勝中成親一年了，他們卻都未圓房。就是因為每次他們兩夫妻一有機會獨處，他妹妹的心疾就發作。新婚夜那次也是，他去守了他妹妹三天三夜，後來直接去書院了，每個月回府一次，每次他回來，他妹心疾都會發作。

傅熙華將這些猜測告訴了秦汐。

秦汐眸光冷冽。「表姊放心，我到時候去幫妳看看她這心疾是真是假。」

傅熙華是去年成親的，嫁給了一名書生林勝中。

林勝中父親是舉人，在書院裡教書，本家是江淮府書香世家林家，只是到了林勝中這一代已經出了三服。一家人靠著林父每個月二兩的束脩過日子，日子過得苦哈哈的。

林勝中無意中幫過表姊一次，表姊貌美，林勝中對她一見鍾情。第二天林家派媒婆上門提親，舅舅打聽到林勝中才學不錯，在鄰里眼裡他孝順父母，疼愛弟妹，簡直是乘龍快婿之選，因此兩家訂親，待林勝中中了秀才後才成親。

林勝中也爭氣，二十歲便高中秀才，兩人去年就成親了，然後靠著傅家的銀子和林家的關係，林勝中進了京城白鹿書院上學。舅舅還在京城買了一座大府邸給表姊做嫁妝，現在林家一家人都住在那府邸裡。

秦汐從上輩子的記憶中知道，自從林勝中進了白鹿書院讀書後，表姊就很少回娘家。每次問她，她都是說林勝中忙著讀書，她想回家，他不放心，一定要跟著，她為了不讓他分心，只好在家裡好好陪他，後來秦家和傅氏出事，表姊直接就被休了。上輩子她自顧不暇，沒有過多關心傅熙華，現在看來，她在林家的日子應該是不好過。

聽秦汐說要去看看，傅熙華搖了搖頭。「表妹別忙活了，小妹她只肯讓林大夫醫治，不讓其他大夫醫治。就算妳請到太醫過去，她不樂意，也沒辦法。我爹請過京城最有名的大夫給她看，她也不樂意。我們也不敢強迫她，她不能受刺激。我知道妳懷疑是假的，我也懷疑，可她從小就有心疾，我嫁過去之前就有了，這事左鄰右舍都知道，不會是騙人的。」

秦汐笑了笑。「真有病和是不是真的發病，這可是有區別的。表姊放心，我不請大夫，我親自去看看。」

傅熙華聞言便以為秦汐只是去觀察一下便沒有拒絕，只是她擔心秦汐去了，她的公婆會說些什麼話讓秦汐難做便提醒道：「到時候我家公婆若說什麼妳也不要搭理，我和妳表姊夫都是不同意的。」

秦汐聞言點了點頭。「我知道了。」

能讓性格開朗、活潑愛笑的表姊過得如此瞻前顧後，左右為難，她真的得去會一會表姊那小姑了。

兩人又在花園裡走了一會兒，說了一些話，迎春便過來說午膳準備好了。

兩人便回去用午膳。

午膳的菜式以海鮮為主，蕭暻玹自認不重口腹之慾。別的龍子鳳孫在京城過著炊金饌玉的日子，他是在軍營裡和士兵吃著粗茶淡飯，無怨無悔。

當然吃食雖然比士兵們好一些，但也不會好太多，只是在沒有戰事的時候每頓能吃上肉，而士兵們則是每隔一天才能吃上。回到京城後吃的自是精細，山珍海味樣樣齊全，除了菜式，味道更是和軍營的不能比。可他也不太在意，他覺得吃飽，讓身體有力氣就行。

但這一頓飯，他總算明白什麼叫美味，簡直讓人吃完又想吃，根本停不下來。

他看了一眼自己面前堆成小山的海鮮殼和肉骨頭，簡直不敢相信是自己吃的，而且他已經很飽了，可是還想吃，感覺怎麼吃也吃不夠。

最重要的就是，這些食物美味就算了，吃完，他怎麼感覺通體舒暢，體內似有一股力量在流動？

然後蕭暻玹就想到皇祖父、父王、五弟和長平等人那一副「求魚若渴」、「求果若渴」的樣子。

原來如此！

蕭暻玹看向女眷那桌的秦汐，想到她當初送給自己的水果和藥包，心底泛起一股說不清、道不明的情緒，是他從未感受過的。大抵，是他辜負了她的一番心意……

秦汐不經意的抬頭，又對上蕭暻玹的視線，再次迷惑了。

這又是什麼眼神？今天他是哪根筋搭錯線了？

傅熙華摸了摸腹部。「好飽，這些海鮮太鮮美了！這是在哪裡買的？我也要買。」

她想要天天吃！

傅家富有，傅熙華雖然不像秦汐一樣是獨生女，可她的嫁妝也是非常多的，足夠她頓頓山珍海味的過幾輩子。

秦汐收回視線對吃得停不下來的傅熙華道：「好了，別吃太飽。妳愛吃，一會兒帶些回去，以後我讓人每天給妳送一些也行。再說，我馬上就要開海鮮酒樓了，妳若喜歡吃，以後天天去酒樓吃也行，我給妳留了一間雅間。」

傅熙華聞言直接抱住了秦汐。「表妹，妳真好，我要吃大蟹！」

對面的蕭暻玹看了皺眉。摟摟抱抱成何體統？

秦汐笑了笑。「好，我這邊有些果子也很好吃，非常香甜，到時候給妳帶些回去。不過我給妳的魚類和水果，妳只能自己吃。」

「那當然！」這麼好吃的東西，她才不捨得讓出去。

林家人，除了相公，其他人對她都是表面的好，事實是打從心底看不上自己家是商戶。如果不是看在相公的面上，她才不管他們。

天元國的習俗，新婚夫婦回門那天宜早點出發，早點回家。

吃過午膳後，傅氏便對秦汐道：「汐兒，妳問問郡王爺是在這裡歇晌後再回王府，還是現在便回王府？」

古時候的生活很平淡簡單，閒時總覺得時間流逝得很慢，因此許多人都會有歇晌的習慣。

秦汐自然不會拒絕傅氏的提議，免得她看出自己和蕭暻玹貌合神離，反正蕭暻玹絕對會找藉口拒絕的。

秦汐便看向蕭暻玹。「郡王爺要不要午睡後再回府？」

蕭暻玹點頭。「好。」他想仔細看看她未出閣前住的屋子。

秦汐又一次意外了。他不是應該說現在便回府嗎？

傅氏高興地道：「那汐兒，妳趕緊帶郡王爺回屋裡休息吧！」女婿願意多留一會兒，證明他在這裡待得自在舒服。

算了，作戲作全套，反正她也想在家裡待久一些，秦汐只好帶蕭暻玹回到自己的院子。
傅氏和秦庭韞疼愛秦汐，她的院子說是堆金砌玉也不為過。
連院子裡，處處奇花異草，連一棵草也都不普通。
相反瞻遠堂的院子要簡單嚴肅得多了，種的都是桂花樹。
蕭暻玹道：「妳若喜歡花，可將瞻遠堂改造一下。」
秦汐擺了擺手。「不必。那是你的地方，而且現在也挺好的。」
那灑脫的樣子，讓蕭暻玹一時不知道怎麼回話。
所以，她到現在也沒有將瞻遠堂當成她的地方嗎？
「郡王爺若是睏了就睡東廂房吧！我還有些東西想收拾一下帶回王府，怕驚擾了郡王。」說完秦汐吩咐丫鬟別打擾到蕭暻玹午睡，她便走進了屋裡，關上了房門。
還想跟著進去看看的蕭暻玹，只能看著門板。
丫鬟對蕭暻玹道：「郡王爺請，東廂房在這邊。」
蕭暻玹只能走進東廂房，獨守空房一個時辰。
一個時辰後，林勝中前來接傅熙華回府。傅氏也催秦汐趕緊回王府。
秦汐對傅熙華道：「有空我就去探望表姊。」
傅熙華笑道：「好啊！我在家裡等妳。」
秦汐又對林勝中道：「表姊夫，我表姊拜託你了，好好照顧她！」

林勝中忙恭敬地道：「郡王妃放心，我一定會的。」

「告辭！」秦汐交代完，蕭暻玹正好檢查完馬車，她便直接上了馬車。

蕭暻玹等秦汐上了馬車，才翻身上馬。

林勝中忙恭敬地行禮。「恭送郡王爺，郡王妃！」

直到秦汐和蕭暻玹離開後，他們才上了自己的馬車。寬敞的馬車裡，空氣中都瀰漫著一股淡淡的的果香。

林勝中看了一眼籃子裡的水果。「這些水果真香，是貢品？」小妹應該喜歡吃。

傅熙華便道：「不知道，這籃水果是表妹給我的，說只許我一個吃。」

林勝中失笑。「好，難不成為夫還會搶妳的？」

第四十二章

三輛馬車緩緩地停在晉王府門前。

蕭暻玹已經下馬，等在一旁。秦汐下馬車的時候，他猶豫著要不要扶她下馬車，最後還是忍不住伸出了手。

秦汐出馬車的動作一頓，她看了一眼眼前伸過來的手。

他這是想扶自己下馬車嗎？她忍不住左右看了一眼，然後便看見一輛馬車由遠而近。

秦汐認出那是今天早上林如玉出門坐的馬車。

晉王和蕭暻煜二人這時也正好騎著馬越過了馬車，出現在秦汐的視線範圍。

在秦府的時候，他願意配合著自己裝恩愛。

在晉王府，她自然也樂意配合他在大家面前裝恩愛，畢竟這對她也只有好處，沒有壞處，尤其是在林如玉面前。

最重要的是，秦汐也想給蕭暻玹把一下脈，看看他是不是有病，她實在有點好奇。秦汐直接將手搭在他的手腕上，指尖正好貼在他的脈搏上，然後下了馬車。

柔軟的小手搭在他的手腕上，他下意識地身體一僵，心尖顫了顫，似有一股電流從手腕處發出，直擊心尖。蕭暻玹整個人都不敢動，身體也開始起紅疹，那種蝕骨的癢感開始來襲，他下意識地想甩開她的手，但忍住了。

這時晉王和蕭暻煜騎馬來到了兩人跟前，二人同時一勒馬韁，停了下來，翻身下馬。

晉王看著秦汐兩人笑道：「老四，你們這麼早就回來了？」

蕭暻煜也說道：「四哥，小嫂子，你們回來啦！」

總算回來了！他已經陪著父王在秦府和晉王府必經的茶館上喝了半個時辰的茶了。本來是他自己一個待在茶館等四嫂回門回來，打算捷足先登，挑一些好的魚，沒想到被路過的父王發現了自己，才不得已陪著他喝茶。這下好了，不能捷足先登了……

這時，林如玉的馬車也停了下來，她從馬車裡出來，便看見秦汐和蕭暻玹手拉著手的模樣。

林如玉表情一僵。

暻郡王竟然陪著秦汐一起在秦家待了這麼久才回府？桓哥哥在林府待了不到半個時辰就走了，連午膳都沒有用。

她很不想下馬車，不想被秦汐知道她自己一個人回來，可是已經被發現了，而且晉王也在，她只能硬著頭皮下了馬車，給幾人行禮。「兒媳見過父王，見過暻郡王、郡王妃。」

晉王點了點頭。「免禮！」他沒看見蕭暻桓，皺眉。「老三呢？怎麼只有妳自己一個？他沒陪妳回門嗎？」

林如玉的心忍不住提了起來，她忙笑。「相公他有陪著兒媳回門，只是下午的時候衙門裡有事，他提前離開了。」

晉王這才沒有再說什麼。「都進去吧！」

秦汐聞言便鬆開了手，指了指最後面那輛馬車對長平道：「長平，最後一輛馬車裡的東西是給皇祖父的，麻煩你幫忙送到宮裡。」

她發現蕭暻玹脈搏不浮不沈，流利有力，從容和緩，除了剛開始時身體僵硬，心跳有些快，很快便恢復了節律均勻，這就證明他的身體很好。

身體沒有問題，那便是心理有問題了。心理問題，她也愛莫能助。

蕭暻玹看了一眼她收回的手，心底莫名的閃過一抹異樣的感受。

他將雙手交握於身後，正好握住了她剛才握過的地方，也不知道自己是想減輕那股蝕骨的癢意，還是想握住她那柔軟的指尖殘留著的溫度。

長平立刻道：「是！郡王妃放心，屬下會親自送到宮裡。」

林如玉咬緊牙關。

秦家也太不要臉了吧，回門的回禮竟然連皇上那一份也準備了，他們以為他們這樣就能討好皇上，得到皇上另眼相待嗎？那些東西連宮門都進不了。

她忍不住道：「表姊，不好隨便給宮裡送東西吧？」

秦汐淡淡地道：「沒有隨便，皇祖父昨日說要的。」

林如玉眼睛一轉。「那我也準備了一些禮物給皇祖父，表姊可以幫我……」

秦汐斷然拒絕。「不可以，妳自己準備的自己送。」

一邊的晉王覺得自己的父皇真的太不要臉了，竟然好意思直接開口向孫媳婦要東西，他都沒有他臉皮厚！

他說話向來比較講究迂迴之術。「汐丫頭有心了，回門一趟還記得給父皇準備禮物，不知道汐丫頭送些什麼給父皇？」

「一些果子和魚，我爹也給父王準備了一些。」

林如玉鬆了一口氣，看了秦府這次的回禮只是一些吃食，那絕對是比不上自己的。她娘這次可是下了血本，買了一幅古畫來送給晉王和王妃作為回禮。

晉王聞言高興地道：「哈哈，秦老弟實在是太客氣了！」

蕭暻煜急了。「小嫂子，那我呢？」

秦汐好笑地道：「少不了五弟的，我帶了不少回來，你可以自己挑些喜歡吃的。」

「那我看看有什麼！」蕭暻煜直接跑去後面的馬車。

這時，長風和門房正好搬了一個大木桶下來。

晉王一看頓時急了。

林如玉這時拿起馬車裡一個長長的錦盒來到晉王面前，笑道：「父王，我爹給您準備了一幅齊大師的古畫，您過目一下。」

「伯爺客氣了。」晉王接過來，直接塞到隨從的手裡，他也忍不住大步走過去。「本王看看秦老弟給本王送了些什麼魚。老五，你別動！」

「小嫂子我要這條魚！」

「混帳，這是秦老弟送給本王的！」

「小嫂子讓我挑的！」

晉王是武將，在邊疆和士兵們待了幾十年，早就不顧形象，也不要形象了，和士兵搶烤肉的事都幹得出，更何況和自己兒子。「你滾一邊去！本王才是老子……」

林如玉都傻眼了。晉王和蕭暻煜居然為了搶魚恨不得大打出手。她就不明白了，不就是一些魚嗎？為何晉王會看也不看她送的古畫一眼，反而跑過去搶魚？

她看向秦汐忍不住道：「秦家的回禮是魚？這不太妥當吧？」

秦汐淡淡地道：「有何不妥？父王喜歡就好。」

林如玉強笑道：「表姊說得對，那給晉王妃的回禮呢？也是準備了魚嗎？」她怕秦汐準備的禮物比自己的好太多，要是只是魚，那還好。

「要妳管？」秦汐丟下這句便直接往府中走去。

林如玉氣得差點厥過去。

氣死了！這賤人發什麼瘋，每次和她說話都帶刺。

其實秦汐的確是給每個人準備的回禮都是魚和一籃水果，只是不是所有人的魚和水果都是出自海島罷了，因為她根本不在乎是否會被林如玉比下去。

傅熙華和林勝中從秦府回到林府，兩人先是去壽康堂給林母請安。

林母和林勝中的妹妹林映兒正在屋裡刺繡。

看見兩人進屋，林母的目光越過傅熙華落在她身後丫鬟捧著的禮盒上。

林映兒的目光則落在林勝中身上，甜甜一笑。「大哥回來了。」

傅熙華和林勝中二人給林母行了一禮。「母親，我們回來了。」

林母點了點頭。「這麼早就下學了？沒耽誤功課吧？」言下之意是，不會是為了接傅熙華回府而請了假吧？

林勝中拉著傅熙華坐下笑道：「沒有，明日書院休沐，今天下午提早下學。」

傅熙華抿唇，林母豈會不知道相公每次休沐的前一天，書院下學的時間都會提早一個時辰，方便學子早點回家。

林映兒看向傅熙華，一臉不安和愧疚地道：「對不起大嫂，昨晚我心疾突然發作，母親派人去請了大哥回府，大嫂不會怪我吧？」

傅熙華還沒說話，林勝中就忙道：「傻丫頭，妳大嫂怎麼會怪妳？她最是體貼善良了。妳大嫂和大哥一樣關心妳，妳別多想。」

傅熙華心中苦澀，笑了笑。「是啊，怎麼會，小妹的身體最重要。」如果是真的心疾發作，那樣的話，她當然覺得她的身體是最重要的。只是，也不知道是真是假。

林映兒聞言才靦覥一笑。「我知道大嫂對我最好了。」

傅熙華淺淺地笑了笑，然後道：「娘，我爹娘還有小姑和姑丈送了娘和小妹一些禮物，讓我帶回來給妳們。」說完，她看了一眼身後的兩名丫鬟。

林母聞言笑了笑。「親家他們有心了，太客氣了。」

紅袖和添香便捧著高高的禮盒上前，放到了林母身邊的桌子上，不大不小的茶几瞬間便堆滿了小山一般的禮盒。

林母眼裡的笑意都快溢出來了。「親家和親家舅爺他們真的太客氣了。」

林映兒的眼睛也忍不住落在那些錦盒上，這些錦盒一看就非常昂貴。

傅熙華扯了扯嘴角，有些累的直接道：「娘喜歡便好。相公剛下學回來，也累了，我和相公回屋裡了。」

林母聞言笑著點頭，想到什麼又道：「這次妳回娘家有沒有提起妳爹和勝中的事？」

傅熙華聞言一臉愧疚。「昨日表妹大婚，今日表妹和郡王爺一起回門，家裡人都太忙了，我還沒找到機會說。下次我一定說！」

林母的笑臉沈了下去，嘆氣道：「妳爹一個人在江淮府那邊無人照顧，也不知道要等多久才能一家團聚。」

林勝中知道昨日傅熙華的確沒有機會說，忙道：「昨日秦家來了許多達官貴人，岳父大人和岳母大人都得忙著幫忙招呼，熙華哪好意思在那個時候開口。」

林母看著傅熙華道：「勝中今年也得下場了，要是能進國子監讀上半年，以他的才學絕對能一舉進士及第，等他進士及第，妳就是官夫人了，娘也是為了妳和這個家好。」

傅熙華笑道：「娘說得是。」然後絕口不提其他。

林父是教書先生，因為在京城找不到書院現在還在江淮府那邊教書，還沒進京。

自從秦汐和晉王府訂親後，林母便想讓傅熙華請秦汐幫忙給林父在京城的國子監或者白鹿書院謀一個夫子的職位，順便讓暻郡王寫一封舉薦信，讓林勝中也能進去國子監讀書。

可是京城的國子監是什麼地方？是國學，是太學，是朝廷的最高學府。能進國子監當夫子的先生不是當代大儒也是兩榜進士出身，都是非常有才學的官員。

國子監下掌監學之政，並為皇太子講經，裡面的夫子都是有官職在身的，而且國子監只招收七品以上官員有才學的子弟為學生，所有學子都是通過考試進去的。

林父只是一個秀才，在江淮府一個小小的地方書院，拿著二兩銀子束脩的、最普通的夫子，他憑什麼進去？自己的相公雖然才學是不錯，可是國子監的門檻是七品以上官員的子弟才可以進去，相公連進去的最低資格都沒有。她都懶得和林母多說，也不好意思對娘家的人提。太自不量力，沒有半點自知之明。

她拿帕子捂著嘴巴打了個呵欠，然後又揉了揉額頭，林勝中見了便道：「娘，這事下次再說吧！我累了，我們先回屋裡梳洗一下。」

林映兒也忙道：「娘，大哥和大嫂剛回來定是累了，這些事大嫂心裡有數的，她也想大哥好，這個家好的。」

林母聞言便道：「那你快回屋裡梳洗一下。傅氏，這事妳得盡快和暻郡王妃提一提，明日妳就給她下帖子吧！這只是她一句話的事，妳別再耽擱了。」

「我會看著辦的。」傅熙華懶得多說一個字，敷衍地說了一句，便站了起來，福了一福。「我和相公先回屋裡了。」

林勝中也站了起來，行了一禮。「娘，兒子告退。」

說完他又摸了摸林映兒的頭。「小妹別繡太久，小心眼睛。」

林映兒對林勝中甜甜一笑。「好，很快就繡完了，我在給大哥做衣服。」

林勝中聞言笑了。「謝謝小妹，等小妹做好了，大哥天天穿在身上。」

林映兒笑得更甜了。

傅熙華抿唇，直接抬腳離開。傅熙華忍不住想到以前她也給他做過衣服，他高高興興地穿去給林映兒看，問她好不好看。林映兒說好看，又問以後是不是不用給大哥做衣服了，然後晚上就發病了，說什麼覺得自己沒有用，只會連累家人，不能幫家人做半點事。

最後，他陪了她一夜，從此以後他就只穿林映兒做的衣服。為此她還發過脾氣，不過他卻說什麼小妹身體不好，做一件衣服出來不容易，不穿怕她不高興，他到書院時再穿她做的衣服，可是他去書院時，一件她做的衣服都沒有帶上。

越想越氣，傅熙華走路的步伐便快了一些。

林勝中見她沒有等自己，匆匆地跟上去。

林映兒看著兩人離去的身影，沒什麼表情地低下了頭，繼續刺繡。

林母則開始拆桌子上的錦盒。

「映兒，快看，這是百年老山參嗎？

「哎，映兒，這面琉璃鏡真好看，看人可清了！」

林勝中追上了傅熙華，拉住了她的小手。「夫人，生氣了？娘親也是擔心爹自己一個人在江淮府照顧不好自己，妳要是覺得為難就不用和郡王妃說了，別生氣，我可以理解的。」

傅熙華氣笑。「你錯了，這不是我覺得為難的問題，我只是說一句而已，怎麼會為難？這是會讓別人為難的問題。」

林勝中覺得她說得誇張。「妳想多了，這事在暻郡王那裡就是一句話的事。」

傅熙華聞言更氣了。沒錯，在他們的眼裡這只是汐兒表妹一句話的事，可是在她看來，這就是異想天開的事。

她要是和汐兒說，汐兒當然會請暻郡王幫忙；可是請人幫忙，自身的條件得符合最低的條件，不然那不是為難別人嗎？

畢竟別人幫你，可要是幫不上忙，反而會被你怪罪；不幫你，也一樣會被你怪罪。這不是為難別人嗎？

像林父那種考了一輩子都只是秀才的水準，在地方書院給一些孩子啟蒙還行。就算暻郡王幫他進了國子監，他能教國子監的學子什麼？教他們如何一輩子只考個秀才嗎？他們傅家人做事是講原則的，求人辦事的時候，絕不能為難別人，得保證那件事符合一切禮法規矩，符合事成的最低的條件，不然就是讓別人為難，破壞彼此的關係。

所以這件事，她壓根兒沒打算和秦汐，還有自己爹娘他們提。

心裡雖然這樣想，但是傅熙華沒有這樣說，只委婉道：「你覺得爹進了國子監和白鹿書院，能教哪個班？」

林勝中表情一僵，恍然大悟。

國子監和白鹿書院裡沒有啟蒙班，裡面的學子都是秀才，他爹也只是個秀才。

「這事我和娘說，我再給爹找其他書院。」

傅熙華又問道：「相公真的想去國子監？」

林勝中笑道：「老實說，哪個學子不想去國子監？畢竟那裡可是朝廷的最高學府。在那裡能夠結識無數官家學子，以後到了官場也多一個助力，對不對？不過我知道國子監很難進，我還不夠資格進去，白鹿書院已經很好了，我不強求。」

這下傅熙華臉色好看了一些，還算他有點自知之明。

國子監雖然會破格招收各地才學極好的學子，像是在院試中取得第一名的學子廩生。而自己相公才學雖然好，二十歲便考上秀才，可是他是吊著車尾考進去的，離廩生差得太遠了。

就算暻郡王一句話就能讓他進去，可是他進去了，才學不如人，上課也聽不懂先生的課，自己難堪不說，還給暻郡王丟人，何必呢？

林勝中還是很勤奮的，他陪傅熙華回到屋裡後，便回書房看書了。他看書一般看到夜深才會歇下，期間晚膳也會獨自在書房用。

傅熙華前兩晚都沒有睡好，又因為在秦府吃得太飽了，半點也不覺得餓，便叮囑了丫鬟晚膳也不用叫醒她，她要補眠。沒承想這一覺便睡到了天亮，而且是一夜無夢。

她醒來時神清氣爽，梳洗過後才想起來林勝中今天休沐，他昨晚便回來了。

她便問伺候自己梳洗的丫鬟紅袖。「姑爺呢？」

紅袖聞言憤憤不平地道：「昨晚姑爺從書房裡出來，打算回屋裡睡的時候，映兒小姐的丫鬟又跑過來說她有點不舒服，姑爺便又去她那邊了。後來姑爺回來的時候已經三更了，他生怕打擾到小姐您睡覺，直接在書房歇下了。」

傅熙華聽完也沒有什麼意外，每次都這樣不是嗎？

「傳膳吧！」

紅袖點了點頭。「今天我讓廚房熬了干貝海鮮粥，還蒸了蝦餃、香蕉煎餅，都是用表小姐給的食材做的，小姐一定愛吃。」

傅熙華想到在秦府吃到的海鮮粥，頓感飢腸轆轆。「快去傳膳。」

紅袖笑著走了出去，只是不到半刻鐘，她黑著臉，兩手空空地走了回來。「小姐，您的早膳被姑爺拿去給映兒小姐吃了。」

這已經不是第一次了，只要小姐的膳食是新鮮吃食，都會被姑爺送去給映兒小姐吃。

傅熙華心底壓抑的怒火瞬間炸了，她一下站了起來，大步走出去。

第四十三章

蕭暻玹吃過早膳後，便打算帶長平去城郊的皇田看看。

每年春天，皇祖父都會率領百官親自下地耕種，進行勸課農桑的事宜。他需要去看看如何做好防守，好安排皇祖父親耕一事。

兩人剛剛走出西廂房，玉桃便匆匆地跑到了二人跟前，隔著合適的距離福了一福。「奴婢給郡王爺請安！」

蕭暻玹看了一眼正房的方向。「何事？」

玉桃回道：「郡王妃有事請長平公子幫忙。」

長平聞言高興地道：「郡王妃有何吩咐？屬下只要能辦到，赴湯蹈火、在所不辭！」

蕭暻玹聽見個請字腳都抬了一半了，聞言，他收回腳，冷冷地瞥了長平一眼。「去看看郡王妃有何事吩咐。」

「是！」長平高興地大步往正房走去。

蕭暻玹冷眼看著長平進了他的屋，一間屬於他，現在他卻進不去的屋子。

屬實難辦！

他捏了捏眉心，走到了桂花樹下的石桌旁坐了下來，等長平出來，看看她有何事。

屋裡，長平笑容燦爛地給秦汐請了安，然後道：「郡王妃有何吩咐？」

「你家主子今天是否出門？」

秦汐想去探望一下傅熙華，可是王府規矩極嚴，女眷們不能隨便出府，出府要去向晉王妃請示，除非有夫君帶著出府。

秦汐覺得麻煩，不太想去向晉王妃請示，要是蕭暻玹今天出門，她順便跟著他出去就好。

長平點頭。「主子正準備出發去城郊。郡王妃是否有東西要買？屬下可以幫您買回來。」

秦汐搖頭。「不是，我有事需要出去一趟，你讓他等等我，我和他一起出去。」

長平立刻道：「屬下這就去和主子說，順便安排馬車。」

長平走了出來。

蕭暻玹抬頭看向他。「郡王妃有何事？」

「回主子，郡王妃說她有事外出，想跟著主子一起出門。」

蕭暻玹心中一動。「你去備馬車，只需備一輛馬車便行。」

「是！」長平應了一聲，便去備馬車了。

一刻鐘後，晉王府門外，蕭暻玹看著自己的馬和馬車。

他冷冷地刮了長平一眼。這小子真的該一輩子待在馬廄裡！

長平被瞪得一臉無辜。他又做錯什麼了？

蕭暻玹瞪了長平一眼，又親自上前檢查馬車，然後順理成章地上了馬車。

長平驚得瞪大了雙眼。

主子竟然坐馬車？自從那件事後主子哪怕下雨也不會坐馬車。不過長平立刻反應過來自己錯在哪裡。他多備了一匹馬，下次不會了。

秦汐也瞪大了那雙好看的眸子。

他上自己的馬車幹麼？不是要保持距離嗎？馬車那麼狹窄的空間，他受得了？

馬車裡的人似乎是聽見了兩人的心聲，淡淡地道：「本郡王派人和母妃說與妳一同去踏青。」意思是既然是與她一起出去踏青，那自然是共乘一輛馬車。

秦汐總覺得沒有這個必要，可是他這麼做也沒有不對的地方。反正是他怕女人，又不是她怕男人，她便跟著上了馬車，然後在馬車最外面的位置坐下，一個離他最遠的位置。

蕭暻玹看了她一眼。「那裡不安全，容易掉下去，坐裡面一點。」

秦汐擺了擺手。「沒關係，咱倆得保持最遠的距離。」

蕭暻玹想要磨牙。這記仇的丫頭！

「妳坐裡面，我坐外面。」他板著臉坐了出去。

秦汐便迅速坐進去了，一副努力和他保持距離的樣子。

蕭暻玹心中甚是無奈。

秦汐才不管他。

這時外面傳來了長平高興的聲音。「郡王妃要去哪裡？」

他是看出來了，主子是越來越愛郡王妃了，為了和郡王妃多待一會兒，都願意冒著發病的危險和郡王妃同坐一輛馬車了。

「同安街，林府。」秦汐報了林家的地址。

「好的！主子，郡王妃，坐好了。」長平應了一聲，一甩馬鞭，馬車便動了起來。

至於蕭暻玹的馬，長平也沒有讓門房牽回馬廄，反正追風很聰明，會自己跟著。

一會兒王妃不是要去踏青嗎？主子也是去郊外看看，四捨五入也算是打著辦正事的名頭去踏青了。到時候主子可以和王妃一起騎馬啊！共騎一匹馬不比共坐一輛馬車好？雖然主子會癢死，但這叫痛並快樂著。

馬車裡兩人都沈默著。

秦汐是沒有什麼話和他說，而蕭暻玹本就是話少之人。

可是再話少之人，在心悅之人面前，都會忍不住沒話找話。就像明知道她「有毒」，也總是忍不住想要和她待在一起，想多看她兩眼，想聽聽她的聲音。

「王妃大概什麼時候回府？」

秦汐驚訝地看向他，還要一起回府嗎？

蕭暻玹淡定地道：「我們出去踏青，一同出府，自然一同回府。」

似乎是這個理。秦汐覺得配合他的時間比較好。「郡王什麼時候回府？」
「本郡王時間隨意，妳定時辰，我去接妳便是。」
秦汐想了想。「我約表姊出去郊外踏青，中午會在魚意樓試菜，午膳過後吧！」
「那便一起吧，正好本郡王要去城郊看看。」
秦汐愣了。
一起？她和表姊兩姊妹去踏青，他一個大男人湊什麼熱鬧？
「有問題嗎？」蕭暻玹一臉理所當然，一本正經地看著她。
秦汐搖頭。「嗯……沒。」
他不覺得尷尬就好。

林府，壽康堂。
林家母子三人正在用早膳。
桌子上擺滿了食物，有鮮燉燕窩、海鮮粥、蝦餃、香蕉煎餅、蓮藕肉餅、肉包子……
林母大口大口的吃著海鮮粥，也不怕燙傷舌頭，一邊吃，一邊讚不絕口。「這粥真好吃！這些海鮮是貢品吧？一點也不腥，非常鮮甜，比以往傅氏帶回來的要好吃多了。」
說著她又挾了一塊蓮藕肉餅，肉餅裡的肉有馬鮫魚魚肉和五花肉，煎至兩面金黃，吃起來非常香。

這個季節正是小荷才露尖尖角的時候，秦家就已經吃上新鮮的蓮藕，不愧是攀上了皇家。

秦汐一個身分低下的商戶女，連她女兒也比不上，竟然也當了郡王妃，真是走了狗屎運。

林勝中也是第一次吃到如此好吃的海鮮粥。「應該是吧！」

秦家和傅家都極其富有，吃食上向來精緻名貴，像是海鮮這些東西也是常有的，但是他也沒有吃過這麼鮮甜的海鮮。

這是秦汐嫁給暻郡王後才有的，秦、傅兩家到底是商戶，身分低下，就算有銀子也沒有資格買到最好的食材，好的東西都是率先供給那些達官貴人的，皇家更是不用說了。

這世上，最好的東西都送到宮裡了，謂之貢品。

林映兒身體弱，胃口向來不好，此刻也小口小口的吃著，停不下來。

林勝中向來心疼她吃得少，見她吃得香，又給林映兒挾了一個蝦餃。「小妹，這個蝦餃也好吃，妳嚐嚐。」

林映兒對林勝中甜甜一笑。「謝謝大哥。」

林母嘴巴停不下來。「這秦家的商戶女一朝嫁入王府就是不一樣，連貢品都吃上了。可惜秦家就只有她一個女兒，不然以後秦家有一個郡王做女婿，那可了不得了，再富貴五十年也不成問題。」

若是秦家再多一個女兒，自己兒子當初娶的是秦家女那就好了。

林勝中道：「舅娘已經有身孕了。」他去秦府看見傅氏已經顯懷了。

林母聞言驚得瞪大了眼睛。「這麼老了還能懷上？」

林勝中想說傅氏看上去一點也不老，可是自己的娘只比傅氏大兩、三歲，現在已經半頭白髮了，感覺比傅氏年長了十幾歲，不是一個輩分的人，都可以當傅氏的娘了。

想來也是因為早年家裡窮困，娘才熬成了這般模樣，他有點心疼自己的娘，便只是點了點頭。「嗯。」

林母也想到傅氏的容貌了，她抿唇。「有身孕又如何？也不一定懷的是兒子。再說傅氏這般老了，能不能生出來也不一定，說不定一屍兩命！就算那商戶女當上郡王妃又如何？她身分低下，沒有兄弟可依靠，而且這秦家聽說和父母兄弟都斷了親，家裡又沒有個男丁，以後還不得依靠傅家這邊，你是傅家的半子，等你他日當上了大官，那商戶女也得靠你。你催催傅氏，讓她和那商戶女說，將你爹和你弄進國子監，這對她也有好處。」

傅熙華氣勢洶洶地走進來，正好聽見林母這一番惡毒刻薄的話。

這都什麼人啊？竟然詛咒自己的小姑，還左一句商戶女、右一句商戶女，侮辱誰呢?!

林勝中看見她進來，想到母親剛剛的話，一驚，忙站起來笑道：「熙華妳怎麼來了？用了早膳沒？」

傅熙華冷笑。「早膳？我的早膳不是被你拿來餵狗了？還用什麼？」

說完，她做了一個讓一屋的人都震驚的舉動，直接將桌子掀了。一桌子吃了一半的食物，全部倒在林母和林映兒身上，母女倆失聲尖叫。

兩人被海鮮粥潑了一身，燙得哇哇直叫。

「大哥，我疼！好燙！」滾燙的海鮮粥沾在裙子上，林映兒被燙得直跳腳。

「啊，燙死我了！來人、來人！」林母身上滿是粥，手背燙得赤紅。

林勝中大驚失色，他氣得揚手一巴掌往傅熙華的臉上甩去。「妳瘋了不成？」

傅熙華小時候可是和秦汐一起跟名師學過武的，對付像長平那樣的侍衛不行，對付林勝中一個文弱書生，簡直手到擒來。她一把握住他揮過來的手，一個耳光便甩了過去。「什麼玩意兒?!和離！姑奶奶再也不跟你過了！」

林勝中被打得兩眼發黑，林母和林映兒嚇得抱團失聲尖叫。

傅熙華在他們面前從來都是溫柔體貼、端莊優雅的，何曾這般粗暴？簡直嚇傻了他們。

傅熙華發洩完後轉身直接跑出去，眼眶含著淚。

這日子沒法過了，她要和離！

傅熙華跑出去後，幾人才敢動。

林勝中擔心她，拔腿便去追傅熙華。

林映兒在那裡嚶嚶的哭著。「大哥，燙，好疼……」

林勝中聞言停下了腳步，看了一眼跑出去的傅熙華，又回頭看了一眼林映兒，見她一臉慘白虛弱得隨時快倒下去一般，他再也顧不上什麼，立刻跑過去。「娘，小妹妳們沒事吧？來人！快，快扶夫人和小姐下去換衣服！請大夫，快請大夫！」

丫鬟們驚慌失措地躲出去。

林勝中直接抱起了林映兒，往她的屋裡跑去。

林映兒在林勝中懷裡哼哼唧唧。「大哥，嗚嗚……疼！好疼……我會不會留疤？燙傷的傷疤很醜的！嗚嗚……我不要活了！」

林勝中大吼。「大夫！快去請大夫！」

只是府中的下人都是傅熙華陪嫁過來的，誰會理會他啊？

大家都躲得遠遠的，佯裝沒有聽到。

傅熙華跑出府門的時候，秦汐的馬車正好快到了。

長平眼力好，隔著十幾公尺的距離，一眼便認出了那是秦汐的表姊。

主子迎親的時候，他便特意將王妃家裡的親戚都認了一遍，免得以後出門遇見了都不認識，那就太失禮了。

不過，看這架勢，不對勁啊！怎麼像是哭著跑出來的？

他立刻道：「郡王妃，表小姐跑出來了！」

秦汐聞言立刻掀開了馬車的簾子，便見傅熙華一邊跑、一邊抹眼淚，她的身後還跟著兩個丫鬟，著急的叫喚著她。

秦汐眸光一冷。

蕭暻玹果斷地道：「跟上去！」

不用蕭暻玹吩咐，長平早就加快了速度。

當馬車來到傅熙華身邊的時候，秦汐等不及馬車停穩，便直接跳了下去。「表姊！」

長平嚇了一跳，蕭暻玹怕她摔著，幾乎是緊隨其後的跳下了馬車。

傅熙華看見兩人突然出現，驚訝得眼淚都忘了流。

「表妹，你們怎麼來了？」傅熙華忙擦乾自己的眼淚。

她雖然是嬌養著長大的，可是她自認是姊姊，從來不在秦汐面前表現出軟弱的一面。而且她從小懂事，在家人面前也是報喜不報憂，從不會讓家人擔心。

秦汐見她滿臉淚痕，那怒火就像火柴上的小火苗突然被噴了酒精，瞬間炸了。

「發生什麼事了？」

「沒事！」傅熙華下意識道。

紅袖早就氣紅了眼睛，忙道：「姑爺打小姐！」

添香抹淚點頭。「一巴掌向小姐揮過去，可凶狠了。」

雖然沒有打到，可是他已經動手了，要不是小姐練過武，今天就吃大虧了。

林家一家人吃小姐的，用小姐的，住小姐的，竟然還敢打小姐，簡直活膩了，原以為至少還有姑爺待小姐好，如今姑爺居然要打小姐，表小姐來了，正好，好好教訓他們！

秦汐小臉更冷了，一張俏臉氣勢凌人。「石榴，妳去通知舅舅和舅娘他們。」

今日這事沒完，林勝中今天敢向表姊動手一次，就會有下次。這種人要來幹麼？留著過年嗎？

「是！」石榴應了一聲，立刻施展輕功躍上了屋頂。傅家就住在另一條街，相隔不遠，走屋頂更快。

秦汐直接掉頭往林家走去。

她不管發生什麼事，為何林勝中會動手，何況表姊本就不是無理之人，甭管發生了什麼事，林勝中動手肯定不對，這就是家暴，她最討厭家暴男！

蕭暻玹默默跟上。

傅熙華怕從小就嬌嬌柔柔的表妹吃虧，趕緊跟上。

紅袖和添香也緊隨在後，二個丫鬟小跑著跟在秦汐身邊妳一言、我一語的告狀。

「今天早上我吩咐廚房用表小姐給小姐的海鮮做早膳給小姐吃，沒想到姑爺將小姐的早膳都給了映兒小姐吃。」

「那些海鮮和水果表小姐可囑過小姐不讓其他人吃的，小姐和姑爺也說過這事了，可姑爺根本沒當一回事；以前每次這樣就算了，那些東西不是表小姐送的，這次小姐也是太生氣了，才會去壽康堂找姑爺對質。」

「小姐一走進壽康堂便聽見了老夫人說姑奶奶的壞話，還說表小姐的壞話，小姐才會氣得將桌子都掀了。」

「然後姑爺就發怒，使勁全力的一巴掌向小姐甩過去，半點不留情，實在太過分了。」

蕭暻玹眯眼。「說什麼壞話？」

秦汐俏臉冰冷。「說我娘什麼壞話？」

她娘好好的待在秦家，平日都不怎麼出門，而且每年的禮節也沒有少林家的，怎麼招惹到林家人了？

紅袖立刻維妙維肖的將林母的話覆述了出來。「有身孕又如何？也不一定懷的是兒子。再說傅氏這般老了，能不能生出來也不一定，說不定一屍兩命！就算那商戶女當上郡王妃又如何？她身分低下，沒有兄弟可依靠，而且這秦家聽說和父母兄弟都斷了親，家裡又沒有個男丁，以後還不得依靠傅家這邊，你是傅家的半子，等你他日當上了大官，那商戶女也得靠你。你催催傅氏，讓她和那商戶女說，將你爹和你弄進國子監，這對她也有好處。」

一字不漏，連表情都模仿得一模一樣。

那商戶女？蕭暻玹眼底閃過一抹狠戾。

長平聽了都生氣了。

他們家王妃何時輪到他們這些刁民如此看輕？藐視郡王妃就是藐視主子，藐視皇上，簡直找死！

第四十四章

秦汐大步往前走，想進去直接將姓林的一大家子全部丟出去。

憑什麼表姊哭著跑出府？該走的是他們林家人！

秦汐心中滿腔怒火，但是她不得不顧及傅熙華心裡的想法，雖然她覺得傅熙華不會再和林勝中過下去了，但是還是得問清楚。

秦汐問傅熙華。「表姊，妳心中有沒有什麼打算？」

她需要知道傅熙華的態度。要是她的話，這種男人，她絕對休了！

傅熙華毫不猶豫地道：「和離！」

當初的乍見歡喜，早就在這一年多的時間看他和他妹妹的你儂我儂中消磨至淡薄，那沒能落下的一巴掌更是讓那分情散盡，他甚至沒來追她。方才她雖往外跑，但耳朵沒聾，自然聽見了他對妹妹的照拂。感覺他和他小妹才是夫妻，自己則是出銀子養著他們一家幾口的外人。

她不是財神爺，這日子她受不了了。

秦汐看出她是認真的，心定了，她知道怎麼做了。「好，就該這樣！要是我嫁了這麼一個鳳凰男，第二天我就休了。表姊放心，接下來的交給我。」

蕭暻玹忍不住看了一臉怒意的秦汐，很想問鳳凰男是什麼意思？

不過，看來自己還是有可取之處的，至少沒在新婚第二天就被休，他一定不是鳳凰男。只是想到兩人現在的關係……只能說，蜀道難，難於上青天！

這才剛開始，不急。

秦汐立刻做安排。「紅袖，妳去準備一套筆墨紙硯，並將府裡的下人都叫到二門。添香，妳帶人去將林家三母子的東西都收拾好。今天妳家小姐要將林家三母子掃地出門！」

紅袖和添香立刻大聲應道：「是！」她們早就替小姐委屈了。

秦汐看向傅熙華。「表姊沒有意見吧？」

傅熙華搖頭。「沒有，我剛才一定是腦抽了。我跑出去幹啥？這是我的府邸，我應該直接將他休了，將他們趕出去！」

她早就想過和離了，只是一直沒有契機，既顧念那點情，也擔心和離後，會影響表妹說親。現在，她不需要忍了。

傅熙華眼神異常堅決地道：「我要休夫！」

沒錯，不是和離，和離太便宜他了。她要休夫！

很快，紅袖便讓自己的爹叫來了府中所有下人，並帶來了筆墨紙硯。

傅熙華直接寫了一封休書。

這時秦汐的舅舅傅文衡、舅娘汪氏、表哥傅熙傑也匆匆趕到了。

石榴不清楚，也交代不清楚到底發生了什麼事，兩夫妻只知道女兒哭著離家出走，正好被汐兒遇見了。

能讓女兒離家出走，這得多大的事？

兩夫妻嚇得立刻趕過來了。

傅熙華看見他們，眼睛一紅。「爹娘，我要休夫！」

傅文衡太瞭解自己的女兒了，從小懂事，如果不是到了真的過不下去，絕對不會下這樣的決定，他也不問緣由，乾脆點頭。「好！」

從小如珠如寶般寵著長大的女兒，眼見她一天比一天憔悴，他心疼極了。

汪氏抹了抹眼淚。「休得好！妳開心就好！」

女兒從懂事起就沒有流過眼淚，這得多委屈傷心？都怪她以為萬般皆下品，唯有讀書高，不想自己女兒再嫁商戶，子孫後代都低人一等。

她見林勝中是讀書人，才學好，年紀輕輕便是秀才，將來前途無量，而且他又孝順，對嫡親的妹妹又好，想著孝順的人人品差不了，會照顧妹妹的人，對妻兒一定會更好，就答應了這門親事，沒想到害了女兒。

傅熙傑生氣地道：「我去將林家人丟出去！」

他和姊姊是龍鳳胎，姊姊從小就愛笑，小時候他跌倒還會哭鼻子，她跌倒，額頭都磕破了，一臉是血也直接爬起來，笑著對哭成淚人兒的娘親說不疼，整日都嘻嘻哈哈的，什麼時候見她傷心過？林勝中去死吧！

然後一群人浩浩蕩蕩地走往壽康堂。

休夫！趕人！

傅熙傑帶頭，才剛踏入壽康堂，便看見了林勝中一臉神色慌張地跑出來大喊：「人呢？為什麼沒有人伺候我娘和小妹？快去伺候我娘和小妹，不然我將你們都發賣了！有沒有人去請大夫？快去請大夫啊！」

小妹和娘身上的燙傷都起疱掉皮了，看得他膽戰心驚。這得多疼啊？

傅熙傑聽了冷笑。「發賣？你發賣誰？這府中一人一物哪一樣是你林勝中有資格發賣的？」

林勝中看見岳父、岳母、小舅子，還有秦汐和暻郡王都來了，一臉慌張變成一臉驚愕，一陣心虛。可是他想到自己被傅熙華搧了一巴掌，小妹和娘也被她燙傷，又鎮定下來。

他根本沒有錯，是傅熙華莫名其妙不知道發什麼瘋。

他匆匆跑到蕭暻玹跟前，拱手行禮。「見過暻郡王、暻郡王妃，岳丈大人、岳母大人。」

他衝得太快，離得太近，身上沾染的一股脂粉味撲鼻而來。蕭暻玹冷著臉，直接一腳將他踹開，完了還拍了拍自己身上的衣服，往秦汐身邊靠了靠，從半臂距離變成了一拳距離。

聞到脂粉味就有過敏反應，渾身不舒服的蕭暻玹直到聞到了秦汐身上那股淡淡的、清冽的海洋氣息臉色才好看了一些。

傅熙華直接將剛才寫好的休書丟到他身上。「林勝中，你被我休了。」

傅文衡冷哼。「別！這一聲岳丈大人，我擔當不起。」

汪氏陰陽怪氣。「別！我身分低下，就是一個商戶，不配！」

林勝中一屁股跌坐在地上，痛得還沒反應過來，一封休書便砸在他臉上。

這還是他那個善解人意、溫柔體貼的娘子嗎？這些還是他那個溫文爾雅、溫柔敦厚，待人接物和風細雨般的岳丈大人和岳母大人嗎？

林勝中顧不上屁股疼，他忙爬了起來。「爹，娘，你們聽我解釋。剛剛我是有不對之處，語氣重了一些，可是我也是一時氣急了。我……」

「啪！」秦汐和傅熙傑同時上前，一左一右的一拳揮過去。

小時候他們表兄妹一起出去玩，秦汐和傅熙華都長得漂亮，總會被一些富家子弟調戲，三人沒少一起和其他富家子弟打架，默契早就練出來了。

林勝中被打得鼻梁塌了，嘴巴歪了，口水和鼻血都噴得老遠。

秦汐拿出帕子嫌棄地擦了擦林勝中噴出來的口水。

傅熙傑也擦了擦手。「汐兒表妹，教訓人渣我來就行，別髒了妳的手。」

蕭暻玹看著表兄妹默契的動作，他走上前，將秦汐攔在自己身後。「本郡王來，妳去洗手。」

他也可以和表哥默契配合的。打女的，他不敢；打男的，無所顧忌。被打得頭昏腦脹，眼前陣陣發黑的林勝中欲哭無淚。

就在蕭暻玹打算配合傅熙傑教訓林勝中，給傅熙華出氣的時候，林母和林映兒被家丁趕了出來，兩人看見這一大群人欺負林勝中一個的架勢，一個又氣又急，一個嚇得花容失色。

林母匆匆地撲到林勝中身上。

「這是怎麼回事？我們犯了什麼法了？光天化日，天子腳下還有沒有王法了？你們傅家人欺人太甚啊！我要報官！傅熙華她一進屋便掀桌子，那些滾燙的海鮮粥灑了我和映兒一身，我們都燙傷了，我們都沒說什麼，你們卻將我兒子打成這樣，蒼天啊！還有沒有王法了啊？你們這是仗勢欺人啊！」

紅袖道：「小姐為什麼掀桌子？是你們母子不要臉地將小姐的早膳都吃了，那是表小姐給小姐的海鮮。你們次次都只顧自己，不顧小姐，你們吃了小姐的早膳，小姐吃什麼？」

添香附和。「誰仗勢欺人了？是姑爺先動手打小姐，那模樣凶狠得像是恨不得殺了小姐，小姐差點被他打死了。」

竟然還敢動手打姊姊？

「混蛋！」傅熙傑上前一把揪住林勝中衣領，握拳……

蕭暻玹看見傅熙傑動作，身形一閃，握拳……

兩隻拳頭同時擊中林勝中腹部，完美默契配合。林勝中被打得眼球凸起，嘴巴大張，表情狰獰，聲音都發不出來。

「啊！」林母和林映兒嚇得尖叫連連。

林映兒臉色煞白。「沒有，我大哥根本沒有打到大嫂，是我大哥被她打了。」

傅文衡不想鬧出人命，這樣就夠了，他給了自己兒子一個眼神，然後又對一名家丁道：「讓他在休書上按個手印。」

傅熙傑便將人丟到地上。

那名家丁立刻上前，抓住了林勝中的手，直接在他大拇指指腹用匕首割了一刀，然後按在一式兩份的休書上。

林勝中已經被打得蜷縮在地上，完全無力反抗。

家丁將其中一份按了手印的休書塞進了林勝中的懷裡，另一份呈給傅文衡。「老爺。」

傅文衡接過來，冷聲道：「將林家人給我丟出去！」

秦汐提醒。「他們身上穿的衣服和佩戴的首飾，是表姊準備的嗎？」

這三人身上的衣服都是用傅家織造作坊裡最好、最新的料子做的，外面一疋賣幾百兩。一套成衣便價值上百兩，拿去當鋪當了也可以當二、三十兩。林映兒和林母身上和頭上的首飾更不用說了，兩人手中的鐲子就價值幾百兩。

既是休夫，自然是淨身出戶！

傅熙華立刻道：「將他們身上的衣服和首飾都脫下來。」

紅袖和添香隨即上前去脫林母和林映兒身上的衣服，家丁則負責對付林勝中。

蕭暻玹站到了秦汐的身後，在她看向林勝中的時候，他從她的身後伸出手，繞到前面，用手掌擋住了她的視線，輕聲提醒。「非禮勿視。」

兩人第一次靠得如此近，他說話時噴出來的氣息弄得秦汐的耳後癢癢的。

秦汐甚至聞到了他身上獨有的清洌的草木氣息，很好聞，彷彿春天的味道。

只是，他不是避女子如蛇蠍嗎？離自己那麼近幹麼？

秦汐下意識地回頭看向他。

蕭暻玹本是偏開了頭，察覺到她的動作，他轉回頭低頭看向她。因為兩人同時有所動作，好巧不巧的，秦汐的唇就這麼擦過他柔軟的薄唇。

蕭暻玹心尖都顫抖了一下，整個身體麻了一般，動也不敢動。

秦汐身體僵了一下，迅速退開，耳尖瞬間便紅了。她迅速地打量了一眼身邊的人，發現他們都沒有留意他們這邊，暗暗鬆了口氣。

然後她又回頭瞪了蕭暻玹一眼，惱羞成怒。「離我遠點！」

俏臉脹紅，咬牙切齒。可惡，她三輩子為人的初吻就這麼沒有了！

蕭暻玹乖乖地退開一步。

身體又開始起紅疹了，那種蝕骨的癢又開始了，這次他默默地忍著，甘之如飴。

蕭暻玹看著秦汐的背影心想，比這蝕骨的癢更難忍受的是蝕骨的思念，滿腦子都是她的倩影，想湊在她身邊，無法專心辦事。

他也不知道為何會這樣。

林家母女被拖下去換衣服，害怕得哇哇叫。「救命啊！殺人啊……」

一刻鐘過後，林家三母子被趕出了府。

三人身上都換上了破舊的粗布衣裳，頭上、身上沒有一件首飾。除了這一身破衣服，一件屬於傅家的東西都沒有，淨身出戶。

三人看著「砰」一聲關上的府門，傻眼。

林母快氣死了。「太過分了！憑什麼啊？他們傅家女又是掀桌子，又是打相公，竟然還將我們趕出來？不守婦道！這等潑婦，就該休了！」

「我已經被休了……」林勝中被打成了豬頭，渾身傷痛的他也想不明白，事情怎麼就發展到這一步了。

他竟然被傅熙華休了？休夫？簡直史無前例。

林映兒想吐，衣服太臭了。

三人身上的衣服是府裡負責倒夜香的粗使婆子和洗馬廄的小廝幹活時穿的衣服，幹完活便會換下來，還沒來得及清洗，一股難以言喻的味道，能不臭嗎？

「娘，大哥我們怎麼辦？大嫂將我們趕出來，我們住哪兒？」她不要穿這身衣服，不想再回到過去的窮苦日子。

林母和林勝中聞言瞬間便洩氣了。

怎麼辦？他們身無分文。自從娶了傅熙華又搬來京城後，他們原來的舊東西一樣都沒帶進京。在這京城人生地不熟的，今晚落腳的地方都沒有啊！

大街上人來人往，看猴子一樣地看著他們。

林勝中受不了大家的目光，他沈聲道：「先離開這裡。」

林母快氣死了。「傅氏一定會後悔的！勝中，等你高中了進士，他們傅家回頭求你，你千萬不能心軟。我看她傅氏被你休了後，這輩子還能嫁給誰？誰敢要她一個破鞋？」

林映兒問：「大哥，要不我們先去你的書院落腳？」她知道大哥在書院可是租有獨立的院子的，有婆子和書僮照顧他日常學習和生活。

林勝中心中咯噔了一聲。

沒有了傅家的支持，白鹿書院他還怎麼讀下去？白鹿書院只對廩生免費，對他這種才學的學子束脩可是非常高的，每年得一百多兩，租獨立的院子一年要一千兩，這還不算其他吃穿用度。

「回書院！」顧不上疼，林勝中急忙喊。

只是三人來到書院時，書院已直接開除了他的學籍，他們連書院大門都進不了，徹徹底底走投無路。一家輕視商戶女，可脫離了銀子的照拂，他們連反抗的機會也沒有，激不起任何反抗的水花。

書院那邊是傅文衡派人去打了招呼，本來今天一早他正打算派管事去給女婿交束脩和給書院的夫子送禮的，沒想到女兒這邊就出事了，於是交束脩直接變成退學。

解決了林家三母子，傅文衡看向自己的女兒。「熙華收拾一下東西，隨爹娘回府住？」女兒一個人住在這裡，他不放心。

傅熙華點了點頭。「好。爹，這府邸租出去吧！」

這府邸是林勝中打算上京求學，自己爹娘特意買來給她和林勝中住的。現在這裡有太多憋屈的記憶了，傅熙華不想再住。她本想賣了，但是在京城買到這麼大的府邸不容易，當初她爹也是託了人情，花了兩倍的價錢才買到的，因此她才打消直接賣了的念頭。

「行！」傅文衡點頭，然後看向秦汐和蕭暻玹。「今天多謝郡王和郡王妃給小女作主，時間不早了，郡王和郡王妃不如到府上用膳？」

蕭暻玹看向秦汐。

秦汐微微一笑。「舅舅客氣了。午膳我要去魚意樓試菜，若是舅舅、舅娘，表姊、表哥不嫌棄，要不一起去魚意樓試菜？」

現在舅舅一家人心情定然很差，吃點美味的海鮮，心情應該會好一點。

傅熙華的心情其實沒多差，她反而覺得整個人都解脫了，輕鬆極了，高興地道：「好啊！那趕緊的，我正好餓了。」

於是一行人出了府，上馬車的上馬車，上馬的上馬。

秦汐本邀請傅熙華和自己共乘一輛馬車，可是傅熙華沒這麼不識趣，拒絕了。

秦汐上了馬車後，見蕭暻玹理所當然地跟著上馬車。

秦汐想到剛才的意外，有點嫌棄他。「你不是說要出城？」

「本郡王也餓了。」

此刻他難受得緊，聲音比平日沙啞了幾分，臉色更是一會兒紅、一會兒青，說完他便靠在馬車壁上，閉上眼睛。現在他已經難受得就算他想和她說話也沒有力氣了，他正在調動體內所有的內力來抵禦那癢感，才能讓自己看上去像平常一樣。

看來得再去找司空大師看看，他說的那虛無縹緲的緣法到底什麼時候才到。

秦汐見他似乎有點難受，想到表姊休夫的文書還得拜託他拿去衙門登記蓋章，便沒有再說什麼。

第四十五章

魚意樓就在長壽街，長壽街是上百年的老街道，整條街的鋪子都特別古老破舊，而且大多數都是打鐵鋪、打金鋪、糧鋪、磨坊、壽衣鋪、棺材鋪之類的鋪子。

突然有一間豪華氣派的酒樓屹立在這些鋪子裡，顯得異常突兀。

今天是集日，長壽街裡還是很熱鬧的。只是大街上來往的大多是衣著普通的老百姓，所有人路過魚意樓的時候，都忍不住多打量兩眼，甚至評價幾句。

「這酒樓蓋得好氣派啊！」

「氣派是氣派，就是和這長壽街有點格格不入，也不知道哪個人傻銀子多的會在這裡開一家酒樓。」

「可不是，這裡是舊街，那些大戶人家早就不來這邊了，這裡來往的都是一些窮苦百姓，看見這酒樓就不敢進去了，這酒樓開在這裡誰會進去吃？」

「不用說，在這條街開酒樓都是傻子，有銀子沒地方花的那種。」

秦汐一行人下車的時候，正好聽見了這些路過的百姓的對話。

傅文衡打量了一眼這翻新加建過後，氣派非凡的魚意樓。

說實在的，如果不是已經嚐過外甥女的海鮮，傅文衡這個生意場上的老手都覺得在這裡開一家如此高級的酒樓，簡直是銀子多得沒處花，才如此隨意胡鬧。

不過現在他已不這麼想，酒香不怕巷子深，他保證，這酒樓生意絕對差不了。難怪妹婿會將整條街的鋪子都買下來，甚至勸他在附近也買一些鋪子，以後這一帶絕對會旺起來。

不過他擔心秦汐聽了路人的話不高興，他一邊走進酒樓、一邊安慰道：「汐兒不用擔心，舅舅保證妳這酒樓絕對會火，要是這酒樓不火，整個天元國的酒樓都不會火了。」

傅熙傑點頭。「沒錯，那些海鮮太好吃了！開張那天我帶些同窗和朋友過來，等他們吃過之後絕對會回頭，甚至帶更多人來吃，只要一傳開，就會火起來了。」

傅文衡沒有說這些，畢竟他生意場上的朋友，秦庭韞也認識。

酒樓會不會火，這一點秦汐半點也不擔心，但是這是舅舅一家的好意，秦汐對著傅熙傑甜甜地笑道：「好啊！謝謝表哥，表哥的朋友我給他們打個七折。」

傅熙傑聞言立刻道：「不用，不用，七折太虧了，這麼好吃的海鮮，我帶他們來，已是便宜他們了，妳照常收費便行。」

秦汐開玩笑道：「那表哥你終身免費吃。」

傅熙傑面色驚恐。「表妹妳還想收我銀子？不行，我絕對不給的！」

秦汐笑了。

蕭暻玹看了她一眼。

春光下，少女的笑容比天上的太陽還要燦爛。她在傅熙傑面前是不是太愛笑了？

「什麼時候開張？」他問道。

秦汐回道：「大後天。」

大後天正好是皇祖父率領百官春耕的日子。蕭暻玹點頭，沒有再說什麼。

一行人走進了酒樓，剛坐下沒多久，秦庭韞夫妻便帶著晉王來了。

今日是酒樓試菜的大日子，秦庭韞夫妻定然會出現。

晉王是回城的時候正好遇見了秦庭韞，跟著過來的。看見蕭暻玹竟然也在，他瞪了他一眼。臭小子有好吃的，竟然也不叫上他！如果不是正好碰見秦老弟，他都不知道這長壽街開了間海鮮酒樓，以後吃海鮮可方便啦！

蕭暻玹身上難受得緊，並沒看自家父王。

各種各樣的菜式陸續端出來，秦汐招呼眾人。「大家別客氣，快嚐嚐！有什麼意見，儘管提。」

眾人也沒有客氣，拿起筷子便開始嚐了起來。

意見？沒有什麼意見，最大的意見是太好吃了，讓人停不下嘴。

蕭暻玹吃著吃著，竟然覺得身體沒那麼癢了，這可是泡藥浴半天都沒有的效果，他有點不敢相信。他忍不住看了身邊的女子一眼，這海鮮還能治病？

秦汐正在吃龍蝦肉，察覺到身邊人的視線，看向他。「怎麼了？味道不好？」

小姑娘肌膚勝雪，嬌嫩的小嘴因為吃東西，顯得水潤水潤的。

他忍不住伸手碰了碰她的嘴角。
秦汐身體一僵。「……幹麼？」
蕭暻玹面無表情地攤開手，露出掌心的一粒米飯。「這麼大個人，吃飯還沾米粒。」
秦汐低頭狐疑地看了自己面前的空碗一眼，她一口飯都沒吃過，怎麼會沾上米粒？
一共一百六十八道菜式，基本上每樣吃一口都夠飽了，因此秦汐根本沒要米飯。她懷疑蕭暻玹是故意捉弄她，可是又覺得他不會這麼無聊。
這時，傅熙傑將一隻剝了殼的竹節蝦放到她的碗裡。「表妹，妳愛吃蝦，這個蝦很鮮甜，妳試試。」
他剝了兩隻，一隻給了傅熙華，一隻給了秦汐。
秦汐笑著道謝。「謝謝表哥。」
只是一粒米粒，她也不糾結他是不是故意的，低頭吃起了蝦。
蕭暻玹不由看了傅熙傑一眼。
傅熙傑是傅家和秦家唯一的男孩，從小就習慣了照顧家裡的姊姊和秦汐這個嬌氣乖巧的表妹，因此將剝好的蝦分別給了兩姊妹後，他又挾了一隻蝦打算自己吃。
蕭暻玹見此動作迅速地挾起了一隻最大的，以比傅熙傑更快的速度，剝好殼，放到了秦汐的碗裡。
秦汐瞪著那隻蝦。這些海蝦有成年男子兩隻手指那麼大，吃上幾隻就飽了，她今天是來試菜的，連吃兩隻，後面的菜還要不要試了？

秦庭韞看見蕭暻玹竟然紆尊降貴地給自己女兒剝蝦，臉上的笑容都深了三分。是個知道疼媳婦的！

他輕輕碰了碰傅氏，示意她看看。傅氏也看見了，兩人相視一笑。

秦汐看見自己爹娘這般，也不好拒絕蕭暻玹剝的大蝦，只能默默地又吃了一隻大蝦。

接下來，蕭暻玹彷彿打通了任督二脈一般，殷勤地給秦汐布菜，尤其是她愛吃的蝦，她吃完一隻，他又剝一隻。

自己的王妃，當然是自己照顧。

蕭暻玹表示他要走傅熙傑要走的寵妹之路，讓傅熙傑無路可走。

秦汐看著碗裡堆成小山一般的食物，有點想將蕭暻玹一腳踹出去。

下次絕對不再請他吃東西，好氣哦！可是在爹娘面前他們必須裝恩愛，免得他們擔心，所以還是得吃。

只是秦汐的飯量本就不算大，實在是吃不下了。

最後吃剩半碗食物，她輕輕推到蕭暻玹面前，笑得甜蜜，亮晶晶的眸子裡滿是狡黠。

「郡王，我吃飽了，吃不下了，你可否幫我吃了？」

哼，看他下次還敢不敢！

蕭暻玹頓時會意自己做過頭了，他忘了女子的食量本就比較小。

蕭曝玹看了一眼身邊調皮的人兒，又看了一眼碗裡她吃剩的食物。

一直留意著自己女兒和蕭曝玹如何相處的秦庭韞和傅氏見此嚇了一跳。雖然這在夫妻間是常有的事，可是兩人才剛成親，感情還沒到這程度吧？再說曝郡王身分特殊，晉王又在，女兒將吃剩的食物給他吃，乃大不敬，恐怕會惹兩人不悅。

他忙道：「汐兒，吃不完給爹娘，爹娘還沒吃飽。」

傅熙傑也擔心秦汐會惹蕭曝玹生氣，畢竟蕭曝玹看上去太冷了，他也道：「表妹，給我吧！」

秦、傅兩家雖然富有，日子過得奢華鋪張，但是從不浪費，尤其是糧食。因此家裡的男人從小就肩負著媳婦、姊妹或者孩子吃不完、不愛吃的東西，他得幫忙吃完的重任。

「可以。」蕭曝玹拿起筷子低頭吃了起來。

眾人一下子都沒話了。

看見蕭曝玹竟然半點也不嫌棄，秦庭韞和傅氏再次相視一笑。

也只有真的喜歡自己的女兒，曝郡王才會這樣做吧？不然他完全可以拒絕。

這下，他們真的徹徹底底放心了。

而晉王是武將，根本不在乎這些，他和手底下的士兵共喝一碗酒都試過，吃媳婦的剩飯怎麼了？更何況，老四這個冰塊總算開竅了，他更是高興。

這一頓飯足足吃了一個多時辰。

而蕭暻玹此刻的身體雖然依然有些癢，卻沒有更加難受，甚至吃了她吃過的東西，也沒有再發作，他確定了，吃這些海鮮確實能夠緩解過敏。現在他身上的紅疹依然在，癢意也沒有徹底消失，但是基本在能夠忍受的範圍內，這對他來說可以說是天大的驚喜了。

試菜已經結束，一百六十八道菜，道道清盤，大家都吃得飽飽的。

吃飽喝足後，各人回府的回府，去忙正事的去忙正事。

蕭暻玹問秦汐。「妳是想回府，還是去郊外踏青？」

要是回府，他便先送她回府，他再去城郊看看。

傅熙傑聞言高興道：「踏青？郡王爺這個主意好！今天春光正好，姊姊，我們也去吧！踏青要多人才好玩。」正好帶姊姊去散散心。

蕭暻玹覺得傅熙傑很不識相。

誰邀請他了？他半點也不覺得踏青要多人才好玩。

秦汐也擔心傅熙華回家後會傷心，便點了點頭。「那一起吧！」

於是四個年輕人便一起去踏青了。

四人來到郊外，秦汐和傅熙華兩姊弟一起在草地上賽馬，蕭暻玹沒有參加，他騎著馬四處走走，看看皇田的麥子長勢，看看百姓們在田地勞作。

古話有言「穀雨前後，種瓜種豆」，穀雨前後正是農作物播種繁忙的時期。

田野裡，隨處可以看見百姓們勞作的身影。
幾輪比試下來，秦汐都贏了，傅熙華便不玩了，她見蕭暻玹在遠處和田裡的一位老人說了半天話，忍不住道：「沒想到暻郡王如此清冷的一個人，也能和百姓聊得來。不過他和那位老人家聊什麼啊？竟然能聊那麼久？」
秦汐搖了搖頭，她也不知道。「一會兒妳問問他不就知道了。」
這時，蕭暻玹已經和那位老人說完話，翻身上馬，朝三人的方向來了。
傅熙華哪裡敢啊？
剛剛蕭暻玹一個眼神看過來，傅熙華就想掉頭走了。
蕭暻玹很快便騎馬回到幾人身邊，他看向秦汐。「騎完了？」
秦汐點頭。「時候不早了，表姊和表哥他們要回府了。」
「暻郡王，告辭！」傅熙華和傅熙傑向蕭暻玹告辭。
蕭暻玹對著兩人點了點頭，然後他直接從馬背上，躍到了她的馬背上。
秦汐驚道：「你幹麼？」
他不是讓自己離他遠一點的嗎？今天是怎麼回事？
蕭暻玹握住馬韁，無形中便將她整個人圈在懷裡。「長平要將馬騎過去官道上套馬車，我們只能共騎一匹。」
剛剛他的馬給了她騎，他騎了拉車的馬四處視察。

「主子，王妃，屬下這就去套馬車。」長平機靈地翻身上馬，「駕」一聲便跑遠了。

哎，主子的套路越來越多了。

秦汐非常不習慣。「……我可以和我表姊共騎一匹。」

蕭暻玹看向傅熙華。

「駕！」傅熙華嚇得一甩馬鞭，馬兒瞬間便跑遠了。

傅熙傑話也沒說，直接跟上，秦汐想說點什麼都來不及。

黑色的駿馬在寬闊的草地上策馬奔騰。

秦汐身體僵硬地坐在馬背上，清冽的草木氣息將她整個人籠罩。

因為馬兒策馬奔騰時的慣性顛簸，她的身體無可避免的會撞到他結實的胸膛，也無可避免的會有一些摩擦，她似乎感受到了他的胸肌。

秦汐便想到他平日穿著一身錦袍，身形修長，清俊挺拔，寬肩窄腰的模樣。

這人的身材應該很好吧？就是不知道有幾塊腹肌？她喜歡有八塊腹肌的。

「在想什麼？」低沈磁性的男聲在耳邊響起，嚇了秦汐一跳。

「沒想什麼！」秦汐脫口而出。

蕭暻玹看了一眼她紅得像櫻桃一樣圓潤可愛的耳墜，勾唇。

「小心！」

話落，他強而有力的手臂環住了她的纖腰。

秦汐心一緊，下意識地抓住他環在自己腰間的手臂。

這時馬兒高高地躍起，在半空中一個跨越，輕輕鬆鬆地跨過草地和官道之間的那道大坎，穩穩地落在官道上，落地的衝力讓兩人的身體再次重重地撞在一起，她甚至感受到了他強而有力的心跳。

黑色的駿馬穩穩地落在官道上時，蕭暻玹若無其事地提醒。「妳可以鬆開我的手了。」

秦汐立刻縮手。

蕭暻玹也鬆開了環住她纖腰的手，掌心裡都是汗，他微微鬆開，讓迎面而來的春風吹乾，表面若無其事地繼續策馬前進。

好氣哦！如果不是知道他上輩子確確實實不近女色，知道他對異性避如蛇蠍，她都懷疑他圖謀不軌了！只是他現在難道不怕了嗎？

「停停停……我要坐馬車！」她才不要和他一起騎馬進城。

蕭暻玹若無其事地道：「長平做事磨磨蹭蹭，等他套好馬車，我們都進城了。」說完便加快了速度，往遠處巍峨的城門奔去。

風將蕭暻玹這句話送到了長平的耳朵。已經套好馬車的長平，立刻就將馬車卸了，再慢慢地從頭裝過。

石榴詫異道：「你為何又將馬車卸了？」

長平淡定道：「套錯了。」

石榴眼裡閃過一抹迷惘。有嗎？

兩人騎著馬一路進了城，兩人男的俊美，女的絕色，引來了大街上無數人注目。

而秦汐拗不過他，也從原來僵硬著身體，放鬆了下來。

她直接將他結實的胸膛當靠背，閉上眼睛裝睡，來個眼不見為淨。

不管了，怕異性的是他，又不是自己。還別說，挺舒服的！

馬兒經過一家成衣鋪的時候，正準備進去成衣鋪買衣服的幾名貴女聽見馬蹄聲，下意識地回頭看了一眼。

只見黑色的駿馬馱著一男一女經過，幾人一眼便認出了馬上的人兒。

許陌言看見兩人親密的共騎一匹馬的樣子。她臉色白了白，以前她曾經無數次幻想和他一起共騎一匹馬，策馬奔騰，去郊外踏青，去邊疆看日落，去東海看日出……

郭紫瑩一臉鄙視。「簡直傷風敗俗，不知羞恥！」沒想到暻郡王這般英明神武的人都會被美色迷惑。

何韻感嘆。「她都已經成為暻郡王妃了，怎麼還做得出這種傷風敗俗，不知羞恥的事？她就不怕失禮於人，辱沒了暻郡王妃的身分，讓皇家丟臉了？」

許陌言收回目光，語氣極輕。「這是看出身的吧？」

幾人聞言甚是認同。

郭紫瑩附和。「也對，聖賢書都沒讀基本，只懂看帳本的人，哪裡會知道什麼叫禮義廉恥？」

何韻譏諷。「有些人也就只能靠美色來迷住男人了，對朝廷一點貢獻都沒有。不像許姊姊，博學多才，識禮知書，竟然連軍艦都懂得造，太厲害了！」

朱倩驚訝道：「什麼軍艦？許姊姊造出了軍艦嗎？」

何韻得意道：「妳們不知道嗎？許姊姊設計出了一艘威風凜凜的軍艦，造船司的人都請她去指點過幾次了。那些工匠都對許姊姊讚不絕口，我爹還說皇上和晉王對那軍艦都期待很高。」

郭紫瑩也笑道：「我爹也說，這艘軍艦要是真的造出來，許姊姊的功勞甚大，說不定會被皇上封為郡主。」

二人的爹是工部的官員，造船司歸工部管，所以她們才知道。

朱倩一臉震驚。「許姊姊，妳也太厲害了吧！有什麼是許姊姊妳不懂的？」

「啊，許姊姊如此厲害，都讓我們無地自容了。」

許陌言嘴角微揚。「哪有什麼功勞，我也不是太懂的，只是書看得多，胡亂畫出來的罷了，都是造船司工匠們的功勞。」

造船司的人這段日子都沒有找過她了，是不是代表那艘軍艦快造出來了？

她忍不住有點期待。

「許姊姊太謙虛了，造船司的工匠都要請妳過去指點，還說不懂。」

「這次的功勞是跑不掉啦！楚王世子真的有福哦！」

「許姊姊一看就是個旺夫的，不像那些滿身銅臭的人，只會拉著男人去玩，色字頭上一把刀，以後那個什麼第一人怕要換人嘍！」

蕭暻玹被公認為皇孫中第一人，許陌言想到自己就是被蕭暻玹的驚才絕豔所吸引，這樣一個文武奇才，竟然也如此膚淺，被美色所迷，也不過如是！他配不上自己！

第四十六章

幾人一邊奉承著許陌言，一邊走進了成衣鋪。

過兩天是皇上帶著文武百官下地春耕，勸課農桑的大日子。往年女眷是不能參加的，今年皇后提出她也要參加，做好母儀天下的典範，因此今年女眷們都可以參加。今日幾人得到消息後，便相約一起出來買衣服，準備春耕的時候穿。

「哇，這套鵝黃色的裙子很漂亮，上面的桃花繡得正好。許姊姊妳平時喜歡穿黃色的衣裙，穿上一定很美。」

許陌言便看了過去，一眼就喜歡上了。

店鋪的掌櫃笑著將衣服拿到陽光下推銷。「姑娘們好眼光，這款裙子可是我們春款裡的鎮店之寶。這布料可是暗含金線的，您看，在陽光下是不是流光溢彩，美麗非凡，若是春天穿去郊外踏青，定然是最受矚目的存在。」

許陌言想到秦汐的美貌，也不想在那樣的日子被她比得黯然失色。「就要這一件。」

不僅是許陌言，其他幾人也想到了秦汐那美得人神共憤的容貌。剛剛她坐在馬背上，靠在睍郡王懷裡睡著的樣子也驚豔了一路的人。

皇上親耕是每年的盛事，所有龍子鳳孫、滿朝文武百官和一些有才學的子弟都會參加，還有許多百姓也都會跟著下地，那麼多人在，她們也不想自己的美貌被比下去。

正所謂佛靠金裝，人靠衣裝，必須要穿得美美的，因此幾人都挑最美、最耀眼奪目的衣裙，決定一定要在春耕裡，豔冠群芳。

蕭暻玹帶著秦汐一路騎馬回到了晉王府。馬剛停下來，秦汐便睜開了雙眼，然後直接翻身下馬，也不等他，大步往府中走去。

蕭暻玹看著她落荒而逃的身影，忍不住嘴角微揚。他翻身下馬，將馬交給了門房，便快步跟上。兩人一前一後的往瞻遠堂走去。

回到瞻遠堂，秦汐直接回自己的屋子，並且關上了門。

蕭暻玹看了一眼那緊閉的門。

嗯，總有一天他會打開它的。

長平不敢落後太多，畢竟回來還要伺候主子，因此兩人前腳剛走進瞻遠堂，後腳他便回來了。

長平一回來，正好看見自家主子被郡王妃拒之門外。「主子，需要泡浴嗎？」主子和郡王妃摟摟抱抱了一路，此刻一定難受得緊吧？

蕭暻玹淡漠著臉點了點頭，然後走回書房那邊。

「屬下這就去備湯藥。」

蕭暻玹腳步一頓。「不必。」

不必？長平問道：「主子剛才不是說要泡浴嗎？」

蕭暻玹就這麼冷冷地看著他。

長平心尖一抖，反應過來，忙道：「屬下這就去備。」

他真的太蠢了！全身過敏有什麼難受的？慾火焚身才是最難受的！

全身過敏對上慾火焚身，慾火焚身完勝。

不過主子今晚就該搬回正房裡住啊！這不是皆大歡喜嗎？還備什麼冷水？

蕭暻玹泡了一個冷水浴出來時，正好是晚膳的時間。他見玉桃提著一個食籃走過，心中一動，上前對玉桃伸出手。「本郡王送進去便行。」

玉桃避開了蕭暻玹的手，福了一福。「奴婢見過郡王爺，根據約法三章第五條，奴婢不敢！」

說完玉桃便提著食盒繞過蕭暻玹，往正房走去。

蕭暻玹握緊拳頭。

二十二年來，他第一次嚐到了搬石頭砸自己腳的滋味，見鬼的約法三章！

長平這時從外面走進來，道：「主子，醉香樓的花魁已經安頓好了。」

玉桃腳步一頓，回頭看了兩人一眼。花魁？安頓？

郡王爺竟然瞞著姑娘在外面養外室，而且還是青樓女子。呸！說什麼不近女色，表裡不一，人面獸心才對！太過分了！

玉桃氣勢洶洶地跑進去向秦汐告狀。

蕭暻玹偏頭看了一眼玉桃氣鼓鼓地消失在正房門前的身影，又冷冷地看向長平。

長平也知道自己一時不察說錯話了，都怪這院子是整個王府最安全的地方，回到這裡，他習慣什麼話都直說。他忙道：「屬下這就去向郡王妃解釋。」

說完長平立刻掉頭往正房走去。

解釋？蕭暻玹挑眉，冷聲道：「站住！」

長平立刻站定回頭看向自己主子，等著他吩咐。

蕭暻玹沒說話，直接繞過長平，走進了正房，對著屋裡坐在圓桌旁等著用膳的人兒道：「本郡王是來解釋花魁一事的。」

說完，他看了屋裡的丫鬟一眼。「妳們都退下吧！」

他還是不習慣屋裡有太多女人。

一刻鐘過後，秦汐看著坐在自己對面一邊用膳、一邊說話的某人，她懷疑，他是來蹭吃的。

她管他養不養花魁啊，他將整個京城的青樓都包了，也和自己無關。

蕭暻玹解釋了那個花魁有些作用，並非他養外室，然後又說起春耕的事，又問秦府莊子裡的水果為何種得這麼好，問東問西，一直拖到了夜都深了，秦汐都忍不住打了個呵欠，他才停了下來。

「本郡王回書房了。」蕭暻玹看著她，坐著不動。

秦汐睏倦地點了點頭。

「妳早點睡。」屁股像黏在凳子上一般。

秦汐話都懶得說，又點了點頭。

「明天妳要出門讓人告訴本郡王一聲，本郡王回書房了。」

「知道了！」秦汐不耐煩地揮了揮手，趕蚊子一般。

太聒噪了！想不到他竟然是這樣的人。

蕭暻玹只好默默地站起來，慢慢地走了出去。

總有一天他會搬回來的！

蕭暻玹離開後，秦汐躺回床上想到他說的春耕一事，突然就不睏了。

春耕，是一個機會，看來明日她得回秦府一趟。

轉眼便到了皇上率領滿朝文武百官親耕的日子。卯時初，整個京城便已燈火通明。家家戶戶都在為春耕準備，有人備農具種子，有人對鏡貼花黃。滿朝文武百官更是比平日上早朝還要早出門，天未亮便來到宮門外等候。

秦汐穿了一身簡便厚實，不容易割破和勾絲的素色衣裳，頭髮全部綰起來，梳了一個簡便結實的髮髻，只用一根玉簪固定住，整個人看上去清爽幹練，明豔動人。

其實，這是大多數天元國農婦下地時的打扮，可是她太美了，華衣絕美如天上的太陽耀眼，素衣清顏如皎潔的明月奪目。當秦汐出現在一群打扮得花枝招展的妯娌面前，眾人又被驚豔到了。

大家完全沒有看出她這樣的打扮很適合幹農活，大家只覺得她這樣的打扮很心機，很別出心裁，分外吸睛，引人注目，還以為她是故意這樣打扮的。

畢竟雖然說是跟著皇上一起去春耕，可是誰都沒想過需要真的下地種田，都以為只是去擺個樣子，鼓勵一下百姓，接受一下百姓的見禮，表現一把就行了。

世子妃笑道：「四弟妹長得美，真是穿什麼都美。」

林如玉見了忍不住咬牙，這個賤人就是會譁眾取寵，打扮得這麼與眾不同，想勾引誰呢？她笑道：「表姊這一身衣裳當真是別出心裁，很漂亮。難怪噪郡王那般護著表姊，要是我是男人，也會被表姊的美貌迷得昏頭轉向。」

何瑩瑩忍不住也酸了。「四弟妹，這就是妳說的隨便穿一套普通的衣服？」她是幾個妯娌中算是長得最平凡的，擔心和秦汐撞衫，特意問她穿什麼衣服，她說普通的粗布衣服，方便活動。這麼別出心裁還普通？

秦汐低頭看了一眼身上的衣服。「二嫂覺得我穿的是什麼？這就是普通的粗布衣裳啊！

幹農活不該是這麼穿嗎？」

幹農活？她真以為是去幹農活，還是只是在裝傻？她們是什麼身分，何須真的下地？

何瑩瑩笑著打量。「那一會兒四弟妹一定要好好地種上一、兩畝地，如此才不辜負妳的用心打扮。」

她細看一眼，發現還真的是粗布做的衣裳，只是，這一身粗布衣裳仍是被她穿出了高貴典雅之感。

何瑩瑩無話可說，真的是人長得美，穿塊爛布上身，也美得讓人妒忌。

「表姊說得對！表姊真是長得美美的，穿什麼都美，不像我們，就不敢和妳一樣打扮了。」林如玉笑得甜甜的，心中卻忍不住嗤笑，真是白癡，她也不想提醒她，等著她一會兒扛著鋤頭下地，鬧笑話。

晉王妃看了秦汐一眼，的確很美，也無不妥，便道：「好了，我們出發吧！」

晉王和王府的幾位爺兒們要負責皇上的安全，早就進宮了，女眷們由晉王妃帶領前去城門外等候皇上的御駕。

城門外，晉王妃帶著眾人出現的時候，基本上各大世家都來齊了。

眾人的視線第一時間便被打扮素雅的秦汐吸引了。

秦汐靜靜地站在晉王妃身後，什麼都沒做，但就是吸睛，沒辦法，生得太耀眼奪目了，氣場又強大。就像靜靜掛在藍天之上的太陽，無論走到哪裡，都是最光芒萬丈的存在，星星又豈能與太陽爭輝？

許陌言低頭看了一眼自己一身流光溢彩的華服，瞬間黯然失色。

她今天還早早起來化妝，但別人素衣清顏便已傾城，真是人比人、氣死人。

許夫人看了一眼女兒，低聲安慰道：「容顏易逝，智慧永存。娘說過妳無須在意這些，一會兒將妳改良的農具拿出來，得到皇上讚賞的是妳，受到百姓敬仰的是妳，最受矚目的也是妳。等那艘軍艦造出來，說不定名垂青史的也是妳。再說，我的女兒長得本就不差，真正的才貌雙全，豈是那些徒有其表的人能比的？」

她的女兒從小聰穎，最近被暻郡王傷了心，都變得不自信了，這可不是好事。

許陌言眼睛亮了一些，勾唇。「娘說得是！」

另一頭郭紫瑩抿嘴。「就她會譁眾取寵。這是春耕，穿得這麼漂亮，她以為是參加選秀嗎？」

何韻淡淡地掃了秦汐一眼。「商人奸詐狡猾，最有心機了，就只會靠一些標新立異的噱頭吸引人。」

朱倩哼一聲。「皇上最不喜愛出風頭的人，一會兒等著她惹皇上不喜吧！」

就在眾人或驚豔、或妒忌的時候，皇上的御駕出城了。

「皇上萬歲，萬歲，萬萬歲！」烏壓壓的，眾人跪了一地。

御駕並沒有停下來，皇上坐在裡面擺了擺手，示意眾人免禮，然後繼續前行。鳳輦後面是皇子皇孫們，再後面是百官，眾人站了起來，跟在百官後面走向皇田。

皇田就在城門外不遠處。

皇上這一次親耕辦得聲勢浩蕩，是以往沒有過的隆重盛大。浩浩蕩蕩的一群人走了一刻鐘左右便到了皇田的邊緣。

皇上從鳳輦上下來，大家便看見他並沒有穿龍袍，只穿了一身粗布衣裳，一副農夫的打扮，那些華衣錦袍的人心中頓時感到不妙。

皇上一下馬車看見打扮得花枝招展的女眷們，臉便沈了下去了。

旨意上明明說了，需親自下地耕種，給百姓做表率，她們一個、兩個穿得花枝招展，就像五顏六色的鸚鵡一樣是想幹啥？來唱歌嗎？

本來皇上打算讓眾人親自下地，能種多少、便種多少，也不計較誰種得多。

現在皇上不高興了，皇上不高興，眾人便有罪受。

「凡五穀者，民之所仰也，民安之要，首在足食。故食不可不務，地不可不力！務在四時，守在倉廩，積貯乃天下之大也……」

當禮官宣讀完一篇勸百姓和百官重視農事，注重積穀以備荒的開場白後，皇上大手一揮。「以夫妻為單位，每對夫妻負責一畝地，未成親的孩子可跟在父母身邊。先種完者，重重有賞！」

女眷們聽了都傻眼了。

何瑩瑩忍不住道：「以夫妻為單位，每對夫妻負責一畝地是何意？」

不會真要自己動手種吧？應該是有人幫忙，他們負責在邊上監督？

晉王妃倒是不慌，晉王能幹啊！而且她還有年長的庶子、庶女幫忙，便淡定地道：「就是已經成親的夫妻，兩夫妻負責一畝地，而且要親自種完。如果那夫妻已經有孩子，而且孩子未成親，孩子便可跟著爹娘一起負責一畝地。世子和世子妃帶著大郎他們負責一畝地；妳和老二帶著二郎負責一畝地；老三和老四兩夫妻各負責一畝地；老五和端儀他們跟著我和王爺便可，明白了嗎？」

夫妻為單位負責一畝地，而且要親自種完？他們不是到地裡擺個樣子，安慰一下勞苦的百姓就行了嗎？為何是親自動手負責一畝地？他們怎麼負責得起？

晉王府世子和世子妃的臉色白了，二爺和何瑩瑩臉色白了，三爺和林如玉臉色白了，四周的官家夫人和小姐們的臉色都白了。

原來拿鋤頭的不僅僅是秦汐，她們也要嗎？

一畝地，有多大？眾人看向已經除完草，只是還沒犁地，光禿禿，感覺像是一望無際的皇田。如果按田埂分，一塊就是一畝來說，就挺大的。一畝對他們來說已經是一望無際了。

大家還沒開始耕田，腳都軟了。

皇上和皇后一起走下了田地，並且點了太子、太子妃，還有大皇孫襄郡王夫妻伴駕。

這是隆恩，可也代表得幹得多，不然總不能都讓皇上幹吧？太子和襄郡王此刻半點也不想要這隆恩。

至於其他的夫妻負責哪畝地，這很好分，以皇上為首，按身分的尊貴等級分下去便是，眾人紛紛往自己所屬的皇田走去。

這一片皇田不適合種水稻，都是用來種豆類和瓜果的。

皇上也不敢帶著大家種水稻那些主糧，種豆、種瓜還行，有農官在邊上指點，出不了大錯。不至於以後會顆粒無收，飯都沒得吃。

蕭暻玹和秦汐一起來到了他們所屬的那畝田地上，黃土地上放著兩把鋤頭和一袋種子。

蕭暻玹脫下外面的錦袍露出裡面黑色的粗布短褐，一副農夫打扮。兩人站在一起，外人看起來，就像是一對和諧的小夫妻。

他將錦袍鋪在田埂上對秦汐道：「我來翻地，妳先在這裡坐著，一會兒播種的時候，我喊妳。」

她那麼嬌氣，未吃過半點苦，翻地這種粗重活，他就沒打算讓她幹。不然就她那雙嬌嫩得像初生兒般的小手，沒鋤幾下估計就起水疱了。

秦汐沒理會他的話，她打開布袋，看見裡面裝的是黃豆種子。「這一片地全部都是種黃豆嗎？」

蕭暻玹彎腰撿起地上的鋤頭搖頭。「不是，還有黑豆、紅豆、綠豆之類的。」

「我們可以不種黃豆，種些其他的嗎？」

蕭暻玹看了她一眼。「妳想種什麼？」

第四十七章

秦汐道：「玉米，馬鈴薯，棉花都是海外的物種。」

蕭暻玹沒聽說過這些物種，但她想種一定有理由。「為何？」

秦家不缺莊子和田地，他相信她在這個時候提出來，要在皇田裡種，定然有她必須要種的理由，估計這些作物一定大有用途。

秦汐正想說，眼角餘光看見隔壁那塊地的蕭暻桓和林如玉正看著他們，她便踮起腳尖，湊到他耳邊，用只有兩人能聽見的聲音，低聲說了兩句。

想偷聽？偏不給他們聽！

蕭暻桓看兩人親密，心裡不是滋味。

林如玉抿唇，有什麼了不起的，她以為皇上會讓她亂種東西？這可是皇田，不是她家後院，她想如何便如何。

獨屬於她的海洋氣息撲面而來，就像夏日的香氣，熾熱，迷人……輕輕地撩撥他的耳朵，蕭暻玹感覺到了自己的心跳——強而有力。

只是秦汐說完便迅速退開了，並且和他保持一臂之距。

她的話代表什麼，她相信蕭暻玹懂。

蕭暻玹按下失速的心跳，看了她一眼。「妳坐著等等。」

他丟下這話便大步往皇上所在的方向走過去。他才走開，一身颯爽軍裝打扮的邱露就走到了秦汐身邊。

邱露上下打量了秦汐一眼。

倒是個聰明的，知道穿些輕便的衣服。不過，就她這嬌滴滴的樣子，能幹麼？走在田地上也會摔倒吧！

她又看了一眼田埂上蕭暻玹的那件衣服。

就她這嬌氣的樣子，難怪暻郡王會拿自己的衣服給她做坐墊。

邱露道：「看暻郡王妃的衣著，就知道您是個懂農活的，郡王妃，不如我們比試翻地誰快如何？」

邱露是真看不慣秦汐這種矯揉造作的女子，也覺得她配不上蕭暻玹，既不能和暻郡王並肩作戰，甚至只會是他的累贅。

秦汐看了她一眼。「為何要比？」

「暻郡王不喜嬌滴滴的女子，若是郡王妃能贏了我，定然能讓暻郡王刮目相看。」

秦汐根本不在乎蕭暻玹的想法，可是她還是低下了頭，故作一臉羞答答地道：「我也想和邱姑娘比，可是怎麼辦呢，暻玹他不捨得我翻地，讓我坐在一邊等著便行。」

邱露一噎，險些被氣死。

「其實邱姑娘說錯了，我無須曝玹他再對我刮目相看了，因為現在曝玹他眼裡、心裡都只有我一個，這樣就夠了，不然怕我再優秀下去，他會愛我愛得不可自拔。」

邱露倒抽了一口氣。

愛她愛到不可自拔？簡直荒天下之大謬！曝郡王重情重義，娶她只是為了報恩罷了！她是不是太沒自知之明了。

秦汐看了不遠處的蕭曝玹一眼。

蕭曝玹剛走到了皇上身邊，正好也回頭看向她。

兩人的視線在空中相會。於是秦汐對他甜甜一笑，還揮了揮手，送了一個飛吻。

蕭曝玹疑惑了。

揮手是什麼意思？打招呼？

想到這丫頭超記仇，不理她，說不定她會一整天不理自己。於是他抬手揮了揮，飛吻的動作在他看來實在太蠢，他做不出來，便對她笑了笑，算是回應。

這一幕落在邱露眼裡，兩人就像心有靈犀一般。

秦汐收回視線，轉頭看向邱露笑了笑。「妳看，曝玹他時刻關注著我，怎麼捨得我和妳比試翻地？我的手會疼的。」

邱露黑著臉走開了。她從小在軍營裡長大，快被秦汐的矯揉造作噁心死了。

她走到邱家的那塊田地，腳一勾一踩，鋤頭柄便豎了起來，她拿起鋤頭，直接鋤了起來。

幾個起落間，一小片地便鋤出來了，英姿颯爽，威風凜凜，那俐落勁兒，半點也不輸常年勞作的百姓。那些連鋤頭都舉不起，或者將鋤頭鋤入土裡抽不出來的姑娘們看見了，簡直羨慕死了。

「邱姑娘太厲害了！」

「邱姑娘不愧是將軍，她揮鋤頭太有氣勢了，盡顯霸氣，感覺她鋤的不是地，而是千軍萬馬！」

「好想和邱姑娘一組！」

蕭暻玹見邱露走開了，才收回視線，和皇上說話。

「皇祖父，孫兒和汐兒負責的那塊地可否種一些其他作物？」

皇上看了秦汐的方向一眼，他見秦汐穿著一身粗布衣裳，很是滿意，還是汐丫頭懂事。

皇上還沒出聲，太子先出聲了。「暻玹，你們想種什麼？」

說完他藉機看向秦汐。美！太美了！原來村婦打扮也可以如此勾人。

蕭暻玹垂眸，眼底閃過一抹殺意，他側了側身體，乘機面向太子回話。

比太子高一個頭的他，成功擋住了太子的視線。「回太子，是玉米、馬鈴薯和棉花。」

被擋住視線的太子冷冷地看了他一眼。「哦？那是何物？孤為何未曾聽聞？」

皇上猜測道：「玉米，馬鈴薯，棉花？是海外之物？」

蕭暻玹並不打算將秦汐說的話說出來，畢竟這得種出來才知道是否是真的，他只道：

「嗯，汐兒說都是好東西。」

汐丫頭說是好東西，那一定是好東西。是不是能強身健體？

皇上立刻道：「種！必須種！有多少種子？分一些過來給朕，朕也種種。」

「孫兒這就去問問。」蕭暻玹拱手行了一禮後，便退下。

「朕跟你一起過去問問。」皇上立刻道。

太子眼睛一亮。「父皇，兒臣陪您一起過去。」

皇上一口拒絕。「不必，你翻地吧！抓緊時間，天黑幹不完，明日繼續。」

秦汐看見皇上跟著蕭暻玹一起走過來，她便對在馬路邊守著馬車的石榴揮了揮手。

石榴馬上會意，立刻將一大麻袋的糧種扛在肩上，又拿起幾件農具往秦汐走去。

不遠處，許府的家丁剛將一件農具搬到田野上，許夫人便看見皇上走向秦汐，她對許陌言道：「陌言，妳拿著這農具，去問問皇上是否可以用。」

她覺得最近女兒魔怔了，要是能夠在暻郡王和那個商戶女面前得到皇上的讚許，或許能夠找回昔日的自信。

「是！」許陌言接過她改良過的農具，往皇上所在的方向走去。

許陌言提著農具，匆匆地往皇上的方向走去，總算趕在皇上走到秦汐面前的時候，先和皇上說上話。

皇上剛想說話，便聽見了一聲呼喚。「皇上！」

皇上回頭。

許陌言福了一福。「皇上，臣女有事求皇上准許。」

皇上轉身看向她，一眼便看見她那一身鸚鵡服，眉頭不自覺地皺了皺，想到她是自己老師的孫女，眉頭才舒展開，語氣儘量溫和。「何事？」

許陌言不敢直視聖顏，自是沒有看出皇上一開始的不悅。她將手中的農具展示出來，恭敬地道：「回皇上，臣女帶了一件農具來，請皇上准許臣女使用。」

聽到是農具，皇上便來了點興趣。他知道許陌言聰明，算是一個小小的發明家，喜歡發明一些新奇的東西，連軍艦都研究出來了。

就是不知道她設計的軍艦和汐丫頭那艘，哪個更勝一籌？

皇上低頭看向她手中的那一把鋤頭和耙子。「這是妳發明的？」

許陌言聞言謙恭地道：「臣女愚昧，不敢當發明二字，這只是簡單將鋤頭和耙子結合在一起，改造了一下而已。如此在翻地時便可以切換自如，既方便攜帶又方便使用，省時省力。」

皇上忍不住又看了一眼她的裙子，難為她一個不下地勞作的人去琢磨這些。

「朕試試。」皇上拿了過來，先用鋤頭將地翻鬆，翻了幾下後，又轉了轉鋤頭柄，改用耙子將那些大塊的泥塊弄碎。

「哈哈，不錯，心思巧妙，還挺實用的。」

許陌言臉紅了紅。「皇上謬讚了。」

她知道這農具簡單，得不到什麼賞賜，主要是在皇上面前積累好感而已，大的功勞主要還是在軍艦上，說完她忍不住看向蕭暻玹和秦汐。

她笑著問秦汐。「暻郡王妃需要嗎？我那裡打製了好幾把這樣的農具，給妳一把？」

秦汐搖了搖頭。「謝了，不必。」

她海島的石屋裡放有不少現代的農具，要比這個實用，她已經讓石榴取過來了。

許陌言笑著看了蕭暻玹一眼，語帶羨慕地讚美道：「是我忘了，暻郡王疼愛郡王妃，不須郡王妃親自動手翻地。剛剛我也聽見了郡王妃和邱將軍的話了，暻郡王對郡王妃真好。」

這話就是在皇上面前給秦汐打小報告了。沒看見皇后此刻都拿著鋤頭在幹活？皇上是讓眾人出來給百姓做表率的，她不幹，就是違背聖意，皇上會不高興吧？

皇上卻笑了。「不錯，這才是男子漢大丈夫該有的模樣。」

今日出來春耕，當然是給百姓做表率的，但做相公的疼愛自己娘子，也是表率，原本他還擔心這塊冰塊對汐丫頭太冷了，幸好幸好。

許陌言對皇上的反應傻眼了。

皇上看向秦汐。「汐丫頭，那個海外的玉米和馬鈴薯是吃的吧？好吃嗎？朕今天可要嚐嚐。」

聽老大說這丫頭開了一間海鮮酒樓，前兩日他們還去試菜，就是沒有叫他！一百六十八道菜，他都沒試過一次吃那麼多品種的魚。

秦汐道：「是吃的，玉米和馬鈴薯是糧食，都可以做主食，侍弄得好，畝產可達千斤以上。」

秦汐是打算用這個為秦家謀功勞的，所以直接將產量說出來了。

畝產可達千斤的主糧？

皇上的眼皮跳了跳。

「棉花不可以吃，卻可做成棉布、棉衣、棉被等保暖的衣物，保暖效果極好。一般畝產四百至八百斤左右，若肥力和水分夠，土壤和氣候也適合亦可收成近千斤。」

皇上的眼皮又狠狠地跳了跳。

畝產四百，可近千斤的保暖農作物？有了畝產千斤的主糧，天元國的百姓還會餓肚子嗎？有了這畝產幾百斤的棉花，還怕有百姓會凍死嗎？有了這些高產作物，老百姓吃飽穿暖、豐衣足食的夢還遠嗎？

許陌言直接被這畝產千斤四個字震撼了，她脫口而出。「這怎麼可能？」

晉王武功高強，耳聰目明，哪怕隔了三畝地都聽見了，他直接施展輕功，飛了過來，激動地道：「畝產真可達千斤？」

他娘的！有了這畝產千斤的糧食，他還怕打仗時士兵沒有飽飯吃嗎？

秦汐篤定地點頭。「沒有一千，也有七、八百斤。」

玉米和馬鈴薯的產量本就高，她海島裡的種子有滿滿的靈氣，在海島裡的畝產可高達兩千多近三千斤，拿出來使用，保守起見打個四、五折也夠一千了。棉花的產量低一些，在海島內畝產也有一千五百斤以上。

「哈哈！好！哈哈！什麼糧種可以畝產千斤？快！快拿來給本王看看。」

晉王沒懷疑，他相信秦庭韞是個靠譜的，這一定是秦庭韞商隊帶回來的種子。

皇上也忍不住催促道：「汐丫頭，那些種子呢?!快！給朕看看，給大家看看。」

他要看看是什麼神仙種子，竟然畝產千斤，那些種子的產量估計她都往少裡說了。

皇上還是有點瞭解秦汐的，知道她沒有十足把握，不會說出這樣的話。畢竟誰也不敢拿這麼大一件事來糊弄他，這可是欺君之罪。

秦汐便看向正在大步走過來的石榴。

皇上和晉王循著她的視線看過去。

晉王施展輕功，飛了過去，奪過了石榴肩上的那一大袋糧種，又飛了回來，將麻袋放在皇上面前，迫不及待地拆開。

晉王聲音洪亮，他這麼大呼小叫的，而且皇上所在的地方，本就是全場注目的焦點，因此四周的人都聽見了，也都震驚了。

畝產千斤？

聽見的那些臣子紛紛跑過去，沒聽清的以為發生什麼事，也都跑過去。

也有一些被請來指點的百姓聽見了，一臉難以置信，激動得身體都抖了。

這是真的嗎？這一畝地就能種出一千斤糧食，也就是說每畝地可以多收六、七百斤糧，大家都有點不敢想像。

皇后聽了的第一反應就是不相信，但是這麼多人在，蕭暻玹和晉王都不是那種說大話的人。

皇后的心沈了下去，但她臉上不顯，反而露出一副驚喜激動的樣子，高興地對太子揮了揮手。「太子！走，我們去看看。」

清晨的陽光，灑滿了這片希望的土地。

陽光下，一隻手高高的舉起，一粒金黃色的小種子在指尖散發著瑩潤的光。

「玉米，玉米！哈哈，這名字取得真好！黃金有價，玉無價，這就是無價之寶！」皇上高興得大笑。

晉王拿起一顆比雞蛋小一點點的小馬鈴薯。「馬鈴薯，馬鈴薯……這名字起得真貼地氣！親切！」

畝產千斤呢！能不親切嗎？他叫它爹豆都行，別說馬鈴薯了。

哎喲，他大爺的，這馬鈴薯越看越可愛。

晉王決定下一個孫子出生，若是孫兒小名就叫馬鈴薯，孫女則叫玉米。

許陌言看著那金黃色的玉米種子和那圓滾滾的馬鈴薯種子，身體微微發抖。

「娘，我見過這些種子。」

許夫人心一緊。「在哪裡見過？」

要是女兒知道哪裡有賣，他們全都買回來，這功勞就有他們家一半，以後女兒嫁入楚王府地位就穩定了。

許陌言懊悔得不想說話。當初她去找造船師傅的時候，她遇過一個黃頭髮、藍眼睛的異族人向她推銷過這些種子，卻沒想過這些竟然是畝產千斤的糧食種子。

她聽不懂他的話，而且那些種子價格又高，她身上沒有帶那麼多銀子，所以便沒有買。

要是她知道這些是畝產千斤的糧食種子，哪怕一千兩她都會買。

許陌言此刻內心就像壓著一塊巨石一般難受，氣都不順了。發現畝產千斤的糧食，那是什麼功勞？那是解決了百姓溫飽的大功勞。這樣的功勞就算沒有名垂千古，也絕對會被一代人銘記。她感覺自己要氣暈了。

後悔的不僅僅是她，蕭暻桓也在後悔。本來沒有成功納秦汐為妾，他只是有一點點的悔意，現在他是悔青腸子了。

他看向林如玉，眼神赤裸裸地寫著，秦家有這麼厲害的高產糧種，她為什麼不說？林如玉搖了搖頭表示不知道。

她要是知道，早就讓他馬上寫奏摺告訴皇上，先占一分功勞啊！

現在二舅家的消息，她是半點也打聽不到，連秦家那些造船工匠是誰，她都未打聽到。

太子此刻心裡五味雜陳。

秦家怎麼在這個時候發現了畝產千斤的糧種？他上個月才收到了信，商隊大概在三月中出關，也就是說再過上半個月他就可以人財兩得。可是有了這畝產千斤的糧種貢獻出來，說秦家通敵叛國估計會有一些人跳出來為他們伸冤。

太子看了秦汐一眼，有些煩躁。他已經等得夠久了！

此刻皇上四周圍滿了人，大家的視線都落在皇上和晉王手中的種子上，各懷心思，有人歡喜，有人愁。

皇后高興地笑道：「皇上說得是，這真是無價之寶，咱們天元國老百姓的碗中寶貝！」

皇上聞言更高興了。「哈哈……皇后說得對！」這可不是老百姓的碗中寶嗎？

皇上欣賞完玉米種子後，便打算親自播種。

他要親手種出這些畝產千斤的糧食，讓他的子民吃飽穿暖，百姓們心裡最大的願望是吃飽穿暖，而他心裡最大的願望就是百姓們能夠吃飽穿暖。

皇上看見四周圍滿了人，他揮手驅趕。「好了，都散了。眾愛卿抓緊時間將地翻了，將豆子種了。」

皇上有命，眾人不敢不從，紛紛行禮散去。

太子沒走，向皇上道：「父皇，兒臣留下來學一下這新的糧種如何種。」

蕭暻玹冷冷地看他。「新糧播種這種事自有戶部的臣子們記錄，太子皇叔不如陪皇祖母回去一起親耕，以做表率。」

戶部尚書立刻道：「皇上，老臣來做紀錄，以便推廣。」

作為戶部尚書，掌管著天下的糧食，日日為國庫空虛而煩惱，一年四季都在籌備糧食，救南，救北，救東，救西，恨不得天元國的田地可以一分為二，恨不得水稻和小麥可以一年十熟，每個月都是豐收的好日子。

天知道他這戶部尚書當得有多難。沒錯，天知道了，給他送來了畝產千斤的糧食，還是來一雙。

皇上點頭。「太子你陪皇后回去，再好好地翻耕種。皇后年紀大了，就不要太辛苦了。」

太子還想說什麼，皇后悄悄地拉了拉他。「臣妾遵命。」

太子只能道：「兒臣遵命。」

第四十八章

待兩人離開後，皇上看向秦汐。「汐丫頭，這些種子還有多少？該如何種？」

「不急，先將地翻了。皇祖父放心，糧種我爹的商隊這次帶了不少回來，我今天每樣只帶了一畝的量，到時候皇祖父派人去運便是。」

皇上一聽更加高興了。「翻地！翻地！」

帶了不少回來，那下一年收穫後就有許多種子了。

晉王也想到這道理。「翻地！翻地！」

於是皇上、戶部尚書和晉王紛紛低頭找鋤頭翻地，幾人熱火朝天地幹了起來。

秦汐也拿起了鋤頭，蕭暻玹連忙握住了她的鋤頭柄。「妳去坐著。」

「不必！」秦汐輕輕鬆鬆地從他手中奪回鋤頭，然後便走到了晉王身邊開始翻地。鋤頭高高地舉起，深深地插入，一勾，一敲，一塊結實的泥塊便碎了，動作如行雲流水。這是她自己習慣的翻地方法，泥塊一次敲碎，回頭直接開溝播種便行。

晉王和皇上見了眼裡都閃過讚賞。

「汐丫頭，妳竟然還會翻地？」晉王驚訝道，甚至比他翻得都要好。

「嗯，這個不難。」

上輩子基地有菜園，戰友們會自己種菜吃，她也種過。

「汐丫頭，我們來比試。」晉王道。

「好啊！」秦汐應下。

「朕也來！」

蕭暻玹默默地來到秦汐身邊。

於是幾人便較勁上了，眾人只見他們幾人揮舞著鋤頭此起彼落，帶出了一連串的虛影，邱露看著秦汐的身影眼裡閃過驚訝。

暻郡王、晉王和皇上都是武功高強之人，翻地簡直易如反掌，可是秦汐竟然沒有落後，她也有武功在身？

秦汐每日在海島裡鍛鍊，又有海島的海鮮和水果加持，最近她已經恢復了前世的實力，翻地根本不在話下。

一畝地，四人很快就翻到盡頭了，只餘下戶部尚書一人還有一大半沒翻完。

戶部尚書都想擱鋤頭不幹了，不帶這樣欺負他一個文弱書生的。

一畝地用人力來翻地的話，就算幾人有武功在身，也會累。

尤其是年紀已經不小的皇上。

皇上直接坐在田埂上休息。「林愛卿，不急，朕先坐坐，等你。」

戶部尚書氣得鬍子一抖。下次不陪他去釣魚了。

皇上坐了下來，便開始觀察四周的人幹活幹得如何。

林如玉和蕭暻桓的地就在隔壁，皇上一抬頭就可以看見。

蕭暻桓不甘心被蕭暻玹比下去，因此他也是拚盡全力翻地，速度倒也不差。林如玉就不一樣了，她哪裡幹過這種粗活？

林如玉見皇上看過來，心中一慌，她也想學秦汐一樣，將鋤頭舞出影。只是她有這樣的心，卻沒有這樣的實力，她用盡全力將鋤頭高高地舉起，重重落下，整個鋤頭都沒入了黃土裡。她用力拉了拉鋤頭柄，翻不動；她又使勁拉了拉，還是不動。察覺到皇上的視線一直落在自己身上，她急得一咬牙，使出了吃奶的力氣一拉，鋤頭一鬆，她整個人跌坐在地上。

「啊！」一聲尖叫，響徹雲霄。

尖叫完，林如玉才反應過來皇上還在看，嚇得她一個激靈，忙從地上爬了起來。可是，因為她穿的是修身直筒裙，裙襬不大，走路都邁不開的那種，雙腳難以活動，爬了半天都爬不起來，急得她都快哭了。

好蠢！皇上默默地移開了視線。

蕭暻桓看見林如玉這蠢樣，臉都黑了，迅速跑過去，將她扶起。

簡直成事不足、敗事有餘，這次真的是在皇祖父面前丟臉丟大了。

皇上開始打量四周的人。

有人拿著鋤頭，鋤啊鋤，就是鋤不進去，像在給地撓癢。有姑娘捏著蘭花指拿鋤頭，一臉蒼白的擦汗，她面前的田地一下都沒翻過，流什麼汗？有人穿了落地的裙子，裙襬拖在黃土地上髒兮兮的，她站在那裡提著裙襬不知所措。

有人大呼小叫的。「我的紅寶石戒指呢？我的紅寶石戒指不見了！」

簡直不堪入目！皇上表示沒眼看，只是他也沒有讓大家走。

不吃點勞作的苦，不知道粒粒皆辛苦，都給朕使勁地幹！

朱門酒肉臭，路有凍死骨，皇上最近出宮多了，發現了許多問題。這些靠著老百姓上繳的賦稅供養的權貴和家眷，一邊過著養尊處優的日子，一邊鄙視、輕蔑、打壓百姓。

走在大街上，有普通百姓不小心衝撞了他們，或者靠近他們，他們身邊的家丁或者丫鬟就會對那些百姓大聲呵斥，甚至用言語極盡羞辱和威脅，更有甚者逼得老百姓跪地磕頭才放過他們。

簡直放肆！

皇上又從今日大家花枝招展的打扮，知道她們出來不是想著春耕，想著勸課農桑，她們出來是為了在百姓面前，彰顯她們尊貴身分的。

都是人，誰比誰高貴？所以，都幹活吧！太陽不下山，誰都不許走！必須將一畝地種完，今天種不完就明天，明天種不完便後天。

陽光從和煦變得猛烈，不知不覺午時到了。

秦汐和皇上幾人總算將玉米和棉花種子都種完了，一共種了二畝。玉米種了一畝直接等它長大就行。棉花要育苗，等秧苗大了再分株繁殖。另外馬鈴薯需要切塊育芽，發芽後才能種，這些皇上找人來按秦汐教的法子切割了。

這次主要的勞動力是蕭暻玹和晉王，武功在身的兩人後來改用犁犁田，簡直比牛還快。雖然皇上後來只是負責播種和切馬鈴薯，但皇上和戶部尚書因為年紀大了，忙了一個早上，兩個人都感覺又累又餓。

皇上這才善心大發。「傳令下去，休息半個時辰，吃完午膳再繼續。」

這消息一傳達，所有人都如蒙大赦，但是想到休息半個時辰還要再繼續，又覺得天都要塌了。

不過很快那些夫人就沒時間想其他了。因為她們的衣裳髒了，頭髮亂了，妝容花了，珠釵掉了，簡直就是人模鬼樣。

大家紛紛跑去家裡的馬車裡整理儀容，並且叫家裡的下人趕緊回府取一套衣服來換，於是皇上便看見一群人匆匆地往官道上跑去，幹活的時候可不見他們如此精神抖擻。

皇上頓時氣笑。很好，證明力氣多得是，那便多耕一畝吧！

午飯，皇上是讓人準備的，大鍋飯配酸菜燉白肉，一飯一菜，一人一碗。大家看見這一大鍋酸菜白肉，臉色都變成了酸菜的顏色。可是連皇上都是這麼吃，大家心裡就算有什麼想法，都不敢表現出來。

皇上有意讓太子多接觸一下最底層的老百姓，體會他們的艱辛，便帶著太子、晉王、楚王、襄郡王、蕭暻玹等人去和老百姓一起吃飯。

其他人，除了一些身體尊貴的命婦有資格坐在桌旁吃，其他人都是坐在田埂上吃。

晉王府只有晉王妃有資格坐在桌子上吃。

秦汐和幾個妯娌都是坐田埂上。

世子妃、何瑩瑩和林如玉她們三人此刻捧著飯碗的手都是抖的。

林如玉看了秦汐一眼，不明白她什麼時候連翻地都會，她笑道：「表姊妳太厲害了！我怎麼不知道妳會翻地？」

「我怎麼知道妳為何不知道？」

林如玉被噎得無法回話。

何瑩瑩今天最慘，她手心起了好幾個水疱，最重要的是她最貴的一套衣裳毀了，還掉了一塊價值五十兩的玉珮，找了半天都找不到。

她爹是御史臺大夫，兩袖清風，相比其他權貴，家裡簡直可說是清貧。她嫁入晉王府，嫁妝也沒有多少，因此掉了五十兩的玉珮，她簡直心疼極了。

聽見林如玉的話，她覺得秦汐一定是早就知道要親自下地，所以才會穿得幹練、俐落，方便幹農活。

她忍不住陰陽怪氣地道：「四弟妹是沒有將我們當一家人嗎？」

秦汐詫異地看了她一眼。「二嫂此話何意？」

「四弟妹早知道今天要下地，所以才會打扮得如此幹練清爽，對不對？」

秦汐點頭。春耕難道不用下地，是用意念去種嗎？

「大家都是一家人，昨日我去問四弟妹今天穿什麼，妳怎麼不說今天要下地耕種一事？四弟妹昨日要是告訴我們，我們就會有所準備，不至於如此狼狽；可四弟妹妳卻不說，現在看著我們如此狼狽，很高興吧？」

林如玉看見何瑩瑩和秦汐吵起來，心裡高興，她也有點怪秦汐竟然不提醒一下，但她還想從秦汐身上得到一點好處，便一副護著秦汐的樣子道：「二嫂，妳別生氣，我表姊向來心善，她若是知道不會不說的，興許是忘了，絕不會故意不說。」

興許是忘了，這五個字立刻起到了火上澆油的作用。

何瑩瑩嗤了一聲，一臉怒氣。「忘了？我看她就是故意的！這麼大的事如何會忘？皇上對她另眼相看，甚是親近，一定是提前告訴了她要親自下地，她才會作農婦打扮。咱們都是一家人啊！她竟然看著我們都穿錯了衣服而不提醒，真是好陰毒！她這是故意拿我們來烘托她的高尚呢！」

秦汐覺得她簡直太可笑。「本郡王妃需要妳烘托嗎？妳是比本郡王妃尊貴，還是比本郡王妃貌美，或是比本郡王妃富有？烘托？妳還不配！」

秦汐用眼神上下打量了她一眼。「自己蠢到將春耕當春遊，還怪別人，是誰給妳的勇氣在本郡王妃面前叫囂？」

何瑩瑩被秦汐這輕蔑的眼神和一副高高在上的姿態刺激到了，臉色一陣青、一陣白。「不就是一個商戶女，妳最高貴了?!」

「本郡王的郡王妃，當然高貴，本郡王竟不知本郡王高貴的郡王妃竟然可以被人隨意羞辱。」

「朕親封的郡王妃不高貴，誰高貴？」

皇上已經吃完飯了，他本是來找秦汐去秦府運糧種的，沒想到正好聽見這些話。

二爺被自己這個蠢到什麼都敢說的婆娘嚇得臉色發白，怒吼。「閉嘴！」

何瑩瑩嚇了一跳，回頭一看差點沒暈過去。

皇上、晉王、暻郡王、世子、二爺、三爺和五爺一個個黑著臉站在她身後，凶神惡煞地看著她。

她雙腳一軟，直接跪了下來。「臣媳參見皇上，皇上吉祥。」

秦汐、世子妃和林如玉也都跪了下來。「臣媳參見皇上，皇上吉祥。」

蕭暻玹上前扶起了秦汐，拉住了她的小手，站在她身邊，一副守護的姿態。「下次有人敢以下犯上，妳直接掌嘴便是，何須多言。懂？」

何瑩瑩聞言委屈得不敢抬頭。

而世子妃看了蕭暻玹一眼，沒想到暻郡王這麼冰冷的一個人卻如此護妻，她轉頭看了一眼晉王世子，心中微澀。

也不知道上前扶起她，或者說不敢，不敢在皇上面前放肆……嘆了口氣，幸好暻郡王有本事，已經封郡王，不然晉王府的爵位怎麼會落在自己相公身上？

皇上瞪了秦汐一眼不滿地道：「妳這丫頭，朕和妳是一家人，羞辱妳就是羞辱朕，妳為何不告訴朕？」

何瑩瑩心中有氣，卻只能繼續盯著地面瞧。

這一個、兩個的夠了吧？蕭暻玹就算了，秦汐和皇上是一家人，她就不是嗎？

皇上看向何瑩瑩道：「朕告訴了天下人，朕要春耕，妳不知？」

何瑩瑩一個激靈，抬頭對上皇上威嚴的視線，嚇得瑟瑟發抖，忙低頭認錯。「臣媳不敢！臣媳知錯了！」

中午的陽光暖洋洋的，她卻覺得渾身冰冷，冷汗直冒。

「哦，妳知道什麼？」皇上對今日大家一副打扮得漂漂亮亮來春遊的樣子，本就存了一肚子氣。

是因為秦汐拿出了的畝產千斤的糧種，他的心情才好了起來，也懶得和大家計較。沒想到竟然有人自己穿錯了衣服，失了儀態，丟了臉，還怪到穿對衣服的汐丫頭身上？這真的是撞在槍口上了。

皇上決定好好地教訓一下她們，以儆效尤，滅滅她們自以為身分高貴，誰都比不上的威風。

「臣媳……臣媳知道皇上要率領百官和命婦春耕，勸課農桑。」她知道皇上要帶著大家春耕，她只是不知道她們也要親自下地耕種，那都是下等的平民百姓幹的活計啊！她們都是貴女，她怎麼知道她們也需要下地？其他人不也和自己一樣理解嗎？皇上為何抓住自己不放？一定要當著滿朝文武百官和命婦面前如此羞辱自己嗎？

何瑩瑩委屈得眼睛都忍不住紅了，她跪在那裡，低著頭。

「既然知道朕要春耕，朕都得親自下地耕種，妳為何覺得妳不用親自下地？是覺得自己身分特別尊貴？」

雖然確實是，但何瑩瑩哪裡敢認。「皇上饒命！臣媳不敢！臣媳知錯了！」

何瑩瑩想死的心都有了。

四周的命婦和貴女快嚇死了，畢竟她們也是和何瑩瑩一樣。

皇上發作何瑩瑩，何嘗不是發作她們？

皇上冷冷地看了她一眼，又看向四周連大氣也不敢喘的眾人，擲地有聲。「朕和暻郡王妃是一家人，侮辱她就是侮辱朕，朕和天元國每一個百姓都是一家人，不論平民還是商人，侮辱他們任何一個，就是羞辱朕！」

有老百姓聽了這話，忍不住抹淚，忙跪了下來。「謝皇上。」

皇后在看見皇上時，便立刻趕過來了，她福了一福，恭敬地道：「皇上愛民如子，實乃天元國百姓之福，臣妾一定謹遵聖意，愛民如子。先天下之憂而憂，後天下之樂而樂，當好國母之職。皇上萬歲！」

其他大臣和命婦也紛紛表態。「臣等謹遵皇上、皇后教誨，先天下之憂而憂，後天下之樂而樂，當好臣子的本分。」

皇上不喜歡這些虛的，嘴上說得再好聽，不做，都是沒用的，他更喜歡實幹的人。

皇上看著何瑩瑩。「妳可知錯?!」

何瑩瑩道：「臣媳知錯。」

皇上點頭。「很好，知錯能改，善莫大焉。但口說無憑，朕要看見妳的誠意。春耕這段期間，妳好好幫老百姓翻翻地、除除草，以後莫再犯，朕便不怪罪。」

何瑩瑩一聽臉上半點血色都沒有了。「……謝皇上隆恩。」

她更想喊的是皇上饒命！

皇上又看向眾人。眾人明白了，他們也需要幫老百姓翻地、除草。

這一刻，眾人都忍不住怪起了何瑩瑩。

她是不是有病？她是什麼身分竟然敢羞辱景郡王妃，天子一怒，哀號遍野。

於是接下來的日子，京郊外的田野，到處可以看見命婦和貴女們幫附近的老百姓翻地的身影。

第四十九章

皇上懲罰了眾人，心裡總算舒服了。他對秦汐道：「汐丫頭，妳那裡有多少玉米、馬鈴薯和棉花的種子？夠種完這一百畝地嗎？」

秦汐點頭。「夠！」

海島每天都可以收成，她已經存了許多種子，而且昨日她特意回府一趟，從挖好的隧道裡偷偷去了城郊的大馬車行，將玉米、馬鈴薯和棉花的種子都存放到糧倉裡。她在晉王府不方便出府，因此秦汐和自己的爹交代了海島的事，有他幫忙善後，絕對無人能查出這些糧種是來歷不明。

皇上決定賭一把，秦汐有多少糧種，他便種多少地。

他等不及一年後來臨，看看它們是否真的畝產千斤。

「走，帶朕去運糧種。」

皇上交代太子做好表率，讓他叮囑大家盡快將地翻好空出來，不用種之前準備的黃豆、綠豆之類的種子，他要種玉米、馬鈴薯和棉花，種完後才種其他。

然後皇上便帶著戶部尚書、晉王、蕭暻玹和秦汐一起，在眾人羨慕目光下離開了。

皇上帶上戶部尚書，是為了記錄好糧種的數量；晉王和蕭暻玹則是皇上安排他們二人去調動兵馬運糧種。

太子心裡不高興皇上不帶上他，而是讓他繼續在這裡受苦受累，於是在皇上離開一刻鐘後，心裡有怨氣的他實在受不了了。

他對皇后道：「母后，兒臣去視察一下民情。」

皇后太瞭解自己這個兒子了。

視察民情是假，偷懶才是真的。她本來不想同意的，畢竟剛剛皇上發怒了，而且剛剛暻郡王妃竟然拿出了畝產千斤的糧種，若這些糧種真的畝產千斤，這是天大的功績和功勞，晉王在百姓心中的威望只會更高。

可是皇后看見太子累得臉色發白，便拒絕不了。

當然，她心裡本就對皇上一定要眾人親自下地這事不以為然。

他們是什麼身分？就算是勸課農桑，只要下地意思意思一下，讓百姓看見就行，何須真的做完？

皇后叮囑道：「視察民情可以，可別忘了一會兒得回來護送皇上回宮。」言下之意就是視察民情可以，不能回宮、不能回城躲在酒樓、茶館裡，不然皇上回來沒看見你，就壞事了。

太子敷衍地點頭應下。

他心裡那股煩躁又冒出來了，他都是做祖父的人了，可是還得被父皇、母后管著。這世上大概沒有哪個太子像他一樣活得如此憋屈吧！

太子行了一禮後，便迫不及待地離開了。因為擔心皇上突然回來，也不敢走遠，太子便打算騎著馬在皇田附近的村子四處走走。

正是一年春耕時，田間到處都是埋頭耕種的身影。

太子的目光都是落在那些年輕的、纖細的倩影身上。

剛剛秦汐那素衣清顏的模樣一直在他腦海裡縈繞，撩得他身上一股火無處發洩；但是田野裡，那些年輕的倩影背影看著好看，待看清楚長相後，太子便覺得倒胃口。

這些農女或者農婦長得也太黑了吧？真醜！和宮裡的宮女都無法比，更不要說秦汐了。

太子走了一大圈，都沒有看見一個秀色可餐的，他便失去了興趣，打算四處繞一圈便回去。

太子騎著馬路過某處山腳的時候，一個窈窕玲瓏的身影提著一籃子野菜從山上下來。

年輕的女子看見騎馬經過的人長相儒雅貴氣，閱人無數的她，一看就知道對方非富即貴，職業病使然，她下意識地淺淺一笑，拋了個媚眼，然後若無其事地往前走。

就是這一眼，太子整個人都被勾住了。

美，真美！行走間姿態婀娜，風情萬種，勾得太子那股子邪火更勝了。

傍晚的時候，太子回到皇田，整個人一臉饜足，腰和腿都是軟的。

他心虛地看了一眼四周，尋過皇上的身影，然後又向手下打探皇上有沒有回來過，聽說沒有，只派了林公公來傳話，讓大家做到酉時二刻便可回府。

太子一聽，放心了。

酉時二刻，這不是快到了嗎？

於是太子腳走虛浮的四處巡視大家的勞作成果，在眾人面前混了個在場證據。

酉時二刻到了，在田野裡待了一整天，皇后整個人累得不行，沒有看出太子的異常，她下令道：「傳令下去，今天就忙到這裡，讓大家都各自回府，擺駕回宮。」

皇后身邊的太監應了一聲，通知下去。

勞作了一天，所有人都累得不行，也沒有人有精力去關注太子，不知道太子什麼時候離開的，也不知道太子什麼時候回來的，大家只想趕緊回府沐浴更衣，吃飯睡覺。

這一群養尊處優的貴人們，不論男女，個個都累得被下人們攙扶著才能走上官道，上馬車回家，哪有人還有力氣去關注太子如何。

太子只覺得這一天春耕收穫不少，明日繼續。

皇上去了秦府的糧倉，看完那些糧種後，又和秦庭韞說了半天的話，最後在魚意樓嚐遍了一百六十八道菜才回宮。

回到宮裡，因為吃了魚意樓的海鮮，半點也不覺得累，精神抖擻的皇上，便傳了太子到書房問話。

太子腳步虛浮的走進了御書房，皇上見了便以為他是累的，甚是滿意，連臉色都溫和了不少。「今日春耕，太子有何感想？是否覺得有收穫？」

太子一本正經地道：「回父皇，兒臣體會到耕作不易，兒臣打算接下來的日子，天天到地裡勞作，與民同甘共苦，一直到春耕結束。」

皇上沒想到太子竟然有此等覺悟，看來的確是收穫良多。

皇上越發地和顏悅色了，然後他又問了一些其他問題，見他答得頭頭是道，聽他說大家離開的時候都要靠下人扶著才走得動。

皇上更是覺得太子腳步虛浮，也是耕作累的，他甚是滿意。「好了，退下吧！今晚早點歇息。」

明日他再找個臣子問問太子在田裡是否勤快。

夜涼如水，新月如鈎。

蕭暻玹沐浴過後，身上隨意地披了一件中衣便走了出來，行走間，八塊腹肌性感至極，只是身體的肌膚明顯可見一粒粒紅疹。

長平問：「主子，您現在是不用泡藥浴了嗎？」

「嗯。」蕭暻玹應了一聲。「何事？」

長平立刻道：「太子遇到紫月姑娘了。」

紫月姑娘就是醉香樓的花魁。蕭暻玹安排人以報她父親恩情之名給她贖了身，並且送了一處皇田附近的農家小院給她。

他做的也就僅此而已，其他什麼都沒做，能不能成看人性。可人性，最是禁不起誘惑和考驗的。一個好色成性，一個存了攀附權貴、飛上枝頭變鳳凰的心，自然一拍即合。

蕭暻玹點頭。「知道了，此事無須再關注。」

「是！」長平應了一聲。

的確無須再關注了，太子身邊有武功高強的暗衛。人在河邊走，哪有不濕鞋的道理？不過不再關注，如何有後續？

長平之前懷疑主子是想找個花魁來以毒攻毒，將自己的病治好，到了今天他才明白那花魁是給太子準備的。

太子那個老不死太無恥，竟然連姪子的媳婦都敢覬覦。

不過主子給太子準備了一個花魁，卻什麼都沒有和那花魁提過，甚至還是以報那花魁爹的恩情名義幫她贖身，只是為了轉移太子覬覦郡王妃的注意力嗎？

長平隱隱覺得主子沒有那麼仁善，可是主子卻沒有下一步動作。

長平想不明白，但主子做事計深遠，也不是他能夠想到的。

他現在唯一能幫主子的就是，讓主子盡快搬回正房。

長平的視線忍不住落在蕭暻玹的胸膛上。主子現在身上起紅疹都可以不泡藥浴了，想來是郡王妃那些海鮮和果子的功勞。

長平想到了之前郡王妃送的那包藥材。

蕭暻玹見他站著半天也不走，還盯著自己的身體看，他迅速將衣服拉攏好，冷聲道：「還有何事？」

看來得給他找個媳婦了，免得他被自己的美色迷惑了，以後看不上女子。

長平道：「主子，之前郡王妃不是給了您一包治療過敏的藥材？」

蕭暻玹心中一動。「你沒丟？」

長平點頭。「屬下這就去將那包藥材煎成藥湯給主子泡浴？主子吃了郡王妃的海鮮和水果，都不用泡澡了，要是用郡王妃開的藥方泡澡，說不定病就直接好了，那樣主子不就可以搬回正房？」

蕭暻玹道：「去帳房領一百兩。」

長平咧嘴高興道：「謝主子賞賜，屬下這就去安排。」總算不是去洗馬廄了。

長平覺得自己找到了致富的法寶，他一定能在致富的道路上越走越遠的。

熬藥湯需要一定的時間，長平出去後，蕭暻玹透過窗戶看向正房的方向，又看了一眼身上的紅疹。

想到今天中午，拉她的小手時，摸到了她嬌嫩的掌心起了小水疱。從小到大被爹娘捧在掌心裡疼愛，養得嬌氣，怕疼、怕苦、怕累的人，今日卻是舉起鋤頭翻了那麼多地。

蕭暻玹立刻站了起來，披上外袍，走去博古架，在第二層打開了一個精緻的木匣子，拿出裡面一個小玉瓶，走了出去。

蕭暻玹來到正房的門外，裡面的燈突然滅了，隨後玉桃從屋裡出來，看見他福了一福。

「暻郡王有事嗎？」

蕭暻玹看了屋裡一眼。「郡王妃歇下了？」

玉桃點頭。「回郡王，若是沒事郡王妃每晚都是戌時中便歇下。她已經睡著了，郡王有何事可以告訴奴婢，奴婢明日再轉告郡王妃。」

一副不允許蕭暻玹進去打擾秦汐的姿態。

蕭暻玹感受不到屋裡半點氣息，便以為秦汐又在屋裡練龜息蝦蟆功，而且是沒穿衣服那種。本來想親自給她的手上藥的，如此便不好打擾了。

蕭暻玹道：「既然她已歇下，本王明日再與她說便是。她的手起水疱了，這藥妳給她上了吧！」

蕭暻玹將玉瓶放到了花壇邊上，便離開了。

玉桃眨了眨眼。

她為何覺得暻郡王的背影很失望？一定是看錯了。

玉桃沒有進去打擾秦汐，因為姑娘說過，若沒什麼大事，她睡了都不能進去打擾她，況且姑娘手上的水疱已經上藥了。
而秦汐在玉桃出去後，便進了海島游泳鍛鍊了，若是蕭暻玹直接進去，的確會再次看見她又在練「龜息蝦蟆功」。

太子剛離開御書房，又被皇后的人請去了坤寧宮。
忙了一天，又耗盡了精力的太子心底再次湧起一股不耐煩。
要是他現在已經是皇上，何須被呼來喚去？他只需要抱著某個宮妃美美的睡上一覺便行了。
皇后知道皇上傳喚了太子，便問道：「你父皇傳喚你過去說了什麼？」
「父皇詢問兒臣今日有何收穫。」
「太子如何說的？」
太子心底更加不耐煩了，每次都這樣問，彷彿他是孩子。他耐著性子道：「兒臣說收穫頗多，決定明日繼續去春耕，與百姓同甘共苦，父皇聽了很滿意。」
皇后笑了。「這次你做得好，難得你有這份心！你父皇最喜歡愛民如子的人。」
太子抿唇，要是他坐上了皇位，他也會愛民如子，他現在不是還沒坐上皇位嗎？
皇后又道：「暻郡王妃這次拿出了畝產千斤的糧種，一年後，若那些玉米、馬鈴薯和棉花真的畝產千斤，晉王和蕭暻玹在百姓心中的聲望只會更高。這次春耕你一定要好好的表現，讓百姓看見你付出，在他們、在你父皇心中，種下你是愛民如子的形象。」

太子聞言便想到了秦汐穿著布衣都傾國傾城的模樣。「若是父皇沒有偏心，將秦氏許配給孤……」

在皇后淩厲的目光下，太子硬生生地改口。「或者給皇兒做妾室，這些功勞都會是我們的，秦家的富貴也是我們的，如此還有皇兄什麼事？」

還有她也是他的！紫月雖然漂亮，夠妖夠媚，可是也比不上她。而且她竟然是青樓出身的，平日出去玩玩就行，若是帶她進宮，不須父皇同意，太子自己都嫌棄。

皇后嘆了口氣。「誰會想到一個秦家竟然有這般能耐。」要是知道，她直接就將秦氏給自己的孫子做妾了。

「邊疆那邊動手了沒？」

既然秦家立下的那些功勞沒他們什麼事，那秦家的富貴，絕對就要落入他們手中。如此，秦家之前立下的功勞，也就是廢了。

提起這個太子便精神了。「這兩天應該就會有消息傳回來了，只是秦家現在立下了大功，誣衊他們通敵叛國，父皇不會相信吧？」

皇后轉動了一下手中的金鑲翡翠玉鐲。「通敵叛國是大罪，寧可殺錯也不可放過。再說罪證確鑿，不怕你父皇不信。」最重要的是，皇上到時候會病倒，根本沒有精力去理會秦家到底是不是真的通敵叛國。

當然這話，皇后沒有和太子說。

皇后在太子離開後，對身邊的嬤嬤道：「參茶備好了嗎？」

「回皇后娘娘，備好了。」

皇后道：「皇上勞累了一天，晚上還要批閱奏摺，屬實辛苦。這參茶寧神安眠，給皇上送去吧！」

「是！」皇后身邊的老嬤嬤應了一聲。

參茶很快便送到了御書房，皇上正在批閱今天的奏摺，林公公便將參茶送到了皇上面前。「皇上，皇后娘娘讓人給您送了一杯參茶。」

「嗯。」皇上應了聲接了過來。

幾十年的老夫妻，皇后每年春耕那晚，都會擔心他勞累過度，送一杯參茶給他寧神安眠。當然，其他宮妃也都會送。參湯、參茶、雞湯，差不多都是這些，今晚御書房的太監們都快被湯水撐破肚皮了。

皇上其實不太喜歡宮妃給他送湯、送點心，因為她們每次送不是為了爭寵，就是為了不甘後人，或有所求。所以其他宮妃送來的東西，他很少吃，可是這是皇后送來的，這點面子，他向來都會給皇后。

皇上正好渴了，直接一口便喝完整碗參茶。

「皇后這次泡的參茶似乎濃了一些。」皇上放下茶碗，繼續拿起奏摺批閱。

「許是皇后娘娘見皇上今天太勞累，特意多放了幾枚參片。」

皇上點了點頭，也沒在意。他又批閱了半個時辰的奏摺，便覺得眼皮越來越沈重，皇上索性回龍床上睡覺。

第二天，皇上醒得有點早，而且是夢見有刺客刺殺他，驚醒的。

他揉了揉發脹的太陽穴，心中微微詫異。

以往吃完海鮮他都是一夜無夢的，昨晚為何作了好幾個夢？

這時，林公公進來伺候皇上梳洗，皇上也沒有多想，畢竟作夢是很正常的事。梳洗過後，他喝了一杯汐丫頭給的茶葉泡的茶，整個人又神清氣爽了。

皇上更加不會再想昨晚為何會作夢，便直接去上早朝了。

下了早朝，他還要吃海鮮粥，然後出宮一趟監督一下玉米和馬鈴薯的種植情況。

皇上開啟精神百倍的一日，皇后在坤寧宮聽見皇上精神抖擻地去上早朝，沈默了一下。

怎會如此？那參茶只要每年定期喝一碗，喝上十年身體就會垮掉，而且脈象會顯示是操勞過度而非中毒。就算沒垮掉，也不至於精神抖擻吧？奇怪！莫非量不夠，要加量嗎？

可是這種事趁著春耕一年做一次不怪，若是連續做兩次，就有點冒險了。

皇后有點猶豫不決，西北那邊不知道什麼時候有消息傳回來？

「來人，去御膳房取皇上每天膳食的紀錄冊來……」

第五十章

晉王府，蕭暻玹剛練完武回來，下意識地看向正房的方向，一幅斜陽漏進軒窗，少女鏡前梳妝的美好畫面便落入他的眼裡。

楹窗裡，秋菊正在幫秦汐梳頭，金色的陽光灑落在她的麗顏上，美得發光。

長平跟在蕭暻玹身後，也看見了，忍不住感嘆。「郡王妃真的太漂亮了！」

蕭暻玹回神，冷冷地看了他一眼。「你很閒？馬廄洗了？」

昨日好不容易發小財的長平心酸了。

自從主子成了一株十月芥菜後，他總算體會到了伴君如伴虎的感覺，看一眼都是錯的。

秦汐看見蕭暻玹的身影，想到剛起床時，玉桃說他昨晚過來送傷藥，又想到一會兒需要他帶自己出門，她勾唇熱情地笑道：「郡王爺，早！謝謝你昨晚送過來的傷藥。」

蕭暻玹難得見她如此熱情，順勢走到了窗戶前。「藥塗了嗎？水疱消了沒？」

那藥是用非常珍貴的藥材做的，對小水疱這種小得不能再小的小傷，一夜就能消退。

秦汐將小手伸到了他的面前。「上過藥了，消了。」當然不是他的藥的功效。

蕭暻玹低頭看了一眼，她的手很小，手指纖細修長，指尖圓潤，掌心微顯肉嘟嘟，一看就軟乎乎的，掌心水疱已經不見了，手掌看著粉粉嫩嫩的。

青蔥玉指大抵就是這般模樣，蕭暻玹心想。

秦汐很快就收回手了。「今天你出門嗎？」

秦汐不放心傅熙華，她就是一個什麼事都藏在心裡，在家人面前喜歡裝作若無其事的人。她打算約她出去，四處走走，順便問問她要不要和自己合作開胭脂水粉店，找點事給她忙讓她沒時間傷心。她記得傅熙華很喜歡設計衣服和首飾，還愛研究香料，還記得她說過想開一家店，賣她自己做出來的東西，只是後來她訂親後這回事就不了了之。

蕭暻玹就知道，她熱情一定是有緣故的。「妳要去哪裡？」

他今天本來沒打算出門的，但是她要出去，他也可以配合。

「我打算帶我表姊去逛街。你要是出門，順便將我帶出去吧！」

蕭暻玹沈默了一下，兩女子去逛街，他不好參與。

「本王今天約了唐修和顧長軒他們遊畫舫，一直南下去秦嶺那邊賞花。帶妳出去不成問題，只是本王不知何時回府，到時候恐怕不能和妳一同回府，母妃那邊不好說。妳要不要一起去？若是想帶表姊出去散心，本王覺得遊畫舫和賞花更好。唐修和顧長軒家中的妹妹都會去，妳不用擔心沒有女眷，只有妳們兩個女子。」

並不願意去洗馬廄的長平心中一動。「主子，屬下去看看畫舫備好了沒。」這意思就是他這就去準備畫舫，順便再通知唐公子他們，主子約他們去遊畫舫。

秦汐已經知道唐修就是雲岫先生，她本來也打算今天陪完表姊，就去如意茶館一趟，她有事想問雲岫先生，明日也不知道能不能出門，畢竟她也不能天天跟著蕭暻玹出去。

「我可以叫上我表哥和我堂弟嗎？」

秦晟文總是想到晉王麾下當兵，趁這次機會，讓他和蕭暻玹、顧長軒他們多接觸一下也好，能讓蕭暻玹瞭解一下他的實力。

蕭暻玹點了點頭。「可以，妳收拾一下，半個時辰後，我們便出發。」

秦汐立刻派人去問問傅熙華和秦晟文他們去不去，若是去，半個時辰後在城門口見。

不過依著秦汐對他們的瞭解，她邀請，他們一定會去的。

半個時辰後，蕭暻玹和秦汐一起上了馬車出城。

城門口，傅熙華、傅熙傑和秦晟文已經等在那裡了。

秦汐撩起馬車簾子對幾人打招呼，然後對傅熙華招手。「表姊，妳上我的馬車。」

傅熙華正想說好，只是還沒開口便對上蕭暻玹的冷眼，她二話不說立刻掉頭上了自家的馬車，就像見鬼一樣。

秦汐的笑臉頓時僵了。

一行人很快就來到了京江河畔。

秦汐下了馬車，便看見了一艘三層樓高的豪華氣派的大畫舫停靠在碼頭邊。碼頭上還站著好幾個人，秦汐認識的有驃騎將軍府的三兄妹顧長軒、顧長軍和顧蓉蓉，鎮國公府大公子唐修、妹妹唐婧，邱大將軍府的邱露和她的堂兄邱汶，還有蕭暻煜。

蕭暻煜看見秦汐高興地道：「四哥，小嫂子，你們總算到了。」然後又熱情地向傅熙華、傅熙傑和秦晟文打招呼。「表姊，表哥，文兒，你們來了！」

這熱情的勁兒，不知道的還以為這是他的親人。

蕭暻煜說著上前勾住秦晟文和傅熙傑的肩膀，高興地道：「來，我給你們介紹一下。我四哥和小嫂子成親那天大家都見過了，這位是鎮國公府的大公子唐修……」

唐修笑著上前行禮。「在下唐修見過郡王妃！郡王妃、秦公子、傅公子、傅姑娘，這是我的妹妹唐婧。」

傅熙華三人忙回禮。

唐修又碰了碰唐婧的衣袖。唐婧和她身邊的顧蓉蓉二人都是第一次近距離看見秦汐，都被秦汐的美貌驚呆了。

回過神來，二人忙見禮。「唐婧見過暻郡王，郡王妃！郡王妃貌若天仙，臣女看呆了，一時失禮，還望郡王妃莫見怪！」

「顧蓉蓉見過暻郡王，郡王妃！唐姊姊說得對，暻郡王妃太美了！妳是我見過最美的女子！」

秦汐笑了笑。「是我非常榮幸地入了兩位姑娘的眼，其實咱們女子就像這世上的花兒一樣，各有各的風采，各自綻放，各自美麗。就像唐姑娘，皓齒星眸，溫婉動人；顧姑娘，靈動活潑，甜美可人，都是各有特色的美人兒。」

唐婧的眼睛很美，氣質溫婉動人；顧蓉蓉的長相放在美女如雲的京城只能算中上，但是她天性活潑，笑起來有淺淺的梨渦，甜美可愛。

秦汐對二人的讚美非常貼切，讓她們聽了很舒服。

唐婧不由地看了秦汐一眼，她突然就不奇怪皇上為何會將她賜婚給暻郡王了。

兩句話就可以看出，人家睿智通透。

世間的女子可不就像世上各種的花兒？各自綻放，各自美麗，各有特色，各自燦爛，如此便好！女眷間交往，大多都是攀比，攀比容貌，攀比衣著首飾，攀比相公，攀比家世出身，攀比才學……總想著壓對方一頭。

可是這人啊，豈有十全十美的？沒有十全十美，但是一定各有各的風采，所以各自美麗便好，何須與人攀比？

顧蓉蓉高興地回頭瞪自己二哥一眼。「二哥，看看郡王妃都說我長得甜美可人啦！以後別說我長得不夠美。」

顧長軍忙道：「是是是，妳最美了！為兄錯了不行嗎？大哥，你說我當時也不是說小妹不漂亮對不對？」

不就是提過一嘴這丫頭長得不如許姑娘和林姑娘她們美，想讓她好好學習琴棋書畫，別整日喜歡持刀弄棒，像男孩子一樣粗魯，這丫頭便記恨了好幾年，果然唯女子與小人難養也！

顧長軒覺得自己弟弟蠢，不管他，他上前單膝跪在地上給秦汐見禮。「末將顧長軒見過郡王妃！久仰郡王妃大名，末將代邊疆的士兵和百姓謝謝郡王妃。這次幸得郡王妃相助，我們才能輕鬆攻破西戎國數國的聯手攻擊。」

顧長軍見此也忙單膝跪下行禮。「末將見過郡王妃！這次能夠抓到兩名西戎探子，輕鬆破了西戎國聯合幾個小國攻打天元國的詭計，保住了邊疆和百姓的安全，郡王妃厥功至偉，末將代邊疆的士兵和百姓謝謝郡王妃。」

秦汐搖頭。「兩位顧將軍言重了，兩位顧將軍快請起。國家安危，人人有責，這只是我作為天元國百姓的本分而已，何須言謝？」

顧長軒站了起來。「郡王妃深明大義，屬下佩服！」

顧長軍點頭，他總算明白唐修為何會對她如此欣賞，郡王爺為何會喜歡她了。

國家安危，人人有責，這是她作為天元國百姓的本分。

一句話，她說得真心，再加上秦家這些年捐了無數物資給邊疆的士兵，在危難關頭救過無數士兵的命，讓顧家兩兄弟徹底信服她作為自己好兄弟的郡王妃。

商戶出身又如何，多少貴女都沒有她這份胸懷家國大義的胸襟。不是所有人都有天下興亡、匹夫有責，國家安危、人人有責的覺悟，不然如何會有通敵叛國的叛國賊？

最後是邱露上前見禮。

「屬下見過暻郡王，郡王妃！」邱露看著他們如此輕易就接受了秦汐，心中不屑。不愧為商戶女，最會左右逢源，西戎探子只是碰巧被她遇見了，那天暻郡王本來就在引西戎探子出來，自己不也抓到了西戎探子？

秦汐只淡淡地道：「邱姑娘免禮。」

一行人見過禮後，便上了畫舫。

蕭暻玹問秦汐。「進去坐還是在外面？」

進去畫舫裡面坐可以聽曲、看舞、喝酒，在外面則可以吹吹風，看看風景。

秦汐看向傅熙華問：「表姊想在外面坐還是裡面？」

傅熙華道：「外面吧！我想看看江景。」

陽春三月，沿河兩岸桃紅柳綠，青山綠水，山花爛漫，風景甚好。

看著這美麗的江景，人的心情都舒暢了。

秦汐也是更喜歡在外面，便道：「那我和表姊在外面，我要釣魚。」

「好。」她留在外面，蕭暻玹自然也留在外面。

他看了長平一眼，示意長平去讓人準備釣魚的工具和燒烤的東西。

其他人見他們留在外面，自然也跟著留在外面，反正外面也有桌椅。

蕭暻煜最是高興。「小嫂子要釣魚嗎？我和妳一起，釣到魚，烤魚吃？」

秦汐點頭。「可以，我帶了不少食材過來，都是可以烤來吃的，正好我們可以在畫舫上吃完東西，再去爬山。」

邱露聞言便道：「這畫舫正在河裡前行，釣魚？有魚兒會上鈎嗎？郡王妃這提議不妥吧？」

蕭暻煜解釋。「邱姑娘這妳就不懂了，妳或許釣不到，但我小嫂子不會釣不到，我小嫂子釣魚，魚都是搶著上鈎的。」

其他人也覺得不會有魚上鈎，覺得蕭暻煜就是在拍馬屁，不過釣魚只是消磨時間而已，誰會在乎釣不釣得到？

唐修道：「郡王妃的釣魚技術竟如此好，正好我也想釣魚，那便領教一下！」

唐婧興高采烈。「我還沒釣過魚，我也想試試！」

顧蓉蓉附和。「我也想釣！」

顧長軍認同。「釣魚好，我很久沒釣了。」

顧長軒點頭。「我也釣，願者上鈎！」

邱露見一群人都同意，心下不屑，卻只能默不作聲。

大家看著手中的魚竿，發現距離魚鈎上面一隻手指的位置還用布袋綁了一小袋魚餌。

傅熙華好奇道：「表妹，妳綁一小袋魚餌在這兒是為了吸引魚兒過來嗎？」

秦汐回答。「嗯，如此魚餌的香氣才會更濃，才能更快引來河裡的魚。」

蕭暻煜聞言立刻道：「小嫂子真聰明，這樣哪怕畫舫在航行，也不怕吸引不了魚過來了。」

邱露站在甲板中間，嗤之以鼻。「郡王妃果然別出心裁，只是畫舫行得如此之快，那些魚怕是追不上畫舫的速度，來上妳的魚鉤。」

秦汐看也沒看她淡淡地道：「邱姑娘又不是魚，如何知道魚追不上？」

果然嘴尖舌巧！

邱露道：「我……」

蕭暻玹冷冷地看了她一眼，邱露便不敢再說什麼了。

蕭暻玹將一條已經勾好魚餌的魚竿遞給秦汐。「給。」

秦汐自然而然地接過來，然後順手往河裡一拋，完了才將自己手中的魚竿和魚餌交給他。蕭暻玹勾唇，自然而然地接過她手中的魚竿和魚餌。

邱露抿唇，男人果然全部都是好色的。

邱汶見自己的堂妹獨自站在那裡，分外尷尬，便問道：「小露，這魚竿我幫妳勾上魚餌了，妳來我旁邊坐著釣吧！」

邱露抿唇。「不要瞎搞，根本就釣不到魚。」早知道如此無聊，她就不跟著來了，簡直浪費時間。

「消磨時間而已，釣不釣得到圖的是樂趣，那麼較真幹麼？」邱汶覺得自己這個堂妹就是太過正經了，一點情趣都沒有，這樣的性子哪個男子會喜歡？

邱露沒理他，轉身回畫舫了。

等著吧！一會兒他們就知道忙活半天魚卻釣不到半條，釣到的全是笑話！

邱露剛想走進裡間，這時旁邊響起了一聲驚呼。「小嫂子，妳怎麼可以這麼快？」

邱露腳步一頓，下意識地回頭，然後便看見秦汐從河裡釣起一條有軍營裡的士兵的手臂那般粗、大、長的大魚。這魚得有十斤吧？她也不確定。

「哇，表妹妳好厲害！這魚好大！」

「好大的魚！」

驚喜的叫喊聲此起彼伏。

邱露一臉難以置信。這怎麼可能？碰巧的吧？正好被她遇到一條餓瘋了的魚？

這時四周又傳來了激動的驚呼聲。「有魚上鉤了！我這兒也有魚上鉤了！」

「我這兒也動了！有魚，拉不動！好大的魚！」

「我操！魚上鉤了！竟然真能釣到魚！」

「我也釣到了！我是蝦！我竟然連蝦都釣到了！」

這時邱汶也顧不上其他了，趕緊將魚竿拋到河裡。

邱露看著眾人激動地將魚從河裡拉上來，傻眼了。一個人是碰巧，一群人也是碰巧嗎？

眾人迅速將魚取下來，又勾上魚餌然後將魚竿拋到河裡，邱露很快又看見眾人剛拋魚鉤下去不久，又有魚上鈎了。

「又有魚上鈎了！」

「啊，我釣了兩條魚！」蕭暻煜興奮地大叫。

有一條魚咬著魚鈎，一條咬著那一小袋魚餌死活不鬆口。

「天啊！好多魚，這是什麼魚餌？那些魚都搶著吃！」

「好多魚正在游過來！」

眾人手忙腳亂地將魚扯上來，又迅速勾魚餌，拋下去，大家都感覺一根魚竿不夠用。

顧蓉蓉不是第一次釣魚，她知道魚不容易釣，性子活潑的她，釣魚是她平日喜歡的節目之一，她激動地問道：「郡王妃，妳這魚餌是哪裡買的？這些魚餌，魚好像很喜歡吃。」

秦汐答。「獨門秘方，自己做的，外面沒得買，顧姑娘喜歡，我送一些給妳。」

「好啊！謝謝郡王妃！」

其他人聽了紛紛道：「郡王妃，我也想要，可以送些給我嗎？我家老頭子喜歡釣魚。」

「郡王妃，我也想要……」

秦汐都一一應下。她之所以會準備這些魚餌釣魚，其實也是為了讓眾人親眼見證，秦家是有秘方能夠輕輕鬆鬆釣到魚的。讓此事傳開，魚意酒樓的海鮮來源，就更加沒有人會起疑了。

蕭暻玹並沒有釣魚，他只負責幫秦汐將魚取下來和勾魚餌，秦汐釣上來一條魚，他便接過來，然後將他剛勾好魚餌的魚竿遞給她，兩人默契十足。

蕭暻煜看見後，立刻喊來自己的小廝配合。四周的人亦是如此。

蕭暻玹看見邱露站在那裡無所事事便道：「邱將軍，妳既然不釣魚便將郡王妃釣的魚殺了吧！」

邱露震驚了。殺魚？她嗎？

蕭暻玹繼續冷聲吩咐。「魚鱗刮乾淨點，小心別弄破魚膽，會苦。快點，一會兒本郡王要烤魚。」

「是！」邱露想跳河的心都有了，她聽見自己的心碎裂的聲音。

三月裡，春光爛漫，京城不乏富貴的人，因此河上有許多出遊的畫舫和船隻。他們這一畫舫的動靜太大，驚動了附近的船隻和畫舫，有畫舫忍不住和秦汐他們的畫舫並排航行，看熱鬧。

隔壁畫舫的人看見釣魚竟然如此容易，紛紛讓下人去找魚竿和網兜，釣魚的釣魚，撈魚的撈魚，只是等到他們將魚竿和網兜找出來，秦汐那頭看了一眼身後的木桶都裝滿了，便道：「夠了，吃不完，不釣了。」

眾人回頭一看，確實，便意猶未盡地收起魚竿。而那群魚兒追著畫舫游了一段距離，確認沒有好吃的，便放棄了。

另一艘畫舫上的人，紛紛向河裡的魚拋竿，可那些魚對他們魚鈎上的吃食視而不見，紛紛沒入河底，河面上瞬間一條魚都看不見了。

隔壁畫舫的人都傻眼了。

這河裡的魚怎麼回事？看不起他們的畫舫沒有那麼華麗嗎？現在是連魚都懂得趨炎附勢了？

秦汐畫舫上的眾人收好魚竿後，正想看看他們的收穫時，轉頭便看見邱露在大家後面拿著匕首一臉殺氣騰騰的殺著魚，那表情，好像上輩子魚將她殺了，這輩子她要將魚千刀萬剮一樣。

那條大魚的魚頭被她一手按住，魚尾使勁地甩也掙脫不掉，她俐落地用匕首一劃，魚腹便被剖開了，手插進去一挖，一副魚內臟便被挖出來，然後她木著一張臉，將還會跳的魚丟到木盆裡。

她的面前放著一個大木桶，桶裡裝滿了魚，旁邊還放有一個木盆，盆裡躺著兩條殺好的魚。

在蕭暻玹的軍營裡混過的，就沒有不會殺魚的，邱露也會。

眾人見這俐落又血腥的場面一時無語，倒是蕭暻煜看見邱露在殺魚，立刻將他釣的那桶魚推過去。「邱姑娘好刀法，順便幫我將這些魚也殺了吧！」

邱露橫了他一眼。她想將他殺了！

——未完，待續，請看文創風1234《夫人請保持距離》3（完）

2024年1月出版

長嫂好會算

文創風 1227～1228

穿到這個奇特的朝代，身為女子倒不是一件壞事，
只是原主被父母嫁到這窘迫的紀家，弟妹幼的幼、小的小，
她攤上這一家子，能用現代的會計長才發家致富嗎?!

女子有才更有德，
攜幼顧小拚發家／藍輕雪

穿越就算了，沒想到她衛繁星穿到一個如此奇特的朝代——
在這個乾元朝，沒有主僕制度、沒有三妻四妾，
更重要且關鍵的是，女子也可以出門做事，不必依附家人或婚姻！
而原身便是考上了酒坊女帳房，正要展開新人生之時，
親生父母為了弟弟的前途，硬是把她嫁到毫無家底的紀家……
於是她一穿來，面對的便是夫君成親次日就趕回邊關，二弟妹離家；
紀家幼小如今全仰賴她這個大嫂，看著空空的家底，真是頭大無比～～

2024年1月出版

藥堂營業中

文創風1224～1226

在末世橫著走的異能者，穿越成破落農家的孤女，
帶著兩個年幼的弟妹，還得防著惡鄰來欺壓，簡直負屬性疊加……
崩壞的末世她都能活下去了，古代生活應該也沒那麼難吧？
摘摘草藥，煉煉藥材，救人又能賺錢，這新人生才正要精彩！

細火慢熬，絲絲入扣／朝夕池

手擁火系異能，瀟箬憑藉著堅強實力，在末世殺出一條血路。
為了守護手中擁有的機密，最終卻落入叛軍手中……
沒想到睜開眼卻不是想像中的地獄，而是穿越到破落農戶家裡，
父母雙亡，還有一對年幼的雙胞胎弟妹等著她拉拔長大。
只是她下田不行，煮飯不會，加上如今這細胳膊細腿的小身板，
上山採野菜、摘野果，挖坑抓兔子，就累得差點去了半條命，
結果兔子沒逮著，卻撿到了個活生生的人……
這怎麼看，好像都是她坑了他，害他跌破頭、摔斷腿的？
為了表示負責，也只能把這眼神好像小狗崽的少年帶回家養，
她替失去記憶的他取了一個新名字——林荀，
從今以後他們就是一家四口，要一起努力活下去。
為了求醫，瀟箬拖家帶口到鎮上藥堂打工換宿，
憑藉對炮藥火候的精準掌控，讓藥堂生意蒸蒸日上，
在小小的鋪子裡，她實踐了讓家人過上好日子的承諾！

風 文創

1233

夫人請保持距離 2

國家圖書館出版品預行編目資料

夫人請保持距離 / 拾全酒美著. --
初版. -- 臺北市 : 狗屋出版社有限公司, 2024.02
冊 ; 公分. --（文創風 ; 1232-1234）
ISBN 978-986-509-494-2（第2冊 : 平裝）. --

857.7　　112022664

著作者	拾全酒美
編輯	林俐君
校對	沈毓萍
發行所	狗屋出版社有限公司
地址	台北市104中山區龍江路71巷15號1樓
電話	02-2776-5889～0
發行字號	局版台業字845號
法律顧問	蕭雄淋律師
總經銷	知遠文化事業有限公司
電話	02-2664-8800
初版	2024年2月
國際書碼	ISBN-13　978-986-509-494-2

本著作物由起點中文網（www.qidian.com）授權出版

定價290元

狗屋劃撥帳號：19001626

網址：love.doghouse.com.tw　E-mail：love@doghouse.com.tw